Diogenes Taschenbuch 22677

Joan Aiken
Wie es mir einfällt
Geschichten

Diogenes

Die deutsche Erstausgabe erschien 1991
im Diogenes Verlag
Die Geschichten sind folgenden
Bänden von Joan Aiken entnommen:
›The Windscreen Weepers and other Tales
of Horror, Suspense, and Fantasy‹
Victor Gollancz Ltd. 1969
Copyright © 1969 by Joan Aiken
›The Far Forests.
Tales of Romance, Fantasy, and Suspense‹
The Viking Press 1977
Copyright © 1977 by Joan Aiken
Umschlagillustration: Félix Vallotton
›Landschaft bei Honfleur‹, 1909
(Ausschnitt)

Veröffentlicht als Diogenes Taschenbuch, 1994
Alle deutschen Rechte vorbehalten
Copyright © 1991
Diogenes Verlag AG Zürich
150/94/24/1
ISBN 3 257 22677 2

Inhalt

Quartier für eine Nacht 7
Lodging for the Night
deutsch von Irene Holicki

Socksy Boy 22
Socksy Boy
deutsch von Irene Holicki

Dem Geruch nach 40
Smell
deutsch von Felix Gasbarra

Der Stolz der Circle Y 54
Pride of the Circle Y
deutsch von Irene Holicki

Zimmer mit Blick auf die Heide 72
A View of the Heath
deutsch von Irene Holicki

Der grüne Strahl 86
The Green Flash
deutsch von Eva Hébert

Das Lateinfossil 105
Dead Language Master
deutsch von Renate Orth-Guttmann

Die kalte Flamme 115
The Cold Flame
deutsch von Irene Holicki

Likör 132
Marmelade Wine
deutsch von Günter Eichel

Elefantenohr 143
Elephant's Ear
deutsch von Michael K. Georgi

Inselhochzeit 156
Island Wedding
deutsch von Nils-Henning von Hugo

Träume 172
The Dreamers
deutsch von Richard K. Flesch

Mäusewerk 179
Mousework
deutsch von Helga Herborth

Seemannslegenden 194
Sailor's Legends
deutsch von Gerd P. Lanz

Kricket 207
Cricket
deutsch von Irene Holicki

Der Davenport-Ballsaal 212
The Davenport Ballroom
deutsch von Renate Orth-Guttmann

Wie es mir einfällt 229
Follow my Fancy
deutsch von Jürgen Riehle

Die fernen Wälder 243
The Far Forests
deutsch von Irene Holicki

Quartier für eine Nacht

»Diese Nähmaschine hält Ihnen mehr als sechzig Jahre ohne Reparatur und Wartung«, sagte Henry Dulge und warf einen schnellen Blick auf die Hausfrau. Bis dahin ist sie bestimmt über hundertzwanzig, dachte er. »Die Maschine ist rostfrei, unkompliziert in der Bedienung und vollkommen isoliert. Fünf Pfund als Anzahlung und einhundertacht-und-vierzig Raten zu neunundneunzigeinhalb. Ich lasse sie Ihnen eine Woche zur Probe da, ja? Oder wollen Sie gleich unterschreiben? Hier ist der Vertrag...«

»Das ist wirklich nett von Ihnen«, sagte sie unsicher. »Aber in der Anzeige, die ich gesehen – und auf die ich geschrieben habe – stand –«

»Natürlich sind Kundendienst und Reparaturen in den ersten zwei Monaten kostenlos, was nicht heißen soll, daß das bei einer O-Sew-matic erforderlich wäre, ha, ha!«

»In Ihrer Anzeige stand aber, Sie hätten generalüberholte Modelle für acht Pfund zu verkaufen«, beharrte sie schüchtern.

Seine Miene veränderte sich. »Na ja, sicher, wenn Sie *so etwas* haben wollen – Wir hatten nur ein paar davon, aber ich kann Ihnen versichern, meine Dame, die Dinger sind Schrott, nichts als Schrott! So eine Maschine würden Sie nur ein paar Tage lang benutzen, und dann würden Sie mich anflehen, sie Ihnen gegen eine O-Sew-matic umzutauschen. Mit diesem Supermodell dagegen können Sie alle Kleider für Ihre Kinder selbst nähen, und außerdem Gardinen, Steppdecken, sie ist wirklich traumhaft leicht zu bedienen –«

»Haben Sie denn keine von den Maschinen für acht Pfund in Ihrem Wagen, damit ich sie mir einmal ansehen könnte?« fragte sie bittend.

Er zögerte. Aber es goß in Strömen, und sie machte den Eindruck, als ließe sie sich leicht unter Druck setzen – ein blasses, aufgeschwemmtes Frauchen mit einer Frisur wie eine zerzauste Bambuspalme. »Nein, leider nicht«, fauchte er. »Die letzte habe ich an eines von diesen dummen, alten Weibern verkauft, die sich jeden Schund andrehen lassen. Wenn Sie vernünftig sind, Gnädigste, dann befolgen Sie meinen Rat, Sie werden es nie bereuen –«

Sie war schwankend geworden. »Nun ja – ich möchte wirklich gern mit den Winterhemden meines Mannes vorankommen –«

Er reichte ihr den Stift.

In diesem kritischen Augenblick kam ihr Mann nach Hause, mit einer Bierfahne und mit knurrendem Magen.

»Was zum Henker ist denn hier los?« grollte er und erfaßte die ganze Situation mit einem Blick – den Stift in ihrer Hand, den Vertrag mit dem vielen Kleingedruckten, die verführerisch glitzernde O-Sew-matic. Der streitbare Henry Dulge wurde plötzlich erstaunlich liebenswürdig.

»Ich habe Ihrer verehrten Frau Gemahlin soeben erklärt –«

Sie warf ihrem Mann ein erschrockenes, flehentliches Lächeln zu, aber der fackelte nicht lange.

»Raus mit Ihnen! Und nehmen Sie Ihre verdammte Maschine mit. In meinem Haus wird nichts auf Raten abgestottert. *Raus!*«

Der Regen trommelte gegen das Fenster. Henry Dulge war kein Feigling. Er raffte sich zu einem letzten Versuch auf – aber der Ehemann kam so drohend auf ihn zu, daß er alle Hoffnung fahren ließ, die O-Sew-matic ergriff und mit einem zornigen Auflachen mitleidig sagte: »Ich fürchte, Sie werden das noch sehr, sehr bedauern, meine Gnädigste. Ein solches Angebot bekommt man nicht oft.« Damit ging er, und der Wind schlug die Tür hinter ihm zu.

Das Wasser rann über die Aluminiumhaube der O-Sew-matic, und er rieb sie fluchend trocken, ehe er in der regennassen Dämmerung davonfuhr. Sein Ärger über den entgangenen Verkauf, der sich so vielversprechend angelassen hatte, war so groß, daß er sich nicht, wie er es eigentlich vorgehabt hatte, ein Hotel für die Nacht suchte, sondern geradewegs durch die Stadt hindurch und auf der Küstenstraße weiter in Richtung Crowbridge fuhr.

Der Regen wirbelte in dichten Schwaden durch das Scheinwerferlicht und spritzte auf der kiesbestreuten Straße hoch auf. In Abständen von einer halben Meile warnten beleuchtete Schilder am Straßenrand: BEI SPRINGFLUT IST DIESE STRASSE ZUR FLUTZEIT UNPASSIERBAR.

Dulge hatte keine Ahnung, ob gerade Spring- oder Nippflut war, auf jeden Fall befand sich das Meer beruhigend weit draußen – nur gelegentlich, wenn sich die Straße in Windungen auf eine Klippe hinaufzog, sah er weit rechts flüchtig bedrohliche Wogenkämme dahinpeitschen.

Er überholte einen einsam dahinstapfenden Fußgänger, ein Landstreicher, seinem Bündel und seinem zerlumpten Mantel nach zu urteilen, und fuhr voller Schadenfreude so dicht an den Mann heran, daß er ihn mit Schlamm und Sand überschüttete. Der Bursche war sowieso völlig durchnäßt, da kam es auf ein bißchen mehr nicht an.

Zehn Meilen weiter sah er einen zweiten Passanten vor sich, diesmal war es ein Mädchen. Sie trug ein dunkles Regencape, aber die Scheinwerfer erfaßten das weiße Kopftuch, das sie um ihr Haar gebunden hatte. Der Kavalier in Henry Dulge meldete sich, er hielt neben ihr an und öffnete die Tür.

»Herein mit Ihnen, kleine Nixe«, sagte er gönnerhaft. Sie schien zuerst erschrocken, aber dann bedankte sie sich und setzte sich ruhig neben ihn. Erfreut über diesen Glücksfall ließ er die Kupplung kommen: das Mädchen war einsame Klasse, hätte jede Schönheitskonkurrenz gewinnen können, nur ein bißchen verfroren sah sie aus, kein Wunder in dieser Nässe und Kälte – was zum Teufel hatte sie zu dieser Zeit allein und zu Fuß auf der

Küstenstraße zu suchen? – aber die Figur war prima, soweit er sehen konnte, und das Gesicht mit dem straff zurückgekämmten, hellblonden Haar und der hohen Stirn wirkte sehr distinguiert.

»Wissen Sie nicht, daß es hier gefährlich ist?« fragte er. »Wenn nun die Flut reinkommt und so ein hübsches Mädchen einfach davonspült?«

»Ach, ich gehe oft hier spazieren«, antwortete sie unbekümmert. »Wenn man sich mit den Gezeiten auskennt, besteht keine Gefahr.«

»Leben Sie in Crowbridge?«

»Ja, ich habe dort ein Haus.«

»Ganz allein?«

Sie nickte. Seine Augen wurden groß. Das hörte sich ja unglaublich verheißungsvoll an.

»Dann geht es Ihnen wie mir, ich bin ein armer Junggeselle, der keine Menschenseele in der Stadt kennt. Wie wär's, wenn Sie mich ein bißchen aufheitern? Wollen Sie nicht im *Ship* mit mir essen?«

»Sie sind sehr nett«, sagte sie, »aber ich esse nie in Gasthäusern.«

»Dann könnten Sie mich doch zu sich einladen? Mit Fremden soll man doch Mitleid haben, nicht wahr?«

Sie sah ihn merkwürdig an. »Ich lade niemals Gäste ein. Wer meine Gastfreundschaft in Anspruch nehmen will, muß den Weg selbst finden.«

Sie hatten die kleine Hafenstadt Crowbridge erreicht und fuhren die Hauptstraße entlang auf das Zentrum zu. Im zuckenden Licht der heftig schwankenden Straßenlaternen waren Tudorgiebel und Ziegelmauerwerk zu erkennen.

»Den Weg werde ich schon finden, mein Schatz, keine Sorge. Wie heißen Sie? Und wo ist Ihr Haus?«

»Ich wohne ganz in der Nähe«, sagte sie. »Wären Sie vielleicht so freundlich, mich jetzt abzusetzen?«

»Ach, Schätzchen, wer wird denn so abweisend sein. Trinken Sie wenigstens einen Kleinen mit mir im *Ship*, das hilft gegen die Nässe.«

»Danke, nein, ich –«

Aber er fuhr einfach weiter. Bei der Ampel mußte er freilich anhalten, und zu seinem Ärger gelang es ihr, aus dem Wagen zu schlüpfen – der Himmel wußte, wie sie das machte, er war nämlich sicher, daß er die Tür verriegelt hatte, und sie ließ sich ohnehin verdammt schwer öffnen. Ehe er noch ein Wort oder einen Fluch herausbrachte, war sie schon draußen, und er sah nur noch ihr Kopftuch in der dunklen Regennacht flattern. Die Ampel sprang auf Grün, und während er das raffinierte Frauenzimmer noch aus tiefster Seele beschimpfte, drängte ihn wütendes Hupen von hinten zum Weiterfahren. Aber Crowbridge war schließlich eine kleine Stadt; vielleicht konnte ihm im Gasthaus jemand sagen, wer sie war.

Er ging geradewegs an die Bar und trank schnell hintereinander drei Doppelte, um die Erinnerung an das Geschäft hinunterzuspülen, das ihm durch die Lappen gegangen, und an die Mitfahrerin, die ihm entschlüpft war. Dann fragte er nach einem Zimmer für die Nacht.

»Bedaure, Sir. Wir sind leider voll belegt.«

»Belegt? Im Oktober? Sind Sie verrückt?«

»Im Augenblick findet die Jahreskonferenz der NAFFU statt, Sir. Die wird immer in Crowbridge abgehalten. Ich fürchte, Sie werden in der ganzen Stadt kein Zimmer finden. Ich weiß genau, daß sie im *Crown and the George* auch ausgebucht sind, die haben schon Gäste zu uns geschickt.«

»Beim heiligen Pete! Gibt es denn gar keine Möglichkeit, in dieser Stadt ein Bett zu kriegen – privat, in einer Pension, irgendwo?« Er wandte sich an die anderen Gäste an der Bar. »Hat denn keiner von den Herren eine Idee? Bis Castlegate sind es noch dreißig Meilen.«

Sie zögerten. »Zwischen hier und Castlegate ist die Straße überschwemmt«, warf der Barkeeper ein. »Ich glaube, Sie würden gar nicht durchkommen.«

»Nun ja«, sagte ein Mann nach einer Pause, »im alten *Dormer House* könnte er schlafen.«

»Was ist das?« Henry faßte wieder Hoffnung. »Ein Wohnheim?«

»Nein, ein Privathaus. Es steht sogar leer – soll abgerissen werden. Morgen fangen die Arbeiten an. Der Stadtrat will es schon seit Jahren weghaben, aber man konnte nichts unternehmen, bis der letzte aus der Familie tot war, und vor ein paar Monaten war es dann so weit – eine alte Dame mit dreiundneunzig Jahren. Eigentlich ein geschichtsträchtiger Bau. Irgendeine Organisation hat gegen den Abriß protestiert, aber das Haus ragt direkt in eine Kreuzung hinein, und dadurch ist diese Ecke sehr gefährlich.«

»Na ja, einige von den alten Häusern müssen eben weg; man kann sie nicht alle erhalten«, stimmte Henry zu. »Aber wenn es leersteht, dann kann ich dort doch wohl nicht übernachten? Ich schlafe nicht gerne auf den nackten Dielen.«

»Sehen Sie, genau das ist der springende Punkt. Das alte *Dormer* ist sozusagen berühmt – haben Sie wirklich noch nie davon gehört?«

»Nein, nie.«

»Es ist Tradition, daß jeder, der um ein Nachtquartier bittet, von der Familie – Hardisty hießen die Leute, das Haus gehörte seit der Zeit der ersten Königin Elizabeth den Hardistys – aufgenommen wird und kostenlos Feuerholz und Bettzeug bekommt. Eine Klausel im Testament der alten Dame, jener Miss Hardisty, die vor kurzem gestorben ist, verfügt, daß dieser Brauch bis zum Abriß beibehalten werden soll.«

»Feuer und Bettzeug umsonst? Klingt zu schön, um wahr zu sein! Vielleicht ist meine Pechsträhne damit zu Ende. Wäre ja auch langsam Zeit.«

»Da ist noch etwas.«

»Nämlich?«

»Jeder, der bis acht Uhr am nächsten Morgen dort bleibt, hat Anspruch auf tausend Pfund aus dem Nachlaß.«

»*Tausend Pfund*? Wofür halten Sie mich eigentlich? Auf solche Märchen falle ich nicht herein!«

Aber alle Männer an der Bar versicherten ihm, das sei die reine Wahrheit. Und sie schienen es ernst zu meinen. Henry musterte die Gesichter und fing an, ihnen zu glauben.

»Und bisher hat sich noch niemand gemeldet?«

»Kein einziger. Dort geht nämlich ein Geist um.«

»Ein Geist? Was für ein Geist?« Henry machte ein skeptisches Gesicht. »Den Geist möchte ich sehen, der *mich* aus einem kostenlosen Bett vertreibt und es fertigbringt, daß ich mir einen Tausender entgehen lasse.«

»Jemand aus der Familie geht dort um, ein Mädchen namens Bess Hardisty, sie lebte zur Zeit der ersten Elizabeth. Man erzählt sich, daß ihr junger Mann sich in die Königin verliebte. Er war so vernarrt in sie, daß er auf und davon ging, Bess vergaß, übers Meer segelte, um Indien zu entdecken, und nie mehr wiederkehrte. Sie wurde eine vergrämte, verbitterte alte Jungfer, erreichte ein hohes Alter und wurde schließlich als Hexe verbrannt. Seither können nur noch Mitglieder der Familie im Haus schlafen – sie schickt den Leuten schreckliche Träume.«

Henry lachte schallend. »Wenn sie es schafft, mir einen Alptraum zu schicken, dann alle Achtung! Na, das ist doch ein Klacks. Kann ich hier was zu essen bekommen?« fragte er den Barmann.

»Aber ja, Sir, das läßt sich einrichten.«

»Gut, dann esse ich jetzt, und danach sagen Sie mir, wie ich zu dem Haus komme. Übrigens«, fiel ihm plötzlich ein, »kennen Sie vielleicht ein Mädchen, das hier ganz allein lebt, sehr hübsches Ding, etwa fünfundzwanzig, mit hellblondem Haar?«

»Nein, Sir, wüßte nicht, wer das sein sollte«, sagte der Barmann. »Aber ich bin noch nicht lange hier.« Auch die anderen Männer schüttelten die Köpfe. Warfen einige Henry vielleicht merkwürdige Blicke zu? Wahrscheinlich lag es am Hunger, daß er sich einbildete, sie seien plötzlich ganz blaß und entfernt, als sähe er sie wie durch eine Glaswand. Die Sache mit dem Mädchen würde er weiterverfolgen, wenn er anständig gegessen hatte.

Das Dinner im *Ship* war ausgezeichnet, aber es zog sich sehr lange hin. Als Henry an die Bar zurückkehrte, war fast schon Sperrstunde, und mittlerweile war er rechtschaffen müde. Die Männer, die zuvor hiergewesen waren, waren bereits gegangen, und der Barmann wirkte zerstreut. Warum sollte er sich noch um das Mädchen kümmern? Wenn sie fort war, war sie eben fort, es hatte keinen Sinn, ihr nachzujammern. Er trank ziemlich schnell noch zwei Gläser, stellte seinen Wagen auf dem städtischen Parkplatz ab und schlug die Richtung ein, die der Barmann ihm gewiesen hatte.

Der Regen hatte ein wenig nachgelassen, aber es war immer noch zu dunkel, um das alte *Dormer House* genauer betrachten zu können, und er hatte auch keine Lust, sich lange aufzuhalten. Er stieß die schwere Tür auf und stieg die Treppe hinauf. Kein elektrisches Licht, aber er hatte die starke Taschenlampe aus dem Wagen mitgenommen, und von oben konnte er den Schein eines lodernden Feuers sehen und das angenehme Knistern hören.

Die ersten Räume, in die er hineinschaute, waren leer, man hatte die Möbel bereits fortgeschafft, aber als er dem Feuerschein folgte, fand er ein großes, prächtiges Schlafzimmer mit einem Teppich, mehreren Stühlen und einem Himmelbett mit einem Baldachin aus blauer Seide. Es roch köstlich nach Apfelholz und Lavendel. Henry stellte seinen nassen Koffer mit einem zufriedenen Knurren auf den Teppich und prüfte die Matratze.

»Die ist auf jeden Fall besser als im alten *Ship*«, sagte er befriedigt zu sich selbst. »Ich möchte wetten, daß Königin Elizabeth *darauf* nie geschlafen hat.«

Abgesehen von ihm selbst schien sich niemand im Haus aufzuhalten. Er entkleidete sich gemächlich vor dem prasselnden Feuer, legte aus einem Korb noch ein paar Scheite nach, verriegelte die Tür und ging ins Bett. Es war sogar warm – man hätte fast denken können, eines von diesen elisabethanischen Geräten – wie hießen sie doch noch? – Wärmepfannen, sei eben erst herausgenommen worden.

Und als er schon mehr als zur Hälfte in die Nebel des Schlafes eingetaucht war, schlangen sich zwei warme Arme um seinen Hals, und eine Stimme murmelte ihm sanft ins Ohr: »Hast du etwa gedacht, du würdest mich nicht wiedersehen? Ich wußte doch, daß du den Weg hierher finden würdest.«

»Bist du das, Schätzchen?« murmelte Henry schläfrig. »Meine Pechsträhne ist offenbar wirklich zu Ende. Aber wie bist du hereingekommen? Ich hätte schwören können, daß das Haus leer war.«

»Ich war bereits da. Verstehst du denn nicht? Ich wohne hier...«

Sie war hinter ihm her. Sie kam immer näher. Hundert, fünfhundert Leute, meist Frauen, beobachteten ihn mit haßerfüllten Augen, feuerten sie jubelnd an, und sie raste hinter ihm die Straße entlang, ihr großes Schwungrad sprühte blaue Funken, als es herumwirbelte, die riesige Nadel fraß sich unaufhaltsam auf ihn zu, durchstach den Straßenteer, als wäre es Käse. Jetzt war sie auf gleicher Höhe mit ihm, und er war wie gelähmt, konnte sich nicht rühren, und die Nadel schwebte über ihm, vibrierte, stand kurz vor dem schrecklichen Stoß nach unten, der ihn vom Gehirn bis zu den Lenden durchbohren, ihn an das Bett heften würde wie einen Schmetterling –

Er erwachte schwitzend, schreiend, mit den Laken kämpfend.

Unwillkürlich drehte er sich um, um bei seiner Bettgenossin Trost zu suchen, aber sie war nicht mehr da. Spürte er zwischen den Laken etwas Hartes, Eiskaltes? Er schoß aus dem Bett, als habe er darin eine Schlange entdeckt. Der Alptraum ließ ihn noch immer nicht los, hastig und an allen Gliedern zitternd begann er sich anzuziehen. Alle anderen Überlegungen gingen unter in dem Wunsch, von hier wegzukommen. Immer wieder blickte er sorgenvoll zur Decke, als erwarte er, daß die große, blitzende Nadel heruntergesaust kam, um ihn aufzuspießen. Das Feuer brannte hell, aber das Porträt an der Wand, das Porträt des goldhaarigen Mädchens mit dem spröden Lächeln über der Halskrause, bemerkte er nicht. Er übersah auch die Kleidungsstücke, die unordentlich über einen Stuhl geworfen waren, die Brokatröcke, die kleinen Schuhe mit den eckigen Spitzen und den edelsteinbesetzten Schnallen. Mit bebenden Händen entriegelte er die Tür, stolperte die Treppe hinunter und rannte wie gehetzt zum Parkplatz. Der Regen hatte aufgehört, aber welke Blätter huschten wie Wolfsrudel hinter ihm her die Straße entlang, und der Wind schüttelte ihn und zerrte an ihm. Weit und breit war kein Mensch zu sehen, es war die stillste Stunde der Nacht.

Mitten auf der Straße nach Castlegate stand ein Schild: ÜBERSCHWEMMUNG. UNPASSIERBAR. Er kehrte um und fuhr auf der Küstenstraße zurück nach Trowchester. Die Flut hatte fast ihren Höchststand erreicht; er konnte die Wellen tosen hören wie tausend Nähmaschinen, warf nervös einen Blick in den Rückspiegel und erwartete fast, *sie* unaufhaltsam hinter sich herkommen und die Meilen in sich hineinfressen zu sehen. Ein teuflischer Traum. Wenn ihm so etwas noch öfter passierte, konnte er seinen Beruf an den Nagel hängen.

Als er den Blick wieder vor sich auf die Straße richtete, bemerkte er, daß das Mädchen neben ihm im Wagen saß.

Er keuchte etwas Unverständliches. Seine Hände rutschten zitternd über das Lenkrad.

»Du hast doch wohl nicht geglaubt, daß ich allein zurückbleiben würde?« fragte sie. »Ich komme mit dir. Morgen reißen sie mein Haus ab, und dann habe ich keine Bleibe mehr. Es war ein Glück für mich, daß du mich heute abend besucht hast. Jetzt kann ich mit dir kommen und in *deinem* Haus wohnen.«

»Nein – nein!« stieß er hervor. »Ich habe eine Frau – Kinder –«

Er trat das Gaspedal durch, und der Wagen schoß die alte, gewundene Küstenstraße entlang auf eine Klippe zu. Auf der anderen Seite der Klippe gab es jedoch keine Straße mehr, nur noch die Wellen mit den weißen Kämmen, die gegen das Dunkel der Nacht ankämpften und knirschend wie tausend Nähmaschinen gegen das Kiesufer prallten. Sanft glitt der Wagen zwischen die Wogenkämme und verschwand.

Etwa zur gleichen Zeit nahmen in Crowbridge zwei Polizisten einen Landstreicher ins Verhör.

»Wir möchten uns den Ranzen da mal ansehen«, sagte der eine, der dem Mann wegen seiner zerlumpten Kleidung und seines verdächtig schweren Ranzens mißtraute.

»Dagegen verwahre ich mich«, erklärte der Landstreicher würdevoll. »Eben fängt es wieder zu regnen an, und ich möchte nicht, daß alle meine Sachen naß werden.«

»Dann müssen Sie mit auf die Wache.«

Der Mann ging willig mit. Er hatte blaue Augen und ein wettergegerbtes Gesicht, sein Alter war schwer zu schätzen, er hätte irgendwo zwischen vierzig und siebzig sein können. Als man den Ranzen auf der Polizeiwache öffnete, stellte sich heraus, daß er handbeschriebene Blätter und eine Reihe von Büchern enthielt.

»Russisch«, flüsterte einer der Polizisten. »Vielleicht ist er sogar ein Spion, Sergeant?«

»Das ist griechisch, Sie ungebildeter Dummkopf«, erklärte der Sergeant, der einmal auf Kreta gewesen war. »Schön, Sie können gehen, aber seien Sie nächstes Mal etwas entgegenkommender.«

»Es schüttet jetzt wie aus Kübeln«, sagte der Landstreicher freundlich. »Ich könnte wohl nicht zufällig in einer Zelle übernachten?«

»Tut mir leid, Kumpel, alle Zellen sind voll mit Gewerkschaftsmitgliedern, die ihren Rausch ausschlafen.«

»Zum alten *Dormer House* könnte er gehen«, sagte der Polizist.

»Wo ist das?« wollte der Landstreicher wissen.

Der Sergeant meinte unsicher: »Nun ja, was soll schon passieren?«

Und dann erklärten sie ihm, wie man dorthin gelangte.

Es regnete wieder sehr heftig. Der Landstreicher beeilte sich, ins Haus zu kommen, aber dann betrat er, anstatt gleich nach oben zu gehen, die große Küche mit dem Steinfußboden und dem massiven Tisch und zog sich einen Stuhl heran. Er holte ein Blatt Papier, einen Bleistift und ein Stück Käse aus der Tasche und begann zu schreiben. Es ging langsam voran, vieles strich er wieder durch, von Zeit zu Zeit biß er zerstreut in seinen Käse.

Nach etwa einer halben Stunde fuhr er heftig zusammen, weil ihm plötzlich bewußt wurde, daß ihm jemand über die Schulter schaute.

»Sapperlot, haben Sie mich aber erschreckt«, rief er. »Ich habe Sie gar nicht reinkommen hören.«

»Kommst du nicht hinauf ans Feuer?« wiederholte sie.

»Gern, Miss, sehr freundlich von Ihnen. Ich möchte das hier nur noch zu Ende bringen.«

Er schrieb noch zehn Minuten lang weiter, dann folgte er ihr nach oben in das Zimmer mit dem Himmelbett. Das Bett war frisch bezogen, und im Kamin hüpften die Flammen. »Hübsch ist es hier«, sagte er und sah sich anerkennend um. Dann setzte er sich ans Feuer.

»Möchtest du nicht zu Bett gehen?« fragte sie.

»Nein, danke, Miss, ich bin noch nicht müde. Habe heute

nachmittag unter einer Hecke ein ausgiebiges Nickerchen gemacht. Ich glaube, ich lese noch ein wenig, es sei denn, Sie haben Lust auf ein Schwätzchen.«

»Was du da geschrieben hast, war ein Sonett, nicht wahr? Warum schreibst du Sonette?«

»Das weiß ich eigentlich auch nicht. Sie haben es mir einfach angetan. Deshalb tipple ich auch durch die Lande. Früher war ich Matrose, Funktechniker, und als ich entlassen wurde, habe ich mir selbst ein kleines Geschäft aufgebaut. Dann hat es mich auf einmal gereizt, Sonette zu schreiben und Sprachen zu lernen. Na ja, man hat schließlich nur ein Leben, und deshalb sollte man auch manchmal tun, was einem Spaß macht, nicht wahr? Schließlich hatten meine Tochter und mein Schwiegersohn, bei denen ich wohnte, genug von mir und haben mich rausgeworfen.«

»Deine eigene Tochter hat dich auf die Straße gesetzt?« fragte sie schockiert.

»Man kann's ihr nicht übelnehmen, mein Mädchen, ich hab' ja keinen Penny verdient. Übrigens bin ich seitdem so glücklich wie nie zuvor. Ich habe keine Sorgen, und wenn ich mich doch mal einsam fühle, schalte ich meinen Transistor ein. Möchten Sie ein bißchen Musik hören?«

Er drehte an einem Knopf, und plötzlich erfüllten liebliche, wohlgeordnete Klänge den Raum.

»Schön, nicht wahr? Das ist Hamburg. Ich habe das Gerät selbst gebaut.«

»Aber das ist ja eine Gaillarde!« rief sie, und ihr Gesicht leuchtete auf. »Danach haben wir früher getanzt. So!«

Sie erhob sich und begann sich mit gleitenden Bewegungen vor ihm zu drehen, dabei schürzte sie ihre Brokatröcke, so daß die Edelsteine in ihren Schnallenschuhen im Feuerschein glitzerten.

»Bravo!« rief er. »Saddler's Wells ist auch nicht besser!«

»Du mußt auch tanzen!« Sie griff nach seiner Hand. »Ach, es ist so lange her, seit ich zum letzten Mal getanzt habe!«

»Ich, mein Mädchen? Das kann ich nicht. Alles, was ich gelernt habe, war der Twostep.«

»Ich kann es dir zeigen. Siehst du, es ist ganz einfach. Laß dich nur von der Musik tragen.«

Und tatsächlich schien es ihm, als führe ihn die Musik durch die komplizierten Figuren des höfischen Tanzes. Mit hocherhobenem Kopf setzte er die Schritte, und seine blauen Augen strahlten, während sie sich anmutig wie ein Schiff unter vollen Segeln drehte und verneigte. Ein Tanz folgte auf den anderen, und doch wurde er nicht müde und spürte keine Unstimmigkeit in ihren gemeinsamen Bewegungen. Endlich war die Musik zu Ende, und sie sank vor ihm in einen tiefen Knicks.

»Siehst du«, sagte sie, »nun haben wir so lange getanzt, daß schon der Tag anbricht. Ich hätte nie gedacht, daß ich noch einmal tanzen würde.«

»Tatsächlich, Sie haben recht. Und doch fühle ich mich überhaupt nicht müde. Ich glaube, ich könnte jetzt sechzig Meilen weit laufen, ohne es überhaupt zu merken.«

Er sah aus dem Fenster. Über den nassen Dächern der Stadt zog stürmisch und wild der Morgen herauf. Spitze Giebel blinkten im ersten Licht.

»Ich mache mich jetzt wohl besser auf den Weg. Schönen Dank, daß Sie mir Unterschlupf gewährt haben.«

»Du bekommst tausend Pfund, wenn du bis acht Uhr hier bleibst«, sagte sie. »Warte doch noch ein wenig.«

Er sah sie verständnislos an, dann lachte er. »Was fange ich mit tausend Pfund an? Sollen sie sich doch eine neue Schule bauen oder sonst etwas Vernünftiges damit machen. Nein, trotzdem vielen Dank – ich möchte weiter –«

Er hatte die Küstenstraße, wo die zurückweichende Flut den Kies zu feuchtglänzenden Hügeln zusammengefegt hatte, bereits zur Hälfte zurückgelegt, als er hinter sich ihren leichten Schritt hörte.

»Ich hätte Lust mitzukommen. Darf ich dich begleiten?« rief sie.

»Gerne, mein Fräulein, wenn Sie möchten.«

Sie hakte sich bei ihm unter. »Können wir ein wenig Musik hören?«

Ein Mann von der Küstenwache, der schon in aller Frühe herausgekommen war, um sich einen Überblick über die Sturmschäden zu verschaffen, sah zwar den Landstreicher, nicht aber das Mädchen. Bis ans Ende seiner Tage blieb ihm der Mann mit den zerlumpten Kleidern und den klaren blauen Augen im Gedächtnis, der, frei wie der Wind, mit flottem Schritt, im Takt zur Musik von Mr. William Byrd über die holprige Küstenstraße wanderte.

Socksy Boy

Alastair Ness war ein sympathischer junger Dichter von offener Wesensart, der nur ein einziges Ziel im Leben kannte, er wollte nämlich ein Meisterwerk schreiben. Sobald er das erreicht und damit seine Berufung erfüllt hatte, war er fest entschlossen, die Welt nicht länger mit seiner dann überflüssigen Gegenwart zu belasten, sondern eine Giftpille zu schlucken, die ihm ein während des Krieges beim Geheimdienst tätiger Onkel überlassen hatte. Bis zu dem Tag, an dem er völlig überzeugt sein würde, ein vollkommenes Werk geschaffen zu haben, bewahrte er die Pille jedoch in einer Streichholzschachtel in seiner Tasche auf.

Da auch Dichter essen müssen, hatte er sich als Butler beim Herzog von Gilsland verdingt, einem gutaussehenden weißhaarigen Satyr in beschränkten Verhältnissen, der schon vor langer Zeit so viel von seinem Herzogtum wie möglich in eine Gesellschaft mit beschränkter Haftung umgewandelt hatte und bestrebt war, seine finanzielle Lage so schnell er konnte zu verbessern, indem er einerseits die Türen seines Stammsitzes der Allgemeinheit öffnete und außerdem in seinem Park einen Zoo, ein Kasino und ein Wachsfigurenkabinett einrichtete.

Einige Standesgenossen aus dem Oberhaus hatten unfreundlicherweise geäußert, der Herzog wäre auch gern bereit gewesen, seine Gemahlin im Park eine Lady-Godiva-Nummer abziehen zu lassen, wenn er damit die Einnahmen um ein paar Halbkronenstücke hätte steigern können, aber leider war die letzte Herzogin mit einem schlichten Viscount durchgebrannt, und so mußte sich der Herzog damit begnügen, Ansichtskarten von Whining Court zu signieren und seine Memoiren an ein Sonntagsblatt zu verkaufen.

Eines Wintermorgens erwachte Alastair wie gewohnt um

sechs Uhr früh, und sofort entbrannte ein leidenschaftlicher Kampf zwischen seinem Bewußtsein und seinem Unterbewußtsein. Ersteres erinnerte sich nämlich, daß der Herzog an diesem Tag mit der Herzogin Nummer drei aus Argentinien zurückkehren sollte, während letzteres den dringenden Wunsch verspürte, mit der Arbeit an einer neuen Ode zu beginnen, die den Titel *Englisches Trauma* erhalten sollte.

Die Vernunft und das Bewußtsein trugen den Sieg davon; Alastair wollte gerade aus dem Bett springen, als ihn ein ungewohntes Geräusch innehalten ließ. Zuerst glaubte er, es sei das Plätschern des Springbrunnens im Innenhof, aber dann fiel ihm ein, daß der ja vorübergehend abgestellt worden war und auf eine Lieferung spanischen Burgunders wartete, mit dem die Heimkehr des Herzogs gefeiert werden sollte.

Nach kurzem Überlegen identifizierte er das Geräusch als ein Schnurren. Aber was für ein Schnurren! Selbst wenn alle Katzen von ganz Whining Court aus Leibeskräften vor einem Lautsprecher losgedröhnt hätten, diesen Sound hätten sie niemals zustandegebracht.

Zuerst zog sich Alastair gereizt die Bettdecke über den Kopf, aber dann schob er sie wieder weg. Im neunzehnten Jahrhundert hatte eine Haushälterin auf alle Einschlagtücher ein U* mit einem Krönchen darüber gestickt, und auf alle Laken ein Erdbeerblatt mit einem L. Während der ersten Wochen, die Alastair von Unsicherheit und Heimweh gequält auf Whining verbracht hatte, hatte er vor alle U's ein Non gesetzt, worüber sich einige der herzoglichen Gäste sehr amüsierten. Jetzt kratzte ihn das Non-U-Krönchen an der Nase und erinnerte ihn daran, daß die Pflicht rief. Er setzte sich auf und sah sich vorsichtig im Zimmer um.

An der Wand gegenüber seinem Bett hing ein großer Spiegel.

---

* im Engl. Kürzel für upper class, Oberschicht. Anm. d. Ü.

Falls die Einrichtung und auch das Bettzeug dem Leser für das Zimmer eines Butlers ungewöhnlich prächtig vorkommen sollten, so läßt sich das damit erklären, daß auf Whining die ohnehin nicht sehr zahlreichen Diener im dritten Stockwerk schliefen, das eigentlich weniger bedeutenden Gästen vorbehalten war.

In diesem Spiegel sah Alastair nun entsetzt und zugleich fasziniert, daß sich unter seinem Bett etwas regte und gegen die Schabracke stieß. Dann schob sich eine große, haarige Pranke, orangefarben mit schwarzen Streifen, ins Blickfeld, tastete vorsichtig herum, fand Alastairs Lederpantoffel, schlug ein oder zweimal spielerisch danach, fuhr sodann sechs Zentimeter lange Krallen aus und zog ihn damit unter das Bett. Das Schnurren, das einen Moment lang verstummt war, setzte nun wieder ein, sogar noch lauter als zuvor.

Alastair mochte Tiere gern. Er war nur in Panik geraten, weil er Angst vor Geistererscheinungen hatte. Er hatte nämlich befürchtet, die Herrin von Whining zu sehen, ein Gespenst, das bei drohendem Unheil oder in besonders schweren Zeiten im Nachtgewand am Springbrunnen zu spuken pflegte. Nachdem er jetzt wußte, daß sich unter seinem Bett nur ein – zweifellos aus dem herzoglichen Zoo entlaufenes – Tigerjunges befand, war er ganz beruhigt. Ohne das Bett zu verlassen, schlug er die Schabracke hoch, ließ eine Hand hinunterhängen, schnippte aufmunternd mit den Fingern und lockte: »Hierher, Kleiner! Na, du Kätzchen? Komm doch heraus, du kleines Fellknäuel!«

Das Schnurren wurde dreimal so laut, und eine Zunge wie ein Stück warmes, feuchtes, elastisches Sandpapier fuhr genüßlich an seinem Arm auf und ab. Schnurrhaare vibrierten. Alastair bewegte die Finger und kraulte einen breiten, pelzigen Unterkiefer und den unteren Teil eines großen, samtenen Ohrs.

So weit, so gut. Aber dennoch sollte Alastair ein Schock nicht erspart bleiben.

Er sprang aus dem Bett, und der Tiger – offenbar ein scheues

Tier – zog sich mit einem wischenden Geräusch zurück, bis er nicht mehr zu sehen war. Alastair bückte sich nach seinem Pantoffel – und konnte unter dem Bett keinen Tiger entdecken. Als er nach dem Pantoffel tastete, berührte seine Hand Fell und Schnurrhaare: aber beides war unsichtbar, er konnte es nur spüren, nicht sehen.

Als Alastair zufällig nach hinten in den Spiegel schaute, erblickte er darin deutlich ein großes Tigerjunges, das in aufreizender Haltung unter seinem Bett auf der Seite lag und an seinem Pantoffel nagte.

»Das ist ja eine schöne Bescherung« sagte er. »Du hast also deine Sichtbarkeit verloren! Wie hast du das denn angestellt, Henry?«

Henry schnurrte. Ein Scharren war zu hören und ließ vermuten, daß er seine Krallen am Teppich wetzte.

»Vielleicht hat er Hunger«, überlegte Alastair, während er in seine Hose schlüpfte. »Vielleicht kommt alles wieder in Ordnung, wenn er etwas gefressen hat. Einerseits ist es ja ganz gut, daß er momentan nicht sichtbar ist; so kann er Mrs. Boddity nicht erschrecken.«

Mrs. Boddity, die Köchin, war neben Alastair und einer Zugehfrau das ganze Personal, mehr gestatteten die bescheidenen Mittel und die Sparsamkeit des Herzogs nicht.

Als Alastair mit dem schnurrenden Pelzknäuel, das einen unsichtbaren Cha-cha-cha um seine Knöchel tanzte, die Küche betrat, stellte er erleichtert fest, daß Mrs. Boddity sich aus Ärger über die bevorstehende Rückkehr des Herzogs mit einer neuen Herzogin in einen ihrer Taubheitsanfälle geflüchtet hatte und nicht ansprechbar war.

Alastair öffnete die Tür der Gefriertruhe. Eine seiner weniger angenehmen Aufgaben bestand darin, den Whining-Fluß mit dem Schlagnetz abzufischen und die vielen Zentner Meeräschen, die er bei dieser Aktion herausholte, auszunehmen und als Beitrag zu den gewöhnlich nicht sehr opulenten herzoglichen Dinnerparties einzufrieren. Die Truhe enthielt genügend Fisch, um hundert Tiger zum Frühstück satt zu machen, und Henrys Schnurren dröhnte wie ein Orgelsolo in der Albert Hall.

Nach dem Frühstück gab es viel zu tun. Betten mußten bezogen, Zimmer hergerichtet, Moorhühner aufgetaut und die Lieferung Rioja angezapft und durch eine Rohrleitung zum Springbrunnen im Innenhof gepumpt werden.

»Und was gilt die Wette, daß die neue Hoheit lieber Coca Cola trinkt?« murrte Cawdkin der Gärtner, den man von seinen Rabatten weggeholt hatte, damit er mit Hand anlegte. »Sie ist noch nicht älter als zwanzig, oder?«

»Ich schätze, sie liebt alles Spanische, schließlich kommt sie doch aus Buenos Aires«, hielt Alastair dagegen und lenkte den Strom in eine Gießkanne, um den Wein zu kosten und sich zu vergewissern, daß er nicht nach Kork schmeckte. Dabei scharrte er neben sich mit dem Fuß auf dem Boden, um einen großen, feuchten Pfotenabdruck auf einem Pflasterstein zu verwischen. Henry, der ihm den ganzen Tag getreulich gefolgt war, spielte nun unsichtbar mit den Spritzern aus dem Springbrunnen.

Inzwischen hatte sich Alastair so sehr an Henrys Gesellschaft gewöhnt, daß er seine ursprüngliche Absicht, ihn in den Zoo zurückzubringen, aufgegeben hatte. Kurz vor der Ankunft des Herzogs schloß er den Tiger mit einem aufgetauten Moorhuhn in seinem Zimmer ein und huschte dann, nur um seine Neugier zu befriedigen, schnell zum Zoo hinüber.

In dem leeren Abteil neben dem Schneemenschen entdeckte er ein Schild:

TEMPELTIGER AUS MYAUNG PIR PAU
Diese von Priestern als Wächter für die heiligen Schreine gezüchteten Tiger sind mit bloßem Auge nicht wahrzunehmen, können aber im Spiegel be-

trachet werden. Krönchengeschmückte Taschenspiegel stehen, das Stück zu sieben Shilling Sixpence, am Drehkreuz zum Verkauf.

Der Herzog ließ wirklich keine Verdienstquelle aus.

Alastair besaß ein poliertes Zigarettenetui, und in seinem Deckel spiegelten sich eine Tigermutter und einige schon mehr als halb ausgewachsene Jungtiere.

»Wie viele Junge haben wir eigentlich?« fragte er Mildew, den Zoowärter.

»Tja, Sir, das wissen wir nicht so genau. In der Nacht, als sie warf, hatte ich frei, und sie hat sich an meinem Assistenten vorbeigeschlichen und war für zwei Stunden verschwunden. Wir haben den Verdacht, daß vielleicht ein oder zwei von den Kleinen entkommen sind, aber das können wir nicht mit Gewißheit sagen. Bisher hat sich noch niemand beklagt, aber sie sind immerhin Menschenfresser, deshalb ist es doch ein wenig beunruhigend...«

Das Jubelgeschrei der pflichteifrigen Pächter verriet Alastair, daß der Herzog auf Sichtweite herangekommen war. Er bedankte sich bei Mildew und kehrte in aller Eile auf seinen Posten zurück.

Als der krönchengeschmückte Cadillac zum Stehen kam und sich die Tür öffnete, erlebte Alastair seinen zweiten Schock an diesem Tag. Er verliebte sich.

Anita, die dritte Herzogin Seiner Hoheit des Neunten Herzogs, war keineswegs die auffallende, schwarzhaarige, lateinamerikanische Schönheit, die er sich ausgemalt hatte. Sie war klein und bescheiden, und ihr Haar war von einem weichen Mausbraun. Aber unter Schüchternheit schien sie nicht zu leiden. Als Alastair sich verbeugte, traf ihn ein langer, bedächtiger, belustigter Blick aus ihren Augen, die fast so riesig und grün waren wie die von Henry, wenn man sie im Spiegel sah.

»Ich habe einige Ihrer Gedichte im *Atlantic Monthly* gelesen«, sagte sie. »Wir werden bestimmt gute Freunde werden.«

Sie sprach mit einem leichten Akzent, den Alastair, der nachdenklich die Koffer aufnahm, reizend fand, aber nur so in etwa als kolonial einzuordnen vermochte.

»Na, na, meine Liebe«, sagte der Herzog mit etwas derber Gutmütigkeit, »wenn ich mir aus einer herzoglichen Laune heraus einen Dichterling zum Servieren halte, so heißt das nicht, daß man ihn auch ermutigen sollte, für derlei Unsinn haben wir auf Whining nämlich keine Zeit. Du machst dich jetzt frisch, und dann kannst du vor dem Tee noch eine halbe Stunde lang im Wachsfigurenkabinett Ansichtskarten signieren. Ich möchte inzwischen mit Bellairs die Kasinoeinnahmen durchgehen.« Damit eilte der Herzog davon und rief Alastair nur noch zu, daß jemand beim Abstauben der Hirschgeweihe geschludert habe.

Alastair trug die Koffer Ihrer Hoheit nach oben. In seinem Herzen tobte ein Aufruhr. Er legte das *Englische Trauma* erst einmal beiseite und machte sich daran, lyrische Verse zu schmieden, die sie beschreiben sollten:

> *Klug und weise, salbeigrün!*
> *Oh, wie diese Augen glühn!*
> *Wie sie blicken, stolz und kühn!*

»Sie können sie hier hinstellen«, sagte Ihre Hoheit und zeigte auf den Fußboden im Schlafzimmer. »O Mann, keine Tischlampe, kein Bettvorleger? Und nur so ein alter, vergammelter Teppich.«

»Bei seinen Privatgemächern ist Seine Hoheit sehr genügsam«, erklärte Alastair ein wenig steif. Dann platzte er heraus – er konnte nicht anders – »Warum, *warum* haben Sie ihn nur geheiratet?«

Sie war nicht etwa gekränkt, sondern sah ihn nur gedankenvoll an.

»Es ging mir nicht um sein Geld, mein Bester, glauben Sie das ja nicht. Aber ich steckte ein wenig in der Klemme. Mein Pa war gestorben, und der Hauswirt wollte mich an die Casa Roja verpfänden, das dortige Freudenhaus. Und da schien es mir ein ganz annehmbarer Ausweg, Herzogin zu werden und jeden Tag ein paar hundert Ansichtskarten zu signieren.« Sie heftete ihre Augen weiterhin nachdenklich auf Alastair und fügte schließlich hinzu: »Sie haben sich in mich verliebt, Sie alter Griesgram, stimmt's?«

»Rettungslos«, stöhnte er. »Geht das jedem so?«

»Armer Junge. Offenbar passiert es immer den ernsten Typen wie Ihnen. Eigentlich komisch, weil ich selbst gar nicht so verdammt ernsthaft bin...«

Ein donnerndes Krachen war zu hören, die Tür sprang auf, und ein unsichtbar schnurrendes Etwas kam ins Zimmer geschossen. Henry hatte es bei seinen blankgenagten Moorhuhnknochen nicht länger ausgehalten.

»Was zum Henker ist das denn?« rief die Herzogin aus.

»Das ist mein Tiger«, erklärte Alastair hastig. Er hatte eigentlich vorgehabt, keiner Menschenseele von Henrys Existenz zu erzählen, aber die Herzogin hatte ein ganz besonderes Talent, die Beschlüsse anderer Leute umzustoßen. »Er ist unsichtbar, aber wenn Sie wollen, können Sie ihn im Spiegel sehen.«

Anita wandte sich dem Spiegel zu, und ihre grünen Augen weiteten sich entzückt.

»Oh, *Socksy Boy*!« Sie ließ sich mitten auf dem Teppich auf die Knie fallen und umarmte Henry, der seinen riesigen, gestreiften, unsichtbaren Kopf an ihr rieb.

Bestürzt sah Alastair, daß sie Tränen in den Augen hatte.

»Jetzt fühle ich mich schon viel besser«, sagte sie schließlich und stand auf. »Ach übrigens, weil es mir gerade einfällt, mein Süßer, könnten Sie dafür sorgen, daß Eadred und ich getrennte Betten bekommen. Getrennt«, wiederholte sie energisch und beäugte das herzogliche Himmelbett mit kaum verhohlenem Abscheu.

Alastair nickte, schluckte und verließ, Henry hinter sich herziehend, das Zimmer.

In den nächsten Wochen hatte Alastair einige Probleme, Henrys Anwesenheit geheimzuhalten.

Es war nervenaufreibend, beim Fünfuhrtee mit den Pächtern oder bei einem Dinner für den White Hunters' Circle, dessen Vorsitzender Seine Hoheit war, die Aufsicht zu führen. Ständig mußte er die Muskeln anspannen und gewärtig sein, daß Henry ihm mit seinem mächtigen Kopf einen kräftigen Stoß gegen die Beine versetzte. Es war offenbar ein Ding der Unmöglichkeit, den Tiger einzusperren; das Schloß von Alastairs Tür hatte schon längst seinen Dienst versagt, und außerdem ging der Vorrat an Moorhühnern und Meeräschen allmählich zur Neige. Alastair hatte sich gezwungen gesehen, in der Küche und im Speisezimmer elektrische Ventilatoren aufstellen zu lassen, damit sie Henrys dröhnendes Schnurren übertönten, und mehrmals hatte die Herzogin beinahe eine Katastrophe herbeigeführt, weil sie den langen, gewölbten Korridor zu den Dienstbotenquartieren entlanggelaufen war und »Wo ist mein Socksy Boy?« gerufen hatte.

Der Herzogin fiel es schwer, sich einzuleben. Obwohl sie zuverlässig ihre Pflicht erfüllte und fünfhundert Mal am Tag ihren Namen auf Ansichtskarten setzte, sah sie blaß und kränklich aus, sie fröstelte in den zugigen Räumen, und den Haferbrei und die Meeräschen wies sie angewidert zurück. Alastair und Henry waren ihre einzigen Freunde, und diese Freundschaft war nicht ohne Risiko.

Alastair dachte mit Schaudern daran, was geschehen würde, wenn der Herzog, der seit seiner Rückkehr besonders sadistisch und mißgelaunt war, Alastair vor den White Hunters mit seinen Gedichten aufzog und abfällige Bemerkungen auf Anitas Kosten machte, von der Existenz dieses Schoßtiers erfuhr. Die Beziehungen zwischen Herzog und Herzogin schienen sich mit beunruhigender Rasanz zu verschlechtern.

Eines Tages, als Alastair gerade Cocktails verteilte, hörte er die letzten Worte eines Streits:

»Ich gebe dir noch Zeit bis zum Ende der Wintersaison – aber nicht länger. Und auch das nur aus einem Grund – ich möchte nämlich, daß du dich an den Tagen für Spezialisten – am ersten Mittwoch jedes Monats – als Herrin von Whining verkleidest. Aber danach ist Schluß mit dem Unsinn. Ich brauche einen Erben.«

»Das ist dein gutes Recht«, sagte Anita, aber es klang ziemlich kleinlaut. Henry, der Alastair mit seinem Cocktailtablett begleitet hatte, rieb sich an ihren Knöcheln, und sie kraulte ihm den Kopf, um sich zu trösten, und flüsterte: »Wo ist denn mein schöner Socksy Boy?«

Alastair flüchtete hastig aus dem Raum. Nach einer Weile folgte ihm der Tiger. Sein Schwanz war feucht, als hätte ihn sich jemand ausgeborgt, um sich damit verstohlen ein paar Tränen abzuwischen.

Es änderte auch nichts an Alastairs Schwierigkeiten, daß ihn die Liebe zu Anita beinahe um den Verstand brachte. Manchmal, in Augenblicken aberwitziger, durch gelegentliche, besorgte Blicke aus ihren grasgrünen Augen entfachter Hoffnung, war er fast versucht zu glauben, daß sie seine Gefühle erwiderte.

Eines stürmischen Dienstagabends verschärfte Henry diesen spannungsgeladenen Zustand in einem Maße, daß es zur Krise kam. Er haßte Schnee und lehnte es ab, wie gewohnt über den winterweißen Rasen zu galoppieren, um sich auszutoben; folglich war er zappelig und in destruktiver Stimmung, und Alastair war während einer Dinnerparty für die benachbarten Adeligen das Herz schon ein paarmal fast bis in die Wildlederschuhe gerutscht, als der Tiger aus Langeweile ein lautes, winselndes

Gähnen hören ließ, das nur durch viel Geklapper mit dem krönchengeschmückten Silberzeug zu übertönen war.

Später, als Alastair den Brandy einschenkte, ließ ein entsetzlicher Krach darauf schließen, daß Henry in den Speiseaufzug geklettert und damit bis auf den Grund des Schachts gesaust war, und diese Vermutung erwies sich als zutreffend. Zum Glück führte der Herzog gerade in diesem Augenblick seine Stereoanlage vor und bemerkte nichts, aber ein Glitzern in Anitas Augen verriet, daß sie die Wahrheit erraten hatte.

Sobald Alastair sich unbemerkt entfernen konnte, rannte er los, um den Schaden zu begutachten. Henry schien unverletzt. Er saß knurrend zwischen den Scherben und schüttelte seine Schnurrhaare, an denen noch die Crème Caramel klebte. Alastair gab ihm eine nicht allzu unsanfte Kopfnuß, um ihm zu zeigen, daß er sich unbeliebt gemacht hatte, und Henry drehte sich um und schnappte nach seiner Hand.

Für einen Tiger fiel der Biß noch recht sanft aus, aber er ging doch so tief, daß das Blut herausquoll. Als Alastair sich einen Augenblick später bückte, um die überall verstreuten Teller und Bestecke aufzuheben, spürte er, wie Henrys große, rauhe Zunge forschend über seine verletzte Hand glitt, stärker und stärker leckte – noch stärker –

In diesem Moment erschien Anita, den Finger auf die Lippen gelegt.

»Was ist passiert?« fragte sie. »Ich habe mich von den alten Knackern weggeschlichen, weil ich es wissen wollte. Was haben Sie mit Ihrer Hand gemacht, mein Süßer?« Dann sah sie das zerschmetterte Service und keuchte erschrocken auf. »Oh, Socksy Boy –«

»Er braucht mehr Bewegung«, erklärte Alastair bedrückt.

»Nun, das läßt sich doch leicht einrichten, oder?«

Sie warf ihre Lamé-Stola ab – der sparsame Herzog ließ Anitas Kleidergeld auf Geschäftskosten laufen – und fuhr damit auf dem

Boden hin und her, um Henry zu locken. »Hier, mein Kleiner, komm, mein hübsches Kätzchen, schöner Socksy Boy, hol sie dir doch!«

Und schon lief sie silberfunkelnd, wie ein Blitz aus salbeigrüner Seide den Gang entlang. Henry raste wie aus der Kanone geschossen hinter ihr her.

»Halt! Halt!« rief Alastair erschrocken. »Anita! Warten Sie doch! Ich glaube, man kann ihm nicht mehr trauen.«

Er stürmte hinter dem gefährlichen Paar her, dessen Spur leicht zu verfolgen war. Laméfetzen und ganze Büschel herausgescharrter Teppichwolle führten ihn den Korridor entlang und die große Treppe hinauf bis in das herzogliche Schlafzimmer.

Die beiden spielten um das große Himmelbett herum Fangen, was verheerende Folgen für die Bettvorhänge hatte. Zwei Stühle, ein krönchengeschmücktes Fußwaschbecken und Anitas Feldbett lagen bereits umgestürzt am Boden.

»Anita, Sie müssen aufhören! Ich glaube, er wird allmählich wild!« keuchte Alastair. »Schließlich stammt er aus einer Familie von Menschenfressern. Ich hätte niemals –«

Er schnappte sich den Rest ihrer Stola und zog ihn über den Fußboden und in den offenen Schrank des Herzogs hinein. Die sich wild hin- und herbewegenden Anzüge und Schuhe zeigten, daß Henry sich dort darauf gestürzt hatte. Alastair knallte die Tür zu und drehte den Schlüssel um.

»Dem Himmel sei Dank«, seufzte er und wischte sich den Schweiß von der Stirn. »Wenn ein Tiger einmal Menschenblut gekostet hat –«

»Aber doch nicht mein schöner Socksy Boy –« protestierte Anita.

Sie stand ganz dicht vor ihm, und ihre Augen funkelten vor Aufregung smaragdgrün. Die allgemeine Katastrophenstimmung war zu viel für ihn. Er riß sie in seine Arme und küßte sie mit stürmischer Hingabe.

»He, alter Griesgram, immer sachte mit den jungen Pferden, ich habe nicht gesagt –«

»Was zum Teufel ist denn hier los?«

Das war der Herzog, der seine Kupferstiche holen wollte, um sie der Tochter eines Nachbarn zu zeigen. Nun betrachtete er die Szene mit schärfster Mißbilligung.

Alastair schluckte und löste sich langsam von der Herzogin. Dann baute er sich in steifer Haltung vor dem Herzog auf.

»Ich bedaure diesen Vorfall zutiefst, Hoheit«, sagte er förmlich. »Meine Gefühle haben mich überwältigt. Natürlich werde ich auf der Stelle Selbstmord begehen. In der Bibliothek. Die Tatsache, daß ich sterben werde, ehe ich mein Meisterwerk vollendet habe, ist ein geringer Preis für – für –« Er begegnete dem Blick der Herzogin, schluckte und verstummte schließlich. Dann zog er seine Selbstmordpille aus der Tasche, verneigte sich vor den beiden und wandte sich zur Tür.

»Das kommt gar nicht in Frage!« brummte der Herzog und entwand ihm die Pille. »Damit ich mitten in der Saison ohne Butler dastehe? Wo, glauben Sie, finde ich jemanden, der für Ihren Lohn bei mir arbeitet? Sie bleiben hier und machen bis zum Schluß Ihren Dienst. Außerdem ist das eine gute Geschichte für den White Hunters' Circle. Das gibt ein Gelächter, wenn ich den Leuten erzähle, daß ich den Butler dabei erwischt habe, wie er meine Frau küßte.« Er lachte selbst, aber es klang unangenehm. Alastair wurde bleich. »Und du brauchst dir keine Sorgen zu machen, meine Liebe, es besteht keine Gefahr, daß so etwas noch einmal vorkommt. Eine kleine Disziplinarmaßnahme wird Eure Hoheit schon lehren, daß es sich nicht auszahlt, mich zu hintergehen. Mal sehen. Morgen ist der Tag für Spezialisten. Wir werden dich in ein Laken wickeln und dich den ganzen Tag lang als Herrin von Whining an den Springbrunnen ketten, mein Schatz. Dafür können wir zusätzlich sieben Shilling Sixpence verlangen. Die Frage ist nur, ob ein Laken oder ein Bikini?« Er warf einen Blick in das wirbelnde Schneegestöber hinter der schwarzen Fensterscheibe. Alastair wollte mit einem Fluch auf ihn losgehen, aber der Herzog hatte eine Elefantenbüchse von der Wand genommen und winkte ab.

»Das Ding würde ganz häßliche Löcher reißen, mein Lieber. Scheren Sie sich in Ihren Anrichteraum zurück, Sie Galgenstrick von einem Dichter. Und dich, Hoheit, werde ich einfach im Badezimmer einschließen, bis ich die Gäste losgeworden bin.«

Er packte Anita an den Schultern. Alastair machte tollkühn einen Satz nach vorne, aber der Herzog drehte schnell die Büchse um und hieb ihm den Kolben über den Schädel, worauf er zusammenbrach. Beim Ausholen traf die Büchse auch noch eine riesige Flasche Noche Serena – die sicher nicht auf Spesen ging, denn die Herzogin hatte sie aus Buenos Aires mitgebracht –, das Parfüm ergoß sich über Alastair und ließ ihn noch tiefer in Ohnmacht sinken. Später sollte es ihm auch noch das Leben retten.

Anita schrie aus Leibeskräften. Mit einer Schnelligkeit, die von großer Übung zeugte, schnappte sich der Herzog eine große Puderquaste aus Schwanendaunen, stopfte sie ihr in den Mund und band sie mit einem Nylonschal fest. Als die Herzogin Anstalten machte, um sich zu schlagen, drängte er sie ins Badezimmer und fesselte ihr die Hände an den heißen Handtuchhalter. Dann versperrte er die Tür, strich sich sein zerzaustes, weißes Haar glatt, zog sich das Band eines lateinamerikanischen Ordens in seinem Knopfloch gerade und öffnete die Schranktür, um nach den Kupferstichen zu suchen, die in einem Geheimfach hinter seinen Krawatten ruhten.

Natürlich gibt es für die nun folgende Szene keinen Zuschauer. Alastair war noch immer bewußtlos, und Anita machte sich langsam aber verbissen daran, mittels ihrer Zehen ihre Handfesseln zu lösen. Als sie gedämpfte Geräusche durch die Badezimmertür hörte, schloß sie daraus, daß Henry aus dem Schrank entkommen war und nun ausgelassen im Schlafzimmer herumtollte, aber sie war zu beschäftigt, um weiter darauf zu achten. Als der letzte Knoten gelöst war, versuchte sie, die Tür zu öffnen, und als sie sie verschlossen fand, kletterte sie aus dem Fenster. Die Wissenschaft hat allen Grund, dies zu bedauern. Es ist ein nicht alltägliches Schauspiel, wenn ein Herzog von einem unsichtbaren Tiger verschlungen wird, und ein Augenzeugenbericht wäre sehr wertvoll gewesen. Leider ist es unwahrscheinlich, daß ein solches Ereignis sich noch einmal wiederholt.

Es bereitete Anita keine besondere Mühe, in den Innenhof hinabzuklettern, denn sie konnte sich der Geweihe bedienen, die über das ganze Mauerwerk verteilt waren – alle Innenwände hatte der Herzog schon längst mit Trophäen zugehängt. Sie sprang leichtfüßig auf den schneebedeckten Rasen und warf einen finsteren Blick auf den Springbrunnen mit dem leeren Sockel, der auf das Erscheinen der Herrin von Whining wartete. Dann wurde ihre Miene noch düsterer, denn sie nahm undeutlich eine geisterhafte Erscheinung wahr, die fröstelnd im Eisregen stand und aus Anlaß des Hinscheidens des Neunten Herzogs gespenstisch die Hände rang.

Da Anita nicht an übernatürliche Phänomene glaubte, wandte sie dem Phantom vernünftigerweise den Rücken zu und kehrte durch die Hintertür, vorbei an dem mißmutigen Gebrabbel der tauben Mrs. Boddity, die gerade die letzten Reste des zerbrochenen Geschirrs abwusch, ins Haus zurück.

Etwa um diese Zeit kam Alastair wieder zu sich, rappelte sich inmitten einer Noche Serena-Wolke mühsam auf und sah sich mit wilden Blicken im Schlafzimmer des Herzogs um, wo ein Durcheinander herrschte, als hätten kurz hintereinander gleich mehrere Hurrikane gewütet. Er taumelte zur Badezimmertür und schloß sie auf, aber zu seinem großen Erstaunen war Anita nicht da; nur eine Puderquaste und zwei Strümpfe lagen auf dem Boden.

Hinter ihm ertönte ein sattes, zufriedenes Schnarchen. Bald

hatte er ausgemacht, daß es vom Himmelbett kam, wo eine tiefe Einbuchtung in der Daunendecke Henrys Anwesenheit verriet.

Der Herzog war nirgendwo zu sehen.

Alastair stieß einen tiefen Seufzer der Erleichterung aus. Obwohl sich Henry offenbar aus dem Wandschrank hatte befreien können, schien er sich hier niedergelassen zu haben, ohne allzu großen Schaden anzurichten. Alastair faßte den Entschluß, ihn gleich morgen früh in den Zoo zu bringen, wand den Gürtel des herzoglichen Bademantels mehrmals um den kräftigen Hals des Tigers und bemühte sich, das Tier dazu zu bringen, daß es schwerfällig vom Bett sprang und mit ihm in sein eigenes Schlafgemach tapste. Henry tat ihm mit schläfrigem Grollen den Gefallen, und danach stolperte Alastair, sich seinen schmerzenden Kopf haltend, wieder zurück, um das Chaos im Zimmer des Herzogs zu beseitigen.

Hier fand ihn Anita, als er gerade benommen versuchte, zwei Hälften einer Haarbürste mit Silberrücken wieder zusammenzufügen.

»Mein Süßer! Alles in Ordnung mit dir?«

Sie lief zu ihm und nahm seinen Kopf in ihre Hände.

»Nur eine kleine Gehirnerschütterung«, sagte Alastair und umarmte sie mit träumerischer Leidenschaft.

»Zuckerhäschen, das darfst du hier drin nicht machen! Eadred würde dich auf der Stelle töten, wenn er dich noch einmal dabei erwischte.«

»Das wird er nicht tun«, sagte Alastair voll Zuversicht.

»Woher weißt du das?«

»Ich habe dies hier gefunden.« Er zeigte ihr einen Gegenstand, ein kleines Ding nur, das aber zweifellos dem verstorbenen Herzog gehört hatte.

»Du meine Güte! Meinst du, daß Henry –«

»Genau«, nickte Alastair. »Ich habe dir ja gesagt, er braucht Bewegung. Morgen kommt er in den Zoo. Ich verstehe nur nicht, warum er mich nicht auch gleich erledigt hat, nachdem er schon einmal dabei war.«

Anita konnte sich vor Lachen nicht mehr halten. »Chiquita, er würde nicht einmal auf einen Kilometer an dich herangehen! Wahrscheinlich mußte er schon niesen, als er an dir schnüffelte; du riechst wie sieben Harems. Wo ist er jetzt?«

»In meinem Zimmer, und ich habe einen Tisch vor die Tür gestellt.«

»Dann«, sagte sie, »gehst du heute nacht besser nicht dorthin zurück, es könnte ja sein, daß er wieder Hunger bekommt und der Duft sich inzwischen verflüchtigt hat.«

Ihre Augen schweiften zerstreut über das Feldbett, das Alastair wieder auf seine sechs winzigen Beine gestellt hatte.

Henry war es nicht bestimmt, sein Leben als Gefangener zu beenden. Als er den Herzog verschlang, hatte seine Gier ihn alle Vorsicht vergessen lassen, und er hatte sich außer Seiner Hoheit auch noch Alastairs Giftpille einverleibt. Als die beiden am nächsten Morgen kamen, um ihn zu holen, war er bereits ganz friedlich und unsichtbar gestorben.

Das Rätsel um das Verschwinden des Herzogs wurde nie gelöst. Nach sieben Jahren wurde er für tot erklärt, und ein entfernter Verwandter erbte den Titel. Doch Anita war schon lange vorher in ein winziges Häuschen auf dem Grundstück gezogen, wo sie sich, wie sie sagte, wohler fühlte als auf Whining Court.

Dorthin kam Alastair eines Tages mit einem großen, unsichtbaren Bündel in den Armen. Er breitete es vor ihren Füßen auf dem Ziegelboden aus, fiel auf die Knie und erklärte: »Das ist alles, was ich habe, abgesehen von fünf Guineen, die mir *New Ideas* als Vorschuß auf meine gesammelten Gedichte bezahlt hat. Ein Herzogtum ist es nicht, aber würdest du es trotzdem annehmen, Anita? Würdest du mich heiraten?«

Sie kniete weinend neben ihm nieder: »Ach, das ist also das

letzte Andenken an meinen geliebten Socksy Boy, der uns zusammengeführt hat. Aber mein Süßer, mit fünf Guineen und einem Tigerfellteppich sind wir doch reich! Was braucht man denn noch mehr, um zu heiraten?«

Ja, was braucht man noch mehr? Wir können die beiden nun getrost sich selbst überlassen.

Dem Geruch nach

Hast du auch dazugeschrieben, daß es für eine arme, alte Dame ist, die sehr schwer hört und fast nichts mehr sieht? Und hast du sie auch gebeten, es so schnell wie möglich zu erledigen?« fragte Mrs. Ruffle.

Mrs. Ruffle war eine stämmige, alte Frau. Unter ihrem runden Hut, flach wie ein Suppenteller, sah ein grobknochiges Gesicht hervor, dessen Züge den Ausdruck steinerner Unzugänglichkeit angenommen hatten, der für Taube charakteristisch ist.

»Ja doch, ja, ich habe dir schon zweimal gesagt, daß ich ihnen das geschrieben habe«, erwiderte ihr Sohn ungeduldig und nickte dabei mehrmals nachdrücklich mit dem Kopf, weil ihm eingefallen war, daß sie ihn nicht hören konnte, wobei er sich über den Schaltertisch der Postabteilung weit zu ihr vorbeugte. Sie beobachtete ihn unablässig und mißtrauisch die ganze Zeit über, in der er den Brief schloß und zum übrigen Inhalt der Sendung in den kleinen festen Karton schob, der in Blockschrift an die *Hörhilfe – Reparaturabteilung, Stanbury, Klinik für Hals-, Nasen- und Ohrenkrankheiten* adressiert war, das Päckchen mit einem Klebestreifen versah und eine Marke darauf klebte.

»Was glaubst du, George, wie lange es dauern wird, bis sie es mir zurückschicken?«

»Drei Tage, vielleicht vier. *Vier Tage!*« sagte er so laut er konnte und formte dabei die Worte mit den Lippen.

»Was hast du gesagt, mein Junge?«

Er griff nach ihrer Hand, um es durch Abzählen der Finger begreiflich zu machen, aber sie, schon lange nicht mehr an irgendwelche körperliche Berührung gewöhnt, zuckte nervös zurück wie ein wildes Tier in einer feindlichen Umgebung und riß dabei einen neben ihr stehenden Stapel Blechkästen um, so daß sie krachend auf den holprigen Ziegelsteinboden des kleinen Ladens stürzten. Den Aufschriften nach enthielten sie Kekse der Sorten ›Marie‹, ›Nice‹, ›Oval‹, ›Osborne‹, ›Petit Beurre‹ und ›Sponge Fingers‹.

Ohne von dem durch sie angerichteten Chaos die geringste Notiz zu nehmen, stapfte sie mit Hilfe ihres weißen Blindenstocks mitten durch eine Gruppe ehrerbietig zurückweichender Kunden hindurch zur Ladentür, blieb dort stehen, schnüffelte und sagte:

»Hier riecht es nach etwas, das nicht hergehört. – George, hast du vielleicht in einer Keksschachtel etwas verschimmeln lassen – wahrscheinlich den Deckel nicht ordentlich zugemacht? Das wird es sein. Da waren die Mäuse dran, wenn du es wissen willst. Ich habe noch nie erlebt, daß mit den ›Marie‹ nicht etwas passiert wäre. Immer sind die Mäuse drangegangen.«

Wütend fegte George Ruffle Kekse, Krümel und die Reste von angenagtem Papier vom Boden auf, ohne zu antworten, und zuckte auf das verständnisvolle Grinsen einiger Kunden nur die Achseln, als wollte er sagen: ›Da kann man nichts machen!‹ Dann schüttete er den ganzen Abfall in ein leeres Faß und kehrte hinter den Ladentisch zurück, um weiterzubedienen.

Seine Mutter steckte den Kopf noch einmal durch die Tür.

»Bei deinem Vater wäre so etwas nicht vorgekommen. Zu seinen Lebzeiten gab es im Laden nur frische, einwandfreie Ware. Nicht das gefrorene Zeug, das doppelt soviel kostet und nicht das geringste taugt.«

Dabei sah sie mit ihren kurzsichtigen Augen gehässig in die Richtung der Tiefkühltruhe, die George trotz ihrer wütenden Proteste nach dem Tode seines Vaters angeschafft hatte.

»Wie oft läßt du eigentlich diese Rattenfalle saubermachen? Immer wenn Weihnachten und Ostern auf einen Tag fällt, wie? Es könnte deinem Faulpelz von Sohn nichts schaden, wenn er sich an jedem blauen Montag darüber hermachte!«

Sie lachte hämisch auf und stieß brüsk die Hand eines Mannes zurück, der ihr die zwei Stufen zur Straße hinunterhelfen wollte.

»Hier ist einer, der fischen gegangen ist – das rieche ich doch«, schimpfte sie halblaut vor sich hin, setzte sich schweren Schritts in Gang und war bald für die Zurückbleibenden verschwunden.

»Verdammt resolute alte Dame, deine Mutter«, sagte ein Bauer, der am Ladenschalter für Postsachen ›Nationale Versicherungs-Marken‹ kaufte.

»Und ob!« erwiderte George. »Nichts mit ihr anzufangen. Der Inspektor vom Gesundheitsamt hat schwer was dagegen, daß sie in ihrem Haus allein lebt, aber sie weicht und wankt nicht – sagt, daß sie in ihren vier Wänden sterben will und nicht in einem Altersheim. Das wäre bloß ein anderer Name für Gefängnis.«

»So wie sie aussieht, macht sie es noch eine ganz schöne Zahl von Jahren.«

»Mit ihrer eisernen Gesundheit«, pflichtete George bei, während er eine Rolle Kupfergeld einstrich und in ein vergittertes Kassettenfach unter dem Ladentisch gleiten ließ. »Das einzige ist ihre Taubheit, die kann ihr gefährlich werden. Sie hört nicht, ob ein Topf überkocht oder eine Flasche ausläuft. Und jetzt schon gar nicht, wo sie ohne ihr Hörgerät ist. Aber was kann man machen! Sie ist zu nichts zu bewegen. Sie hat genug zum Leben, ist in ihrem kleinen Haus geboren worden und will da auch sterben. – Ja, bitte, Wally? Was soll es denn sein? Eine Postanweisung über 3 Pfund und 11 Shilling? – Frank!« Er rief seinen Sohn, der im Hintergrund des Ladens arbeitete. »Laß jetzt das Aufladen der Bestellungen auf den Wagen und komm lieber her und hilf mir einen Augenblick im Laden, ja?«

Frank, ein ansehnlicher, etwas schläfriger Bursche in einem weißen Overall, setzte die Kartons mit Lebensmitteln, die er gerade im Arm hielt, widerwillig ab, aber gehorchte.

Inzwischen stapfte die alte Mrs. Ruffle langsam ihren gewohnten Weg entlang. Metzgerei: Hackfleisch und einen Knochen für den Hund. Drogerie Rendell: Verdauungspillen.

»Ohne Hörgerät heute?« fragte der Verkäufer, erhielt jedoch keine Antwort und gab weitere Verständigungsversuche auf. Er händigte ihr die Pillen und das Restgeld aus, das sie sorgfältig nachzählte, wobei sie mit dem Daumennagel an dem gerillten Rand der Sixpence-Stücke entlangfuhr.

Stoffgeschäft von Miss Knox: zwei Paar Wollstrümpfe.

»Sie kauft regelmäßig jeden Monat zwei Paar Wollstrümpfe«, vertraute diese ihrer zu Besuch weilenden Cousine an, nachdem sie die Ladentür hinter Mrs. Ruffle geschlossen hatte. »Eine Extravaganz, aber sie sagt, zum Stopfen sähe sie nicht mehr genug und sie könnte ihr Geld ebensogut ausgeben statt zu sparen.«

»Sie muß sich ganz gut stehen, wie?«

»Oh, im Dorf heißt es, daß sie ein hübsches, rundes Nestei in ihrem Landhaus versteckt hätte.« Miss Knox warf einen Blick hinter der alten Dame mit dem breiten, kräftigen Rücken her, die langsam die Dorfstraße hinunterschritt.

Mrs. Ruffle tappte nach Hause mit Hilfe ihres Stocks, sich im übrigen ihres Sehvermögens von vier Fuß im Umkreis und ihres Geruchssinnes bedienend.

Der Geruch von verbrannten Haaren und Horn, das war der Schmied. Löwenzahn, das war der abschüssige, grasbewachsene Hang vor der Kirche. Das Gitter um die Kirche, erst kürzlich gestrichen, roch in der Junisonne nach frischer Farbe mit einem Hauch von Kreosot. Dann kam der schwere, etwas stickige Duft der Buchsbaumhecke am Friedhof. Sie trat durch die Gittertür ein, um Berts Grab zu inspizieren.

Ja, sie hatten die Blumen erneuert und das Gras gemäht, aber keinen Handschlag mehr getan, als unbedingt notwendig. Sie hätte sich nicht gewundert, wenn auch das unterblieben wäre. George hatte nie wirklichen Respekt vor seinem Vater gehabt, Doris sah auf die Familie ihres Mannes herunter, und Frank, dieser verzogene, faule Bengel, hatte nur Wetten und Motorräder im Kopf.

Nachdem sie dem Grab ihren gewohnten Besuch abgestattet und sich zehn Minuten auf der Bank daneben ausgeruht hatte (mit dem Schild ›Zum Gedächtnis an Albert Edward Ruffle gestiftet von seiner Witwe‹), setzte sie ihren mühsamen Weg fort. Vorbei am Lokal ›Zum Glockengeläut‹: Geruch von Sägespänen und Bier durch die offene Tür – dann den Hügel vom Dorf hinab zu dem flachen, weiten Marschland mit seinem Geruch von Salzwasser, wobei sie zu Anfang, infolge der hohen Böschungen, zu beiden Seiten ein leichtes Dunkel umgab. Jenseits der Deiche des Marschlandes wehte der Wind eine Wolke von Ammoniak herüber, die von den weidenden Schafen kam. Wenn sie ihr Hörgerät trug, konnte Mrs. Ruffle gerade noch das unaufhörliche, dünne Blöken wahrnehmen, aber heute verlor es sich für sie unhörbar in der großen hellen Kuppel des Himmels.

Sie stapfte weiter, schnupperte den Salzhauch der fünf Meilen entfernten See und gab sorgfältig acht, in der Mitte des engen flachen Feldweges zwischen den sauber ausgerichteten Böschungen zu bleiben. Die einzigen Fahrzeuge, die hier entlangfuhren, waren Traktoren und Lieferwagen. Die Fahrer erkannten sie schon von weitem an ihrer plumpen Figur, verlangsamten ihre Fahrt und fuhren vorsichtig um sie herum, mit zwei Rädern schon über den Wegrand hinaus.

Bald darauf umgab sie der Duft ihrer Hecke und der dicken Bohnen, die jetzt in voller Blüte standen. Je näher sie kam, desto deutlicher roch sie die vertraute Atmosphäre des Hauses selbst. Das alte Fachwerk, das Schilfdach und die gekochten Kartoffeln von tausend Mahlzeiten. Rover, ihr Bullterrier, kroch schweifwedelnd aus seiner Hütte. Sie war seine Begrüßung so gewohnt, daß sie sich einbilden konnte, das fröhliche Rasseln seiner Kette zu hören. Sie gab ihm den Knochen, und er ließ sich auf einem sonnigen Fleck nieder, um sich damit zu beschäftigen.

Mit sicherem Griff langte sie nach dem unter dem vorspringenden Schilfdach versteckten Schlüssel, der dort an einem Nagel hing – und stutzte. Der Schlüssel hing verkehrt herum. Mißtrauisch vor sich hinmurmelnd, nahm sie ihn herunter, steckte ihn ins Schloß und öffnete die Haustür.

Im selben Augenblick, als sie eintrat, wußte sie, daß jemand im Haus gewesen war, oder – da sie nichts hörte – sogar noch da war. Sie blieb wie gebannt stehen, riß die Augen auf und blähte die Nasenflügel. Außerdem versuchte sie verzweifelt, mit ihren tauben Ohren irgendein Geräusch wahrzunehmen, bis ihr vor Angst und Anstrengung schwindlig wurde.

Nachdem etwa fünf Minuten so vergangen waren, wagte sie zitternd weiterzuschleichen, ihren Kopf wie eine Schildkröte hin und her bewegend. Sich von einem Möbel zum andern tastend, ging sie langsam durch die Wohnung. – Ja, der Stuhl stand nicht an seinem alten Platz, und auch der Tisch war weggerückt worden.

Und der Riegel an dem Wandschrank stand offen.

Sie griff hastig hinein und holte von hinten eine kleine rosaglasierte Teekanne hervor. Mit flatternder Hand hob sie den Deckel. Die Teekanne war leer.

Es dauerte lange, bis dies Mrs. Ruffle endgültig klarwurde. Mehrere Dutzend Male stellte sie die Teekanne an ihren Platz und nahm sie wieder heraus und griff hinein. Dann holte sie nach und nach das gesamte übrige Geschirr aus dem Schrank, Teekannen, Krüge, Töpfe, Schüsseln, Vasen, und untersuchte fieberhaft jedes Stück. Sie durchwühlte den ganzen Schrank, das Zimmer, das Haus.

Nachdem sie dreimal alles durchsucht, jedes Stück in die Hand genommen, an seinen Platz gestellt und wieder hervorgeholt hatte, war sie am Ende ihrer Kräfte. Es war ihr gleichgültig, wie es in den Zimmern aussah. Sie ließ sich schwer in den alten Lehnstuhl fallen, der sich in vierzig Jahren ihrer Körperform angepaßt hatte, und ging nach einer Weile geradenwegs zu Bett. Aber noch im Schlaf zitterte und keuchte sie wie ein Hund, der im Traum hinter einem Wild herjagt. Dabei öffneten und schlossen sich ihre Hände krampfhaft wie auf der Suche nach etwas.

Am nächsten Morgen erwachte sie früh und begann von neuem alles zu durchwühlen. Dann brach sie ihre Suche ab, weil ihr einfiel, daß Sid, der Milchmann, bald kommen würde, und stellte sich vor die Haustür, um auf ihn zu warten.

Kaum hielt sein kleiner blau-verwaschener Ponywagen vor dem Hause, als sie so schnell sie konnte zur Gartentür lief.

»Sid, ich bin bestohlen worden, ich bin bestohlen worden, Sid! Du mußt die Polizei holen!«

»Ist Ihnen nicht gut, Missis?« Ihre Totenblässe, ihr verfallenes Gesicht und ihr ziellos umherirrender Blick versetzten Sid in Sorge. Er erbot sich, sie in seinem Karren zu George mitzunehmen, aber da sie nichts hörte, gab sie keine Antwort, und so fuhr er endlich weiter, mit dem Versprechen, ihr umgehend jemanden zu Hilfe zu schicken.

Als Polizeikommissar Trencher erschien, rief seine dunkelblaue Uniform mit den blanken Knöpfen bei ihr zunächst ein Gefühl der Zuversicht hervor. Als erstes untersuchte er das ganze Haus, vom Schlafzimmer im Dachgeschoß bis zum rückwärtigen Keller unter dem Garten, der nie benutzt wurde, weil bei Regenwetter die Abwässer der Senkgrube hineinflossen. Er ließ keinen Raum aus. Mrs. Ruffle folgte ihm überallhin.

»Wie gedenken Sie mir mein Geld wieder zu beschaffen?« fragte sie immer wieder. »Wie wollen Sie mir meine 500 Pfund wieder verschaffen? Sie werden sie mir doch wieder verschaffen, nicht wahr?«

Als er versuchte, ihr die Schwierigkeiten auseinanderzusetzen, da es keinen Anhaltspunkt gab, weder Fingerabdrücke noch sonst etwas, und Zeugen fehlten, und sie nicht einmal beweisen könne, den von ihr genannten Betrag wirklich im Hause aufbewahrt zu haben und nicht vielleicht nur den zehnten Teil (obwohl es im ganzen Dorfe hieß, sie habe einen größeren Betrag bei sich im Hause in einem Versteck) – und als er ihr am Schluß seiner Ausführungen den Leichtsinn vorhielt, 500 Pfund in einer Teekanne zu verstecken, wußte man nicht, ob sie von alldem auch nur ein Wort verstanden hatte. Hartnäckig wiederholte sie immerzu: »Nicht wahr, Sie schaffen es mir wieder herbei?«

Der Kommissar fragte sich, ob sie bei klarem Verstand sei und der Schock sie nicht vielleicht verwirrt habe. Vorsichtshalber wandte er sich an Oberkommissar Bray, seinen Vorgesetzten, der klugerweise ein Gespräch erst dann mit ihr führen wollte, wenn sie ihr Hörgerät zurückerhalten haben und eine wenn auch lückenhafte Verständigung mit ihr möglich sein würde.

George, in schlechtester Laune und ebenso verlegen wie nervös, begleitete seine Mutter zu dieser Unterredung.

»Es war höchst unvernünftig von Ihnen«, wandte sich der Oberkommissar mit lauter Stimme an sie, »das ganze Geld bei sich im Haus aufzubewahren, Mrs. Ruffle. Wir können nicht versprechen, es Ihnen wieder zu beschaffen. Ist Ihnen das klar?«

»Sparen Sie sich Ihre Belehrungen, junger Mann«, gab die alte Frau bissig zurück. »Schaffen Sie lieber das Geld wieder herbei, mehr verlange ich nicht. Er kann es in der kurzen Zeit nicht ausgegeben haben, ohne sich in der Nachbarschaft verdächtig zu machen. Das ist doch klar.«

»Welcher er?«

»Der Dieb. Der das Geld gestohlen hat.«

»Er könnte damit auch Schulden außerhalb des Distrikts bezahlt haben. Auf jeden Fall haben wir vorläufig nicht den geringsten Anhaltspunkt dafür, wer es genommen haben könnte.«

»Dann denken Sie gefälligst ein bißchen nach, Sie fauler Schafskopf.«

»Mutter!« rief George entsetzt. Aber Mrs. Ruffle ließ sich nicht stören und setzte fort: »Es muß einer sein, der regelmäßig ins Haus kommt. Sonst wäre Rover ihm an die Beine gefahren. Das liegt doch auf der Hand. Und wer kommt regelmäßig? Da ist Sid Curtis, der Milchmann, der junge Tom Haynes, der die Post bringt, dann mein Enkel Frank, der einmal die Woche mit Lebensmitteln kommt – dann hier, mein Sohn George...«

»Mutter, wirklich...!«

»...dann meine Schwiegertochter Doris, die sich nur sehen läßt, wenn Weihnachten und Ostern auf einen Tag fallen, und noch einige – Wally Turner, der den Zähler abliest, Bernard Wiggan, der mir im Garten beim Umgraben hilft, wenn die Kneipe geschlossen ist, Alf Dunning, der mir die Kohlen liefert, und Luke Short und Jim Humble von der Gemeindeverwaltung. Die kommen aber nur, um die Senkgrube auszuleeren, wenn sie am Überlaufen ist. Einer davon muß es gewesen sein – oder nicht?«

»Alles schön und gut«, sagte der Beamte. »Da haben wir ja eine reiche Auswahl. Oder haben Sie einen bestimmten Verdacht, wer es von den Genannten gewesen sein könnte?«

»Allerdings. Ich weiß sogar, wer es gewesen ist«, sagte Mrs. Ruffle grimmig. Die beiden Beamten starrten sie fassungslos an.

»Was soll das heißen, Mutter?...Du weißt es...Woher willst du das wissen?«

»Dem Geruch nach. Daher.«

»Dem Geruch nach?«

»Jeder Mensch hat bekanntlich einen besonderen Geruch – oder nicht?! Sie zum Beispiel...«, sie wandte sich dem Kommissar zu, »Sie riechen nach dem sauberen Tuch Ihrer schönen Uniform. Mein Sohn George riecht meistens nach Käse, Sid Curtis nach seinem Pony, Tom Haynes nach dem Tabak, den er immer raucht. Mein Enkel Frank riecht so penetrant nach einem bestimmten Rasierwasser, daß man ihn straßenweit daran erkennen kann. Dasselbe ist mit Wally Turner. Nur sind es bei ihm die Schweine, die er hält. Meine Schwiegertochter Doris benutzt ein Parfum ›Weiße Veilchen‹. Bernard hat immer etwas von den

Pommes frites aus der Bar an sich, Alf Dunning von seinen Kohlensäcken, sogar durchdringend, und Luke und Jim stinken natürlich immer nach Jauche, die armen Schweine. Wie ihre Frauen das aushalten, weiß ich nicht, aber jeder muß ja sehen, wie er sich durchbringt, meine ich.«

»Aber wie wollen Sie danach mit Sicherheit feststellen, wer Ihr Geld gestohlen hat?«

»Im Augenblick kann ich es nicht mit Sicherheit sagen«, erwiderte Mrs. Ruffle. »Aber ich würde ihn sofort erkennen, sobald ich ihn wieder rieche.«

»Also, wer ist es Ihrer Meinung nach gewesen?«

»Ja, das werde ich Ihnen nicht auf die Nase binden«, versetzte die Alte schlau. »Erst müssen Sie mir versprechen, ihn festzunehmen, sonst kommt er und schneidet mir die Kehle durch.«

»Grundgütiger Himmel, wir können doch nicht jemanden festnehmen, nur weil Sie behaupten, ihn am Geruch wiederzuerkennen«, rief der Oberkommissar, bereits am Ende seiner Nerven, infolge der Anstrengung, so laut zu sprechen, daß Mrs. Ruffle ihn verstehen konnte. »Wie einer riecht, das ist doch kein Beweismittel!«

Der Vormittag ging in dem Bemühen hin, die Alte davon zu überzeugen, daß die Polizei unmöglich jemanden auf ihre bloße Vermutung hin festnehmen könne. Als es George endlich gelang, sie nach Haus zu bringen, fiel sie zusammen. Die Kräfte verließen sie, die sie so lange aufrecht gehalten hatten, als sie glaubte, den Kommissar überzeugen zu können. Sie versank in einen Zustand halber Geistesabwesenheit und hockte teilnahmslos in ihrem alten Sessel, ohne auf George zu hören, der ihr auseinandersetzte, daß sie jetzt unter keinen Umständen mehr allein im Haus bleiben könne und zu ihm ziehen müsse.

»Du kannst hier nicht länger allein bleiben, Mutter, siehst du das nicht ein? Wovon willst du leben, um nur davon zu reden?«

Das riß sie etwas aus ihrer Lethargie, und sie erwiderte: »Ich werde wie immer von meiner Rente leben. Das einzige, was ich mir nicht mehr leisten kann, sind zwei Paar neue Strümpfe jeden Monat. Das ist aber auch alles. Dafür wird Doris mir meine alten stopfen, ob sie das gern tut oder nicht. Und jetzt mach, daß du verschwindest, George – viel geholfen hast du mir sowieso nicht. Und untersteh dich, jemandem auch nur ein Sterbenswort von dem zu erzählen, was ich dem Kommissar erklärt habe, wenn du mich nicht eines Morgens ermordet in meinem Bett finden willst.«

Sie schloß die Haustür hinter dem ärgerlich abziehenden George, kehrte an ihren Platz zurück und starrte düster und verschlossen in das Kaminfeuer, ab und zu etwas vor sich hinmurmelnd.

Ein Monat verging, ohne daß sich jemand im Dorf durch größere Geldausgaben verdächtig gemacht hätte. Die Polizei verhörte mehrere Leute, jedoch erfolglos. Ohne Zweifel würde der Fall binnen kurzem zu den unerledigten Akten gelegt werden.

In Mrs. Ruffles Landhaus erschienen regelmäßig wie immer die üblichen Besucher. Sid, Frank und Bernard kamen und gingen wie seit je. Alf Dunning lieferte seine Kohlen ab, und ein paarmal erschien Doris bei ihrer Schwiegermutter und übergab ihr widerwillig gestopfte Strümpfe. Der Postbote brachte eine belanglose Karte von ihrer Tochter in Kanada, die Mrs. Ruffle nicht entziffern konnte.

Das warme Wetter im Juni schlug im Juli in Regen und Kälte um. Wassermassen rauschten die Deiche entlang und blieben auf dem festeren Marschboden in Tümpeln stehen. Es war vorauszusehen, daß die Senkgrube im Garten von Mrs. Ruffle bald überlaufen und ihr übelriechender Inhalt anfangen würde, in den rückwärtigen Keller zu rinnen. Sie richtete also an die zuständige Stelle der Gemeindeverwaltung die Anfrage, wann sie jemanden zu schicken gedächten, um die Senkgrube zu entleeren.

Eines Tages um die Teestunde erschien Wally Turner, um den Zähler abzulesen.

Es war ein trüber, regnerischer Nachmittag. Der Regen troff unaufhörlich vom Schilfdach, und die Regentonne war am Überfließen. Die Schafe auf der Weide drängten sich eng aneinander und ließen ihr klägliches Blöken über die Marsch erschallen. Rover lag im Halbschlaf in seiner Hütte, und Mrs. Ruffle saß neben dem Kamin, in dem eine Handvoll Kohlen glühte, und dachte an ihre leere Teekanne. Sie glaubte auch jetzt noch ab und zu, sie müsse sich geirrt haben, nahm die Kanne aus dem Schrank, hob den Deckel hoch und blickte erwartungsvoll ins Innere, so als ob das Bündel Banknoten wie durch ein Wunder wieder an seinem Platz liegen könnte.

Als Wally klopfte, war Mrs. Ruffle hinten in der Küche und hängte den Wasserkessel über das Feuer.

Wie immer, wenn er keine Antwort bekam, öffnete Wally die Tür selbst. Danach begab er sich in den kleinen Korridor, wo der Zähler, höchst unpraktisch, in einer dunklen Ecke unter der Treppe unmittelbar neben der Tür zum Keller angebracht war.

»Guten Tag, Wally«, hörte er plötzlich Mrs. Ruffle hinter sich sagen und fuhr zusammen. Da sie Filzschuhe trug, hatte er sie nicht aus der Küche kommen hören.

»Hallo, Mrs. Ruffle!« erwiderte er laut und nervös. »Ich sehe, Sie haben diesmal nicht soviel Strom verbraucht wie sonst...«

»Was bleibt mir übrig. Nachdem mir meine ganzen Ersparnisse gestohlen worden sind, muß ich mich einschränken.«

»Ja, ich habe es gehört, es hat mir außerordentlich leid getan«, schrie er ihr in das eine Ohr.

»So, wirklich?« Sie trat dicht an ihn heran und fragte wie beiläufig: »Wie geht es denn den Schweinen, Wally?« Ihre Nasenflügel zitterten.

»Ganz gut, Mrs. Ruffle. Sie mögen nur das schlechte Wetter nicht.«

»Wer mag das schon. Ich bin in großer Sorge wegen meines Kellers, kann ich Ihnen sagen. Wenn die Gemeinde mir nicht bald jemanden schickt, läuft er voll. Könnten Sie nicht mal eben einen Blick hineinwerfen, um zu sehen, ob das Wasser schon bis zur elektrischen Leitung geht? Und womöglich ein Kurzschluß entsteht.«

»Da ist alles in Ordnung. Soviel ich weiß, geht Ihre Leitung gar nicht durch den Keller.«

»Trotzdem, Wally. Ich möchte, daß Sie hineinschauen und nachsehen.«

Dabei drehte sie den Schlüssel im Schloß und stieß die Kellertür auf. Ein betäubender Gestank von fauligem Unrat stieg aus dem Keller hoch. Angewidert sah Wally die dunkle Treppe hinab.

»Können Sie sehen, wie hoch das Wasser steht?«

»Es ist zu dunkel«, erwiderte er.

»Ihre Augen werden sich gleich daran gewöhnen. Sie brauchen nur eine Stufe tiefer zu steigen.«

Er trat zögernd auf die erste Stufe der Treppe. Im gleichen Augenblick hob sie ihren Stock und versetzte ihm mit aller Kraft einen Stoß in den Rücken. Er rutschte auf der nassen Steinstufe aus, fiel vornüber und verschwand mit einem verzweifelten Schrei in dem dunklen, hoch aufspritzenden Wasser.

Mrs. Ruffle machte die Kellertür zu und schloß sie ab.

»Ich werde dir zeigen, was es heißt, anderer Leute Ersparnisse zu stehlen!« schrie sie durch das Schlüsselloch. Dann ging sie in die Küche, um sich ihren Tee zu bereiten.

Wally, der sich ein Bein gebrochen hatte, arbeitete sich mühsam und unter großen Schmerzen aus dem zwei Fuß tiefen, stinkenden Wasser heraus und schleppte sich die Kellertreppe hoch.

»Ich bin es nicht gewesen, ich bin es nicht gewesen...« stöhnte er laut und schlug mit den Fäusten gegen die Tür. Und nach einer Weile: »Du kannst mir gar nichts nachweisen, verdammte alte Hexe! Dein Geld siehst du jedenfalls nicht wieder...«

Mrs. Ruffle schenkte seinen Worten keine Beachtung. Seine Hilferufe waren nur auf der rückwärtigen Seite des Hauses zu hören und auch das nur undeutlich. Für alle Fälle nahm sie ihr Hörgerät ab und ließ es aus einer gewissen Höhe auf den Ziegelboden fallen.

Am nächsten Nachmittag stapfte sie durch den Regen zum Laden.

»Du mußt das Ding noch einmal der Klinik zurückschicken, George«, sagte sie. »Es ist schon wieder kaputt.«

George packte das Hörgerät ein und machte es postfertig, wobei sie ihm teilnahmslos zusah.

Zu Luke Short, der im Laden stand, sagte sie: »Wann kommst du eigentlich, um die Senkgrube leer zu pumpen? Der Keller muß schon halb voll sein. Noch ein paar Tage dieses Wetter, und er ist voll bis an den Rand.«

Luke schrie sich die Lungen aus dem Leibe:

»Tut mir leid, Madam, aber es liegen so viele Bestellungen vor, daß wir die nächsten vier oder fünf Tage nicht bei Ihnen vorbeikommen können. Sagen wir nächsten Donnerstag, frühestens...«

Nicht sicher, ob sie ihn verstanden hatte, nahm er den großen Postkalender von der Wand, hielt ihn ihr vor das Gesicht und zeigte mit dem Finger auf den genannten Tag.

»Was? Erst Donnerstag? Aber was soll ich machen, wenn es nicht früher geht... Donnerstag könnte gerade noch zurecht kommen.«

Dann stapfte sie langsam wieder die Dorfstraße hinunter.

Der Stolz der Circle Y

Es war heiß. Auf die breite Hauptstraße von Jacksonville, die schlafend in der mittäglichen Stille lag, brannte sengendheiß die Sonne herab. Nichts regte sich, nur die Schwänze von zwei vor dem Saloon angebundenen Cowboypferden zuckten dann und wann, um die lästigen Fliegen zu verscheuchen. Zum Arbeiten war es zu heiß; die meisten Leute hielten ein Nickerchen oder spielten Rommé im hinteren Teil des Saloons, wo es kühl und dämmrig war.

Eider, die Besitzerin des Saloons, lehnte, Ellbogen und Busen bequem aufgestützt (dabei eine große Bierpfütze verdrängend und das Gesetz der Oberflächenspannung aufs äußerste strapazierend), über dem Tresen und las den *Star Weekly* der letzten Woche. Ihr Haar hatte sie wegen der Hitze über der Stirn zu einer platinblonden Wolke aufgetürmt, aber ansonsten ließ ihre Bekleidung erkennen, daß sie morgens nach dem Aufstehen nicht so ganz bei der Sache gewesen war. Eigentlich hieß sie ja Ida, aber in Jacksonville konnte niemand schreiben, und so wurde ihr Name von den meisten Leuten mit der üppigen, seidigen Weichheit teurer Eiderdaunen assoziiert, wie man sie in den Sears Roebuck-Katalogen angepriesen sah, die in den Außentoiletten hingen.

Als die Doppeltür aufschwang, ein blendend heller Lichtstreifen von der Straße hereinfiel und eine kleine Gestalt eintrat, blickte Eider schließlich auf. Niemand sonst nahm Notiz davon.

»Ja?« fragte Eider kühl. Sie war so daran gewöhnt, die einzige Frau in Jacksonville zu sein, daß sie es als gelinden Schock empfand, eine Geschlechtsgenossin vor sich zu sehen. Doch dann – sie war nämlich unter der etwas rauhen Schale, die sie der Welt zeigte, ein recht gutmütiger Mensch – sagte sie: »Moment mal,

Schwester«, lief flink um den Tresen herum und half der Besucherin mit einem kräftigen Ruck auf eine der Fensterbänke hinauf. Eider konnte einen schnarchenden Cowboy unter einem Arm tragen, und so war es für sie ein Kinderspiel, das zierliche Mädchen in den staubigen Jeans und dem karierten Farmhemd hochzuheben. Nun drehte sich Eider gemächlich um, suchte ein Glas und füllte es mit Whisky, aber nach dem ersten Schluck wehrte das Mädchen stumm ab und drehte den Kopf zur Seite.

»Tee wäre dir wohl lieber«, bemerkte Eider trocken, fügte aber dann hinzu: »Eigentlich hätte ich gegen 'ne Tasse voll auch nichts einzuwenden. Ich werde gleich den Kessel aufsetzen; die Jungs kommen schon alleine zurecht. Die meisten sind anscheinend sowieso eingeschlafen.«

Der Tee munterte die Kleine ein wenig auf, und sie sah sich nervös im Saloon um. »Ich – ich war noch nie an so einem Ort«, sagte sie.

»Nun mal raus mit der Sprache, Schätzchen«, verlangte Eider. »Wo kommst du her? Fremde verirren sich nicht so leicht nach Jacksonville.«

»Ich wohne da draußen in den Bergen«, sagte das Mädchen und deutete mit einer Hand nach Nordwesten. »Meinem Dad gehört – gehörte die Circle Y. Aber letzte Woche sind er und Mom bei einem Unfall mit dem Pferdewagen ums Leben gekommen, und jetzt gibt es dort nur noch mich und den alten Si.«

»O je, das ist ja schlimm«, sagte Eider.

»Dann bekam ich Besuch von Sheriff Nixon. Ich hatte immer gedacht, die Ranch gehört Dad, aber offenbar hat er sie in einem schlechten Jahr an den Sheriff verpfändet, und jetzt sind die Zinsen fällig, und der Sheriff hat gesagt, ich muß bezahlen oder verschwinden. Si und ich hatten kein Geld – wir hatten eigentlich vor, bis zum Markt im nächsten Jahr mit Dörrfleisch und Bohnen über die Runden zu kommen, und deshalb – deshalb dachte ich, ich gehe lieber in die Stadt und sehe zu, daß ich etwas verdiene. Si würde es fast das Herz brechen, wenn wir die Circle Y verlassen müßten.«

Eider stieß einen langen Pfiff aus und betrachtete nachdenklich das junge Ding mit den dunklen, flehenden Augen und dem sensiblen Mund.

»Wie hoch sind denn die Zinsen?«

»Zehn Dollar.«

Eider nickte. Für sie war das ein lächerlicher Betrag – an Samstagabenden verdiente sie innerhalb von zehn Minuten oft das Vierfache – und auch für Sheriff Nixon war die Summe gewiß nicht groß, also mußte etwas anderes dahinterstecken, wenn er das Mädchen so bedrängte. Wahrscheinlich die üblichen, durchsichtigen Beweggründe.

»Wie heißt du, Schwester?«

»Susie Rogers.«

»Na ja, Susie, ich schätze, hier im Ort gibt's für dich nur eins, nämlich hierbleiben und mir an der Bar helfen. Bezahlen kann ich dir nichts, aber was du an Trinkgeldern einnimmst, gehört dir. Schlafen kannst du oben. Und wenn ich du wäre, dann würde ich nicht allzu weit von hier weggehen – für ein alleinstehendes Mädchen ist diese Stadt nicht unbedingt zu empfehlen. Bist du hergeritten?« Das Mädchen nickte. »Du kannst dein Pferd hinten einstellen. Wenn du fertig bist, kommst du wieder, dann mache ich dir ein Sandwich – mit leerem Magen soll man nicht arbeiten.«

»Ich – ich weiß gar nicht, wie ich Ihnen danken soll –« begann Susie.

»Schon gut. Außerdem bist du mir vielleicht bald gar nicht mehr so dankbar – die Gäste hier sind ein ziemlich wüster Haufen.«

Drei Wochen später wurde die Stille der Hauptstraße von Jacksonville erneut gestört, diesmal vom Klapp-klapp eines Pinto-

Ponys, das sich in gleichmäßigem Schaukeltrab näherte. Kurz vor der Stadt brachte es sein Reiter zum Stehen, blieb einen Augenblick lang im Sattel sitzen und blickte nachdenklich die Straße entlang. Er war ein hagerer Mann mit scharfen Zügen und Augen, die wie graue Feuersteinsplitter in den Höhlen lagen; seinen abgetragenen Stetson hatte er tief in die sonnenverbrannte Stirn gezogen. Aus den Halftern an seiner Hüfte ragten die abgewetzten Elfenbeingriffe zweier Revolver, und auf seiner Weste blinkte ein verwitterter Nickelstern. Ehe er wieder anritt, nahm er den Stern gemächlich ab und steckte ihn an das Stirnband seines Ponys, wo ihn höchstwahrscheinlich niemand bemerken würde.

Dann sagte er: »Na, alter Junge, sieht so aus, als wären wir hier richtig«, zog seinen Gürtel fester, trieb das Pony im Schritt langsam die Straße entlang und blickte dabei aufmerksam nach rechts und links. Als er am Saloon vorbeikam, hörte er einen schwachen Schrei.

Er war ein Mensch, der keine Zeit verschwendete. In Sekundenschnelle hatte er sich blitzartig vom Pferd geschwungen und war, den Revolver im Anschlag, durch die Schwingtüren gestürmt. Eine weitere Sekunde, und er hatte die Situation erfaßt – Susie kauerte mit zerrissener Bluse in einer Ecke, ein betrunkener Cowboy stand vor ihr und blickte erschrocken über die Schulter, die erboste Eider hielt eine leere Whiskyflasche in der Hand und war bereits halb um den Tresen herum.

Der Fremde schob sein Schießeisen in das Halfter zurück – hier war Schießen nicht angebracht – und schleuderte den Cowboy mit einem mächtigen Fußtritt und einem eisenharten Faustschlag in eine Ecke, wo er wie ein Holzklotz liegenblieb.

»Deshalb brauchst du doch kein solches Theater zu machen, Susie«, schalt Eider. »Du mußt lernen, so etwas ganz nebenbei zu erledigen.«

»Ich – ich weiß gar nicht, wie ich Ihnen danken soll«, stammelte Susie und blickte erleichtert in das hagere, sonnengebräunte Gesicht des Fremden, aber der winkte ab.

»Keine Ursache. Ich kann es nur einfach nicht lassen, ein paar Schläge auszuteilen, wenn mir so ein Grobian über den Weg läuft.« Dann wandte er sich an Eider, die sich auf ihren Lieblingsplatz hinter dem Tresen zurückgezogen hatte und ihn prüfend betrachtete: »Können Sie mir sagen, wo ich Sheriff Nixon finde?«

»Sicher«, antwortete Eider. »Aber du solltest ihn nicht grade jetzt stören. Er hält im Moment seine Siesta, und er ist sowieso nie begeistert, wenn ein Fremder auftaucht. Wo kommst du her, Bruder?«

»Dick Hogan ist mein Name, ich komme von weit hinter den Bergen, und ich suche Arbeit.«

»Dann bleibst du besser noch ein Weilchen hier, bis Nixon aufwacht«, forderte Eider ihn auf. Der harte, sehnige Fremde gefiel ihr.

»Schätze, ich seh' mich lieber noch ein wenig in der Stadt um; ich komme später wieder. Und passen Sie auf die Kleine auf; sieht so aus, als sei sie an solche Kneipen nicht gewöhnt. Bis dann, meine Schöne.«

Eider drehte sich um und sah ihm nach, wobei sie eine weitere Pfütze auf dem Tresen verdrängte, dann wandte sie sich wieder ihrer Lektüre zu. Einmal blickte sie noch auf und sagte: »Wenn einer von den Kerlen frech wird, Susie, dann ziehst du ihm einfach eine Flasche über den Schädel. Das mußt du eben lernen.«

Draußen schwang Dick Hogan ein Bein über den Rücken des Pinto, der die ganze Zeit brav auf ihn gewartet hatte, und ritt quer über den Platz zu dem Häuserblock, der dem Saloon gegenüberlag und den man in der Stadt das ›Bankgebäude‹ nannte. Im Erdgeschoß befanden sich die Bank, das Büro des Sheriffs und der Gerichtssaal. Neben der Tür hing ein Zettel mit der Aufschrift: »A. White. Pferdephotographie. Erster Stock.« Eine schmale, dunkle Treppe führte nach oben.

»Du meine Güte«, sagte Dick. »Ein Pferdephotograph. Was sagst du dazu, Calico?«

A. White, der Pferdephotograph, gab sich gerade wie alle anderen Bürger von Jacksonville seiner mittäglichen Siesta hin, als er von Hufgetrappel, einem protestierenden Wiehern und einer Stimme aufgescheucht wurde, die besänftigend sagte: »Ruhig, Calico, ganz ruhig, alter Junge. Brauchst mich gar nicht anzumaulen.« Dann ging die Tür auf, und Dick ritt auf dem Pinto, dem das ganze Unternehmen nicht recht geheuer zu sein schien und der mißtrauisch zum Fenster zurückwich, ins Zimmer.

»Er is 'ne Spur nervös«, bemerkte Dick gedehnt.

»Tag«, sagte Mr. White und nahm seine noch nicht angezündete Zigarette aus dem Mund. »Kann ich was für Sie tun?«

»Aber sicher. Sie sollen von meinem Partner hier, von Calico, 'n hübsches Bild machen. Schätze, als Öldruck käme er richtig gut raus.«

»Schätze ich auch«, sagte der Photograph mit einem fachmännischen Blick auf die schwarzen und weißen Flecken des Pferdes. »Wieviele Abzüge wollen Sie denn haben?«

»Zwei – einer ist für mich, und einer soll an Miss Lily Belle Jones, Bar X Ranch, Smithville geschickt werden.«

»Ihre Zukünftige?« erkundigte sich Mr. White, während er sein Stativ aufbaute.

»Nein. (Ganz ruhig, Calico, alter Klepper.) Sie war letzten Monat dran. Ich schicke immer Karten an die Mädels, die ich zurücklasse.«

»Sorgen Sie doch bitte dafür, daß er den rechten Hinterhuf aus dem Kamingitter rausnimmt, ja? Und drücken Sie ihn von meinem Schreibtisch weg, ich höre schon das Holz knacken. Und jetzt paß auf, Calico, da kommt das Vögelchen.«

»Schätze, er mag das schwarze Tuch über Ihrem Kopf nicht«,

sagte Dick nach einigen vergeblichen Versuchen. »Wie wär's mit einer Zigarette, bis er sich beruhigt hat? Er hat 'nen Schuß arabisches Blut, und das macht ihn so nervös.«

»Vielleicht hab' ich auch arabisches Blut«, bemerkte Mr. White und wischte sich mit einem großen Taschentuch die Stirn ab.

Sie hatten kaum zum zweiten Mal an ihren Luckies gezogen, als Dick mit seinen scharfen Ohren von unten einen schwachen Schrei vernahm.

»Warte mal hier, alter Junge, und stell mir ja nichts an«, ermahnte Dick sein Pferd, schob sich an seiner Flanke vorbei aus der Tür, lief die Treppe hinunter und lockerte unterwegs die Revolver in den Halftern. Der Schrei schien von hinter der Tür mit dem Schild *Sheriff* gekommen zu sein, deshalb stieß Dick sie mit dem Fuß auf und riß gleichzeitig seine beiden Schießeisen heraus.

Er erfaßte die Situation auf einen Blick – auf dem Boden lag eine zerknitterte Zehn-Dollar-Note, in einer Ecke kauerte Susie, zerzaust und atemlos, ein kräftiger Mann von hünenhafter Gestalt, offenbar der Sheriff, fuhr wütend zur Tür herum, und in einer anderen Ecke waren ein paar niederträchtig aussehende Mexikaner mit einem Würfelspiel beschäftigt und nahmen keinerlei Notiz von all diesen Vorgängen.

»Wer zum Teufel sind *Sie* denn?« fragte Sheriff Nixon drohend. »Stecken Sie die Knarren weg, oder ich mache Mus aus Ihnen.«

»Hogan ist mein Name«, erklärte Dick lässig. »Ich sehe immer nach, wenn ich eine Dame schreien höre.«

»Ich wollte die Zinsen für die Hypothek bezahlen«, stieß Susie heraus – Dicks Augen wanderten zu der Zehn-Dollar-Note – »und er – und er–«

»Schon gut, Schwester, das genügt, ich kann es mir vorstellen«, unterbrach Dick. »Sie hätten sich eigentlich denken können, daß es nicht ratsam ist, hierherzukommen. Bei nächstenmal reichen Sie ihm das Geld über den Tresen, wenn er im Saloon ist. Und da würde ich an Ihrer Stelle jetzt auch wieder hingehen.«

»Sie bleibt hier«, sagte Sheriff Nixon und stellte sich breitbeinig in die Tür. »Und was dich angeht, du zimperliche Mimose – verschwinde, bevor ich die Geduld verliere und dir ein Loch in den Schädel ballere.«

Die Ankunft Calicos unterbrach unvermutet die Strafpredigt. Das Pferd war oben zunehmend unruhiger geworden und hatte sich schließlich nicht mehr davon abhalten lassen, seinem Herrn zu folgen. Da es das Treppensteigen nicht gewöhnt war, rutschte es auf der obersten Stufe aus und kam wie zwei Tonnen Eierbriketts auf einer Kohlenrutsche ins Büro des Sheriffs gesaust. Das Würfelspiel fand ein jähes Ende, und als Dick sah, daß es gleich zu einer Schießerei kommen würde, griff er sich Susie, schob sie aus dem Fenster und riet ihr, die Beine in die Hand zu nehmen.

»Ich – ich weiß gar nicht, wie ich Ihnen danken soll«, stammelte sie.

»Keine Ursache. Laufen Sie jetzt auf dem schnellsten Wege zu Ihrem Saloon zurück und setzen Sie keinen Fuß mehr vor die Tür. Und jetzt bist du an der Reihe, Calico.«

Calico sprang so sicher aus dem Fenster, als wäre es ein Hindernis beim Kansas City Rodeo. Dick hängte sich nach Indianerart auf der dem Fenster abgewandten Seite an den Sattel, und noch ehe die ersten Schüsse krachten, galoppierten die beiden bereits die Straße hinauf.

»Und das war ein Jammer«, sagte Dick zwei Stunden später nachdenklich zu sich selbst, als er, nachdem er seine Verfolger im Gestrüpp abgeschüttelt hatte, mit Calico langsam den Grim Death Canyon hinaufritt.

»Wenn diese Susie und mein großes, weiches Herz nicht gewesen wären, könnte ich jetzt schon mit dem Sheriff unter einer Decke stecken. Nun muß ich mir einen neuen Plan ausdenken, und Denken ist nicht grade meine starke Seite. Was wir jetzt jedenfalls brauchen, Calico, ist irgendein Plätzchen für ein Nachtlager. Von Klapperschlangen, die sich mir um die Stiefel wickeln, und von Kaktusstacheln im Nacken habe ich jedenfalls gründlich die Nase voll.«

Auf dem höchsten Punkt des Arroyo hielt er an, lockerte die Sattelgurte, ließ sich aus dem Sattel gleiten und gönnte Calico eine Verschnaufpause, während er das Gelände betrachtete.

»Wir müssen ganz dicht an der Grenze sein, alter Junge«, bemerkte er. »Die kleine Hütte da unten sieht wirklich verlassen aus.«

Die Hütte war ein kleines, altes, weißgestrichenes Ranchhaus und stand in einem Tal, das in vielen Windungen nach Süden führte. Nachdem Dick eine halbe Stunde lang rauchend dagesessen und das Haus angestarrt hatte, murmelte er vor sich hin: »Kann sein, daß wir hier richtig sind. Kann aber auch nicht sein. Aber auch wenn es nicht das Richtige ist und niemand dort wohnt, könnten Calico und ich jedenfalls ganz gemütlich für 'ne Nacht unterkriechen.«

Er ließ sich Zeit und näherte sich der Ranch in weitem Bogen, wobei er stets darauf achtete, sich nicht vom Horizont abzuheben und soweit wie möglich hinter Felsen und Büschen in Deckung zu bleiben. Als er auf eine halbe Meile herangekommen war, blieb er wieder stehen und streifte Calico die Zügel über den Kopf.

»Schätze, wir warten hier erst mal 'ne Weile. Ich will heute kein Risiko mehr eingehen«, murmelte er.

Das Haus schien tatsächlich verlassen zu sein. Aus dem Kamin stieg kein Rauch auf, und der Verandazaun schwang haltlos hin und her. Um das Gebäude herum bewegte sich nichts, nur am gegenüberliegenden Hang hoben ein paar halbwilde Stiere die Köpfe und brüllten unsicher, als sie den neugierigen Fremden witterten.

Die Dämmerung senkte sich herab, und Dick saß immer noch

da und beobachtete das Haus. Er drückte seine Lucky aus und umwand seine Sporen mit Mesquite-Gras.

Zwei Stunden lang belohnte kein Geräusch seine Wachsamkeit, aber dann stellte Calico ganz plötzlich die Ohren auf. Gemächlich legte Dick sich flach auf den Boden und drückte sein Ohr an die trockene Erde. Zuerst schwach, dann immer deutlicher vernahm er den gleichmäßigen Rhythmus von Hufschlägen, die durch das Tal herankamen. Er nickte vor sich hin, schüttelte sich den Sand aus dem Ohr, lockerte die Revolver in den Halftern, schwang sich in den Sattel und trieb Calico im Schritt auf den Weg zu.

Als er sich, den Geräuschen nach zu schließen, dem Neuankömmling bis auf fünfzig Meter genähert hatte, ließ er Calico angaloppieren. Das Pappelgestrüpp und ein kleines Wäldchen gaben ihm Deckung. Während er durch den Wald sprengte, zog er seine beiden Revolver, drückte sich den Stetson noch tiefer in die Stirn, strammte die Sattelgurte und nahm die Füße aus den Steigbügeln. Mann und Pferd schossen pfeilschnell aus dem Wäldchen und rasten wie eine Lawine auf den Pfad zu.

Der Fremde fackelte nicht lange. Fluchend riß er sein Pferd herum und trieb es den Weg zurück, den er gekommen war. Seine Revolver spuckten rote Feuerblitze, und Dicks Stetson schnellte, nur vom Gummiband gehalten, nach hinten.

»Dieser dreckige, feige Leisetreter«, murmelte Dick. Er kam dem Mann vor sich ständig näher, aber nun pfiff ein weiterer Schuß an seinem Ohr vorbei: der Knall mischte sich mit dem Krachen seiner eigenen Revolver. Das Pferd vor ihm machte noch ein paar Galoppsprünge, aber der Reiter sackte im Sattel zusammen, kippte langsam vornüber und stürzte schwer auf den Pfad. Vorsichtig, die Revolver im Anschlag, näherte sich Dick, aber der Mann, ein dunkelhäutiger, schnurrbärtiger Mexikaner mit Narben auf der Wange und vielen Kerben auf seinem Halfter, war tot. Dick nickte vor sich hin.

»Poncho Pete hat den Löffel abgegeben. War auch höchste Zeit dafür.«

Ohne große Umstände zerrte er Pete in das Pappelgestrüpp. Bemerkenswert war, daß der Mann zwölf Mexikanerhüte getragen hatte, die jetzt quer über den Pfad verstreut lagen. Dick hob sie nachdenklich auf, drückte sie sich alle auf den Kopf, fing das Pony des Mexikaners ein, bestieg wieder seinen Calico und trabte im Halbdunkel zur Ranch.

Er ritt um das Wohnhaus herum und strebte dem Korral mit dem defekten Zaun und dem dahinterliegenden Stall zu, der ziemlich groß und in überraschend gutem Zustand war. Er band die Pferde draußen am Pfosten fest und trat vorsichtig ein. Es roch überwältigend nach frischem Stroh, und als er ein Streichholz anriß, stellte er fest, daß der ganze Raum bis in Ellbogenhöhe voll nagelneuer Strohhüte war. Er warf seine eigenen zwölf oben drauf.

»Verdammt großer Haufen Kopfbedeckungen, was, Calico? Trotzdem, alter Junge, für dich müssen wir hier drin auch noch ein Plätzchen finden; kann nicht riskieren, dich draußen zu lassen, am Ende verrätst du uns noch. Und für dich gilt das auch, Kleiner.«

Dick wühlte mit beiden Händen in den Strohhüten, stapelte sie an einem Ende der Scheune bis zum Dach hinauf und legte so eine kleine Lücke für die beiden Pferde frei; dann führte er die Tiere herein und band sie drinnen fest. Zufrieden machte er sich nun daran, das Haus zu erkunden. Es war verschlossen, und nichts regte sich; nirgendwo war ein Licht zu sehen. Aber als Dick ganz nahe herantrat, vernahm er ein Geräusch, bei dem sich ihm die Haare sträubten und der Schweiß auf die Stirn trat – ein gräßliches, unmenschliches Jaulen, das im Haus mehrfach widerhallte.

»Verdammt nochmal!« rief Dick mit weit aufgerissenen Augen. »Was zum Teufel treibt sich denn da drinnen rum?«

Wieder ertönte der gräßliche Schrei – ein heiseres Jammern, bei dem sich einem die Haare sträubten.

»Hier spukt's ja!« keuchte Dick. »Auf Gespenster war ich nicht gefaßt!« Er wich vor der Ranch zurück, blieb in einiger Entfernung im Schatten der Scheune stehen und betrachtete mit starrem Blick die Tür, als könnte sie sich jeden Augenblick langsam öffnen und ein schreckliches Wesen ins Freie entlassen.

Sein Zögern wurde ihm zum Verhängnis. Während er noch völlig verdutzt dastand, hörte er wieder das zielbewußte Klappklapp von Pferdehufen, die sich in schnellem Galopp näherten. Fluchend zog sich Dick in die Stalltür zurück, dort blieb er stehen, und seine Muskeln spannten sich, als seine scharfen Ohren aus der Ferne einen schwachen Schrei vernahmen.

Zwei Pferde kamen mit ihren Reitern um das Wäldchen herum und hielten am Korral an; ein Reiter saß ab und zerrte den anderen aus dem Sattel. Im Licht des aufgehenden Mondes konnte Dick beobachten, daß sich so etwas wie ein Kampf abspielte, und als er unbemerkt von einem Zaunpfosten zum anderen glitt, hörte er Bruchstücke eines Gesprächs:

»Ja-a, hi-ierlang, meine kleine Schönheit – jetzt werde ich dir mal meine Briefmarkensammlung zeigen, ja?«

»Oh! Sie Bestie! Lassen Sie mich los! Oh, mein Arm, Sie tun mir weh!«

Mit einem unterdrückten Fluch stürzte Dick los. Eine der beiden Gestalten fuhr herum, ein Revolver spie zornig rotes Feuer. Diesmal zerriß das Gummiband an Dicks Stetson endgültig. Im gleichen Augenblick war auch sein Revolver losgegangen.

»Oh, Sie haben ihn getötet!« rief eine verängstigte Stimme.

»Schon wieder Sie, Miss Susie?« fragte Dick und beugte sich über die Gestalt, die zu Susies Füßen auf dem Boden lag. Wieder ein Mex.

»Gaucho Gabe«, sagte er befriedigt. »Den hat's nun auch erwischt.«

»Oh, ich – ich weiß gar nicht, wie ich Ihnen danken soll«, stammelte Susie. »Ich bin ihm auf dem Pfad begegnet, und er – und er –«

»Das reicht schon, Schwester. Helfen Sie mir nur, ihn von hier wegzuziehen, damit ihn nicht gleich jeder sieht, ja? Oder nein, führen Sie lieber die Pferde dort 'rüber. So ist es brav.«

Als Gaucho Gabe sicher im Pappelgestrüpp verstaut war, kehrte Dick zurück, um seine zehn Hüte zu holen, die im ganzen Korral verstreut waren. Bei ihnen lag auch ein Sack, der offenbar Fischköpfe enthielt.

Dick schnüffelte verwundert daran.

»Das ist eine harte Nuß«, sagte er zu Susie, die inzwischen die Pferde zum Stall geführt hatte. »Die Hüte kann ich mir ja noch erklären, aber das hier –«

»Oh«, begann sie und errötete leicht, »das ist mein –«

»Still!« rief Dick und legte ihr die Hand auf den Mund. »Ab ins Heu mit uns. Ich höre jemand kommen!« Eilig zerrte er sie und die beiden Pferde ins Innere des Stalls. Obwohl sie noch mehr Hüte auf die wackelige Mauer am anderen Ende stapelten, wurde es zusammen mit den beiden Pferden, die schon hier standen, ziemlich eng.

»Die Fischköpfe«, keuchte Dick.

»Oh, was machen denn alle diese Hüte hier?« flüsterte Susie.

»Rascheln«, erklärte Dick.

»Ja, das höre ich, aber wie –«

»Still!«

Draußen kamen Pferde um das Wäldchen herum. Diesmal waren es ein halbes Dutzend. Sie sammelten sich im Korral, die Reiter saßen ab, banden die Zügel an die Zaunpfosten und näherten sich dem Haus.

»Das dürfen sie nicht!« rief Susie, die genau wie Dick durch einen Spalt in der Stalltür gespäht hatte.

»Warum nicht, Susie? Was ist denn los mit diesem Haus?«

fragte Dick und dachte an das grauenhafte Geheul. »Geht da vielleicht ein Gespenst um?«

»Nein, das nicht! Aber das ist meine Ranch – hier bin ich zu Hause!«

»Was im Namen aller Heiligen ist dann –«

Aber ehe er den Satz beenden konnte, setzte das schaurige Gejaule wieder ein, es war bis in die Scheune zu hören, und die Männer wichen, sichtlich erschrocken, hastig in Richtung Stall und die darin versteckten Zuschauer zurück.

Dick fluchte leise.

»Was zum Teufel kann das gewesen sein, Sheriff?« fragte einer der Männer etwas unsicher.

»Ach, dummes Zeug, da sind zwei Ratten aufeinander losgegangen, sonst nichts. Ich möchte viel lieber wissen, wo diese verfluchten Mexe bleiben!«

Susie schauderte, als sie die Stimme des Sheriffs erkannte.

Dicks Pferd äußerte inzwischen eine immer stärker werdende Abneigung gegenüber dem schweren Sack mit den Fischköpfen, den Susie mit in die Scheune geschleppt hatte und der wirklich einen durchdringenden Geruch verströmte. Calico hatte bereits mehrmals den Kopf geworfen, und jetzt drehte er sich ganz auf der Hinterhand herum und wieherte sich seinen Abscheu und seinen Zorn lauthals von der Seele. Die Folgen waren fürchterlich. Die sorgfältig aufgeschichtete Strohhutmauer brach zusammen, und eine Sekunde später waren die vier Pferde und die beiden Menschen in der Scheune unter einer wogenden, brodelnden Masse von Mexikanerhüten begraben. Gewieher und Flüche hallten durch die Finsternis.

Aufgeschreckt fuhren die sechs Männer draußen herum und näherten sich, die Revolver im Anschlag, der Tür. Etwas kam ihnen entgegengefallen. Susie.

»Oooohhh!« rief der Sheriff aus. »Wenn das nicht unser kleines Susie-Mädchen ist. Hat sich ein bißchen im Heu getummelt, was? Wer ist denn der Bursche, der dir Gesellschaft geleistet hat? Ich blase ihm das Licht aus! Holt ihn raus, Leute.«

Er packte Susie, während die anderen Männer sich in das Hutmeer stürzten und schließlich Dick herauszerrten und ihm mit einem Lasso die Hände auf dem Rücken fesselten.

»Schon wieder Sie, was?« sagte der Sheriff hämisch und starrte Dick mit wutverzerrtem Gesicht an. »Ich hätt's mir denken können.«

»Boss, unser ganzes Hutlager ist ruiniert«, rief einer der Männer empört. »Alles von den Pferden zertrampelt und mit stinkenden Fischköpfen verschmiert. Was machen wir jetzt?«

»Verschwindet!« schrie der Sheriff, von plötzlichem Zorn übermannt. »Haut ab, ihr schäbigen, kleinen Versager! Ihr seid ja nicht mal fähig, ein paar Strohhüte zu klauen, ohne daß euch ein mickriges Greenhorn und eine Heulsuse von einem Mädel dazwischenkommen und euch den Vorrat ruinieren! Zieht bloß Leine, ehe ich richtig wild werde und zu schießen anfange.«

Die eingeschüchterten Männer gingen, verwirrt vor sich hinmurmelnd, zu ihren Pferden, saßen auf und ritten davon.

»Und jetzt«, sagte Sheriff Nixon und schwenkte drohend seine Revolver, »werd' ich mich 'n Weilchen mit dir amüsieren, meine kleine Susie, und der Angsthase hier kann so lange zusehen, bis wir miteinander fertig sind. Und danach werde ich euch zu den Hüten in die Scheune sperren und ein Streichholz dranhalten. Ins Haus jetzt mit euch – marsch!«

Einer seiner Revolver krachte, und neben Susies Füßen stieg im Mondschein eine Staubwolke auf. Das Mädchen schrie. Fluchend stemmte sich Dick gegen das Lasso aus Rohleder, mit dem seine Handgelenke gefesselt waren, aber vergeblich. Es gab zwar nach, aber nicht genug. Wieder ließ Nixon seinen Revolver sprechen und drängte sie zum Ranchhaus.

Dick fiel das Heulen wieder ein, das er aus dem Haus gehört hatte. Was immer sich dort für ein Wesen aufhielt, es lauerte ihnen da drinnen im Finstern auf. Erneut zerrte er an den Fesseln.

»Etwas flotter, du Greenhorn«, verlangte der Sheriff, und eine Kugel rasierte einen Streifen Wildleder von Dicks Stiefel ab.

Mit einer Hand Susie festhaltend, während er mit der anderen weiterhin die Waffe auf Dick richtete, drehte sich der Sheriff um und trat mit dem Stiefelabsatz hinter sich die Tür ein.

Auf das, was nun folgte, war er freilich nicht gefaßt.

Durch den schwarzen Spalt kam wie der Blitz ein fauchendes, kratzendes Wutbündel direkt auf seinen Nacken zugeschossen und krallte sich dort fest. Der Sheriff stieß einen entsetzten Schrei aus, ließ seinen Revolver fallen, taumelte haltlos herum und versuchte in panischem Schrecken, das Ding loszuwerden.

»Schnell! Schnappen Sie sich die Revolver, Susie!« rief Dick. Er machte eine letzte, verzweifelte Anstrengung, und das Lasso um seine Handgelenke zerriß. Schnell wie ein Falke bückte er sich nach einer der Waffen. Aber Susie hatte sich bereits auf die andere gestürzt und zog dem Sheriff unerwartet geschickt von hinten den Griff über den Schädel. Damit war Nixon erledigt.

»Puh!« stöhnte Dick und wischte sich die Stirn. »Was in aller Welt war das denn für ein Vieh?«

Aber Susie kniete auf dem Boden, Tränen der Freude liefen ihr über das Gesicht, und sie rief: »Si, mein alter Si, fehlt dir auch nichts? Oh, ich – ich weiß gar nicht, wie ich dir dafür danken soll, daß du mich gerettet hast. Ich mußte dich einfach einsperren, wegen der Klapperschlangen, aber ich habe mir solche Sorgen um dich gemacht! Warte nur, bis du siehst, was ich dir mitgebracht habe –« Damit lief sie in die Scheune und kam, den halbleeren Sack mit den Fischköpfen hinter sich herschleppend, zurück, während der alte Si, der Siamkater, vor Vorfreude schnurrend um sie herumstrich.

»Die Strohhutdiebstähle sind also aufgeklärt?« fragte Eider, als sie Dick am nächsten Tag im Saloon einen Rum-Milchshake mixte.

»Ja«, antwortete Dick und trank genüßlich. »Ihr Jamaica hat's aber wirklich in sich, meine Schöne.« Er sagte Eider nicht, daß der Sheriff zugegeben hatte, er sei ohnehin im Begriff gewesen, mit dem Schleichhandel Schluß zu machen; so viele Hüte waren aus Mexiko herübergeschmuggelt worden, daß der Markt überschwemmt war.

»Wo ist Susie?«

»Sie hat sich überlegt, daß sie den Sheriff heiraten will. Als sie gemerkt hat, wie leicht es war, ihn mit einem Revolvergriff flachzulegen, fand sie, sie könnte eigentlich versuchen, einen anständigen Menschen aus ihm zu machen. Er will zu ihr rausziehen und die Ranch für sie verwalten.«

»Und was ist mit dir, mein Hübscher?« fragte Eider, schob ihren Busen über die Bar und zog einladend die Augenbrauen hoch.

»Schätze, ich mache mich wieder auf den Weg, wenn Mr. White mit der Arbeit fertig ist, die er für mich erledigen soll.«

Er schlenderte hinaus auf die friedliche Hauptstraße, und Eider folgte ihm.

»Hier ist der Beleg«, sagte Mr. White und kam unter seinem schwarzen Tuch hervor. »Die Bilder müßten eigentlich recht hübsch werden. Ich schicke sie dann etwa in einer Woche mit der Postkutsche.«

»Oh«, sagte Eider, »das ist ja Susies alter Si, für den sie immer die Fischköpfe aufgehoben hat.«

»Ja«, sagte Dick und schwang ein Bein über Calicos Sattel, auf dem bereits der alte Si thronte. »Er hat sich sozusagen entschlossen, mit mir zu kommen. Er und mein Calico sind ganz dicke Freunde geworden; vielleicht, weil sie beide schwarzweiß sind. Der alte Si hatte es jedenfalls gründlich satt, die ganze Zeit allein auf der Circle Y zu sitzen, und er und der Sheriff kamen anscheinend überhaupt nicht miteinander zurecht. Na ja ... Bis bald, Eider. Es geht los, Calico.«

Eider beschattete ihre Augen mit Mr. Whites schwarzem Tuch und blickte die Straße hinunter, während das Pferd mit seinem Reiter und dem alten Si in den Sonnenuntergang hineintrottete.

Zimmer mit Blick auf die Heide

Es war an einem jener Samstage im Sommer, an denen die Maidüfte so warm und würzig in den stillen Straßen von London hängen, daß man sich fast dagegen lehnen kann. In Willow Crescent war, als ich nach Hause ging, keine Seele zu sehen außer einer stattlichen Katze – wenn man eine Katze als Seele bezeichnen kann –, die auf einem steinernen Torpfosten schlief. Alles war draußen auf der Heide. Unbeachtet leuchteten Goldregen und Flieder, alle Vorgärten prangten lautlos und lebendig in satten Farben – sogar die gewaltigen, in Stein gemeißelten Eicheln, größer als Fußbälle, mit denen ein Architekt aus dem neunzehnten Jahrhundert sämtliche Eingangstreppen der Straße verziert hatte, wirkten so, als würden aus ihnen gleich gigantische Keimblätter sprießen.

Ich war in glänzender Stimmung. Ich war in den Zwanzigern, das Jahrhundert war in den Zwanzigern, ich hatte eben ein Haus gekauft, und mein Geschäft lief gut. Aber hauptsächlich lag es daran, daß Samstag war, daß der Buchladen bis Montag geschlossen blieb und daß ich nichts zu tun hatte, als den Rasen zu mähen und zuzusehen, wie das Baby auf dem Teppich strampelte. Der Sonntag lag vor mir wie eine leere, saubere, glänzende Heftseite und wartete darauf, daß wir taten, wozu wir gerade Lust hatten. Wir konnten mit dem Wagen wegfahren, ein Picknick auf der Heide machen oder einfach zu Hause bleiben, in unserem eigenen Garten und an unserem eigenen Stück dieser Jahreszeit knabbern, die mit Narzissen dekoriert war wie ein Kuchen mit Marzipanrosen.

Als ich am Anfang der Straße um die Kurve bog, sah ich in einiger Distanz und fast unten, am anderen Ende, eine alte Dame auf mich zukommen. Sie schien außer mir der einzige Mensch in ganz Hampstead zu sein, und ich hatte den Eindruck, als sei sie eben aus meiner eigenen Haustür getreten, obwohl ich mir auf die Entfernung nicht ganz sicher war. Sie stieg schnell, fast im Laufschritt den Hügel herauf und lächelte vor sich hin, als hätte sie eben etwas Vergnügliches erlebt. Sie trug ein graues Kleid und einen albernen, mit einem Büschel Kirschen garnierten Hut, aber als sie so nahe herangekommen war, daß ich sie genauer erkennen konnte, empfand ich ihr Gesicht unter dem Hut als so bemerkenswert wie kaum eines je zuvor, obwohl ich in dem Moment, als wir aneinander vorbeigingen, weiter nichts wahrnahm als die breiten Backenknochen einer Ballerina, dieses liebenswürdige, rätselhafte Lächeln und strahlende Augen. Ihr graues Haar war kurz geschnitten, in Herrenfasson, und sie hatte sehr wohlgeformte, kleine Füße.

Im Vorbeigehen nickte sie mir zu und sagte: »Ein herrlicher Tag, nicht wahr?«, und ich stimmte ihr zu. Dann ging ich weiter zu meinem Haus und sperrte die Tür auf. Das Haus war noch so neu, daß diese Tätigkeit noch nicht zur Selbstverständlichkeit geworden war. In der Diele war es kühl und dunkel, und es roch nach Pflaumenblättern. Ich dachte, Rose sei im Garten, aber sie kam aus dem Wohnzimmer, legte mir die Arme um den Hals und sagte: »Du wirst sicher böse auf mich sein.«

»Warum?«

»Ich habe die Mansarde vermietet. An eine Frau.«

Ich hatte mir ausbedungen, daß ohne mein Einverständnis kein Untermieter ins Haus genommen werden sollte, und daß es ungeachtet aller sonstigen Eigenschaften in jedem Fall ein Mann sein müßte. Weibliche Untermieter, so mein Argument, schlossen sich nach einer Weile immer an die Familie an und erwiesen sich im allgemeinen als lästiges Anhängsel; männliche Untermieter dagegen waren selbständig und führten ihr eigenes Leben und damit basta.

»Sie ist eben gegangen«, sagte Rose. »Beinahe hättest du sie noch getroffen. Sie heißt Miss Ross.«

Ich überschlug in Gedanken alles, was es über die Beschaffenheit und die Prinzipien unserer Ehe zu sagen gegeben hätte, wie wichtig es etwa sei, sich an einmal getroffene Vereinbarungen zu halten, weil sonst die Basis für Vertrauen und Zuneigung fehle. Ich hatte mir alles so schön zurechtgelegt, daß ich es Rose in einem einzigen, brillanten, mit Semikola gepfefferten Satz hätte entgegenschleudern können, doch dann bemerkte ich, wie sie mich anlächelte. Liebenswürdig und rätselhaft. Der schöne Satz verpuffte in meinem Geist wie eine Seifenblase, und statt dessen küßte ich sie – sie roch warm und würzig wie die Maiblüten – und sie rieb ihre Wange an meinem Gesicht und sagte: »Zieh doch deine Jacke aus, es ist heiß. Ich habe dir das dunkelblaue Hemd herausgelegt. Ist es nicht wunderbar, so viel *Zeit* zu haben?«

»War Miss Ross die Dame mit den Kirschen auf dem Hut?« fragte ich, als ich die Treppe hinaufstieg.

»Ja, genau. Ihre Sachen kommen am Montag.«

Das ganze Wochenende über war es sonnig, und auch am Montag war das Wetter noch schön. Ich ging am Vormittag nicht in den Buchladen, für den Fall, daß ich gebraucht würde, um die Sachen hinaufzuschaffen, aber das wäre gar nicht nötig gewesen. Es waren nur drei Koffer, ein Bündel ordentlich verschnürter Regenschirme und Spazierstöcke, zwei Holzkästen, die aussahen wie die Proviantkisten eines Schuljungen, und zwei wasserdicht verpackte Pakete. Wir brachten alles nach oben und stellten es in der Mansarde für Miss Ross bereit.

Rose hatte es Spaß gemacht, die Mansarde einzurichten. Sie hatte die Wände mit weißer, leicht rosa getönter Leimfarbe gestrichen und ein paar Meter rosa-weiß gestreiften Chintz für Vorhänge und Kissen gekauft. Den Korbsessel hatte sie glänzend dunkelblau lackiert.

»Miss Ross hat es gefallen«, sagte sie. »Sie hat sich gründlich umgesehen und gesagt: ›Ich bin so froh, daß man vom Zimmer aus einen Blick auf die Heide hat. Sonst hätte ich es nicht nehmen können‹, dann hat sie die Schubladen gezählt und ein wenig mit einem Finger über die Vorhänge gestrichen, und schließlich hat sie mich angelächelt, mit ihrem zweideutigen Lächeln, du weißt schon –«

»Ich weiß.«

»– und hat gesagt: ›Sie haben einen fröhlichen Raum daraus gemacht, meine Liebe.‹ Dann ist sie hinuntergegangen, und Nancy hat ihr eine Tasse Tee gebracht, weil es ein so heißer Tag war, und sie hat Amanda auf den Arm genommen und gefragt, wann sie Geburtstag hätte, und schließlich hat sie gesagt, sie würde das Zimmer gerne nehmen und am Montag ihre Sachen schicken.«

»Wann sie selbst kommen würde, hat sie nicht gesagt?«

Rose schüttelte den Kopf. »Ich habe ihr einen Schlüssel gegeben. Ich nehme an, daß sie morgen auftaucht.«

Aber wir sollten Miss Ross zwanzig Jahre lang nicht mehr sehen.

Sie bezahlte pünktlich ihre Miete. Regelmäßig, ohne Ausnahme, bekamen wir am Ersten jeden Monats mit der ersten Post einen Scheck über acht Pfund von einer Adresse in Kensington, und dorthin schickte ich auch die Quittung. Von Zeit zu Zeit wurden an Miss Ross adressierte Kisten und Pakete abgeliefert, und wir stellten sie in ihr Zimmer, das im Lauf der Jahre etwas voller wurde, aber im Grunde unverändert blieb. Wir benützten es niemals. Gelegentlich borgten wir uns den Sessel oder die Tischlampe aus, stellten sie aber jedesmal wieder zurück. Die Mansarde hieß bei uns das Zimmer von Miss Ross und war ganz eindeutig fremdes, wenn auch nicht feindliches Gebiet. Ja, als Amanda sechs oder sieben war, setzte sie sich manchmal ein Weilchen ganz still hinein; sie fühle sich dort wie in einem geheimnisvollen Reich, sagte sie.

Ich glaube, wir alle benützten die Mansarde gelegentlich als Zufluchtsstätte, wenn wir uns ein wenig vom Kaleidoskop des Familienlebens absondern wollten. Natürlich machten wir uns ausgiebig Gedanken darüber, was sich wohl in den Kisten befand, und eines unserer liebsten Spiele am Kaminfeuer, eine Abart von ›Ich packe meinen Koffer‹, hieß bei uns ›Die Kisten von Miss Ross‹.

»Als ich die Kisten von Miss Ross öffnete, fand ich –«
»– ein Nilpferd.«
»Als ich die Kisten von Miss Ross öffnete, fand ich ein Nilpferd und vier Flaschen Champagner.«
»Als ich die Kisten von Miss Ross öffnete, fand ich ein Nilpferd, vier Flaschen Champagner, einen Strauß roter Rosen und einen in Marmor gebundenen Koran.«
»Als ich die Kisten von Miss Ross öffnete, fand ich –«
Natürlich öffneten wir sie in Wirklichkeit nie.

Es ist ein merkwürdiges Gefühl, in einem Haus mit einem kleinen, abgeschlossenen, unbewohnten Raum zu leben, der einem nicht gehört; ganz anders, als wenn tatsächlich ein Außenstehender mit unter dem eigenen Dach wohnt. In gewisser Hinsicht ist es ganz heilsam, so etwas wie eine Mahnung; es erinnert einen daran, wieviel vom eigenen Wesen sozusagen unerforschtes Gebiet ist.

Jedes Jahr zu Weihnachten schickte uns Miss Ross eine Karte, und Nancy, die ihr den Tee gebracht hatte, bekam ein Geschenk – im allgemeinen Seife. Als Nancy uns verließ, um zu heiraten, teilte ich das Miss Ross brieflich mit, und sie sandte Nancy ein Hochzeitsgeschenk: eine Salatschüssel, glaube ich. Ihre Geschenke stellten jedes Jahr die Krönung von Amandas Geburtstag dar; zuerst waren es Kuscheltiere, eine spanische Puppe und ein Pferd auf Rädern; später dann eine Spieldose, ein Federmäppchen aus Maroquinleder, eine kleine Kristalluhr...

»Es ist, als hätte man eine Fee zur Großmutter«, sagte

Amanda, und die anderen hätten sie vielleicht beneidet, aber Rose sorgte natürlich dafür, daß jeder an seinem Geburtstag etwas Besonderes bekam. Inzwischen waren nämlich auch die vier Jüngeren angekommen: Robin, Tony, Emma und Bridget.

Als Bridget geboren wurde, stellten wir fest, daß wir ein größeres Haus brauchten, obwohl wir nur höchst ungern von Willow Crescent wegziehen wollten. Ich hatte jedoch Glück und fand ein Haus in Highgate, Grove End Lane, von dem aus man immer noch die Heide sehen konnte.

Etwa um diese Zeit hatte sich auch Miss Ross' Adresse geändert, ihre Schecks kamen jetzt aus Cornwall, also schrieb ich dorthin und erkundigte mich, ob sie auch in dem neuen Haus an einem Zimmer interessiert sei. In ihrem Antwortbrief wollte sie wissen, ob es einen Blick auf die Heide hätte, und als ich das bejahte, teilte sie mir mit, daß sie es gerne weiter mieten wolle. Also schickte ich ihr den neuen Hausschlüssel in einem kleinen, wie eine Hochzeitstorte aufgemachten Kästchen, und sie sandte ihren alten zurück, unberührt und glänzend. Wieder richteten wir uns ein, und die Jahre vergingen wie im Fluge. Miss Ross' spitze Handschrift am Ersten jedes Monats war ein winziger, aber wesentlicher Teil unseres Lebens, ähnlich wie der Triangelpart in einem ziemlich umfangreichen Orchesterstück.

Und dann kam eines Tages am fünfzehnten des Monats ein Brief von ihr.

Er war an Rose adressiert, und ich sah, wie sie sich ein wenig vom üblichen Trubel beim Frühstück vor der Schule zurückzog, um ihn zu lesen. Ich konnte meine Neugier kaum bezähmen, und Amanda und den Kleinen erging es nicht anders.

»Sag doch, Mummy, kommt sie uns besuchen?«

»Mandy möchte sich gerne für die vielen Geschenke bedanken und sich wieder in Erinnerung bringen –«

»Miss Ross wird wahrscheinlich nur einen Blick auf sie werfen –«

»Und sagen: *Das* sind aber nicht die Babybeine, die damals auf dem Teppich gestrampelt haben.«

»Aber wer ist denn dieser hübsche Bursche?«

»Ach, seid doch still, ihr Kindsköpfe«, lachte Amanda. »Was schreibt sie denn, Mummy?«

»Die arme Miss Ross. Sie ist sehr krank und lebt jetzt in einem Altenheim in Canterbury. Sie möchte, daß ich hinfahre und sie besuche.«

Rose sah auf ihre Uhr, stets ein Zeichen, daß sie sofort in Aktion treten würde. Ich bot ihr an, sie mit dem Wagen hinzubringen, dabei konnte ich gleich bei der Filiale meines Buchladens vorbeischauen, die ich dort eröffnet hatte. Die Kinder machten sich auf den Weg in die Schule, und Amanda ging zu ihrem Schauspielunterricht.

Rose hat mir nie sehr viel über diesen Besuch erzählt. Als sie zurückkam, war ihr Gesicht merkwürdig friedlich und besinnlich, sie sah aus wie jemand, der einen Sonnenuntergang in der Wüste oder ein ähnliches Naturwunder erlebt hat. Sie sagte, Miss Ross habe sich nicht im geringsten verändert; man wundert sich oft, wie wenig sich der Körper auf dem langen, ruhigen Weg zwischen fünfzig und siebzig wandelt.

»Ihre Augen und ihr Lächeln waren genau wie damals; nur ein wenig müde sah sie aus, offenbar hat sie Probleme mit dem Herzen.«

»Und warum wollte sie dich sehen, Rosie?«

Aber das konnte oder wollte Rosie mir nicht sagen. Soweit ich erfuhr, hatte Miss Ross nicht viel über sich selbst gesprochen, sondern sich eingehend nach uns allen erkundigt, nach den Kindern, Amanda, dem neuen Haus, meinem Geschäft, dem Buchhandel im allgemeinen – nach allem möglichen eben – und sachkundige Bemerkungen dazu gemacht.

»Und als es Zeit zum Gehen war«, sagte Rose, »da küßte sie mich und fragte, ob es irgend etwas gebe, was ich mir wünschte und nicht hätte. Ich sagte, ich wünschte mir nur, daß die nächsten vierzig Jahre ebenso gut würden wie die letzten, und da fing sie an zu lachen und sagte, darauf habe sie keinen Einfluß. Dann brachte man ihr den Tee, und ich mußte mich verabschieden.«

»War sie gut versorgt, wirkte sie glücklich?«

»Sehr glücklich«, sagte Rose.

Zwei Wochen später erhielt ich eine maschinengeschriebene Benachrichtigung vom Wohnheim Pinewoods – gibt es eigentlich ein Heim, in dem man nicht wohnt? –, in der mir mitgeteilt wurde, daß Miss Ross friedlich entschlafen sei und einen Brief für mich hinterlassen habe.

Ihre Handschrift war wirklich sehr zittrig geworden, und Rose und ich brauchten lange, um das Schreiben zu entziffern. Miss Ross erklärte, wir könnten über die Sachen in ihrem Zimmer verfügen, wie wir wollten, mit Ausnahme des schwarzen Anzugs, der sei an Mr. Lion Warren zu übergeben.

»Der Bühnenautor«, sagte Rose überrascht. »Kaum zu glauben, daß sie gerade *ihn* kennt.«

Amanda war ganz aus dem Häuschen. Sie machte gerade eine Lion-Warren-Phase durch, hatte alle seine Stücke gesehen und kannte sie praktisch auswendig. Noch dazu wohnte er ebenfalls in Highgate, nicht weit von uns entfernt, und sie begann sofort, sich schwärmerisch auszumalen, wie er uns besuchen und wie es ihm angesichts ihrer Schönheit die Sprache verschlagen würde.

»Ich glaube nicht, daß *der* für einen vergammelten, gebrauchten schwarzen Anzug auch noch Dankeschön sagt«, bemerkte Tony.

An diesem Nachmittag gingen wir nach oben, um Miss Ross' Habseligkeiten durchzusehen und den schwarzen Anzug zu suchen. Es war eine traurige Beschäftigung. Irgendwie empfanden wir es fast als frevelhaft, so kaltschnäuzig ihre Sachen zu sichten und zu entscheiden, was sich aufzuheben lohnte und was nur Trödelkram war. Und es gab eine unglaubliche Menge von Trödelkram. Wir fanden kistenweise peinlichst ausgewaschene, leere Medizinfläschchen, sauber zusammengefaltete Papiertüten und leere Pappkartons, außerdem Dutzende von kleinen Kassenbüchern, in denen sie zwanzig Jahre lang ihre täglichen Ausgaben bis auf den letzten Penny genau festgehalten hatte.

»Es ist schrecklich.« Rose hatte Tränen in den Augen. »Niemand sollte das Recht haben, so weit in das Leben eines anderen Menschen hineinzusehen.«

»Miss Ross wäre sicher die letzte, die das stören würde«, tröstete ich.

Wir hatten überlegt, ob wir uns an einen Rechtsanwalt wenden sollten, um herauszufinden, ob Miss Ross ein ordnungsgemäßes Testament hinterlassen hatte, aber unter den gegebenen Umständen schien uns das die Mühe fast nicht zu lohnen.

»Es ist nichts dabei, was irgendwie wertvoll wäre«, sagte ich.

»Wir haben den schwarzen Anzug noch nicht gefunden.«

Ich öffnete eine der Kisten und sah, daß sie Kleidung enthielt, aber es war Damenkleidung, und sie stammte aus den zwanziger Jahren: Glockenhüte, gerade geschnittene Kleider in leuchtenden Farben, über und über bestickt, mit gebogtem Saum; Rollen von farbigen Seidenstrümpfen, blau, grün, schwarz, weiß, alle so gut wie neu. Bridget und Emma bettelten darum, die Sachen anprobieren zu dürfen, aber Amanda stürzte sich sofort darauf und ließ nicht zu, daß damit gespielt wurde. Im nächsten Monat verkauften wir das meiste davon für ungefähr sechshundert Pfund; es fand bei der Inszenierung von *Under Your Cloche* Verwendung.

Einen schwarzen Anzug hatten wir jedoch noch immer nicht entdeckt.

»Was sind wir doch für Dummköpfe«, sagte Rose plötzlich, »sie meinte ja gar nicht *suit*, Anzug, sondern *suitcase*, Koffer. Das hatte der Kringel hinter dem t zu bedeuten.«

Der schwarze Koffer war der einzige, den wir uns noch nicht

angesehen hatten, und deshalb öffnete ich ihn. Als ich die vielen gerollten und gebündelten Papiere sah, sank mir der Mut.

»Du lieber Himmel, das sind wahrscheinlich die Quittungen für alle Rechnungen, die sie je bezahlt hat«, stöhnte Rose. Aber das stimmte nicht. Es waren Fünf-Pfund-Noten, Wertpapiere, Aktienzertifikate, Inhaberobligationen, Manchester City Pfandbriefe – meine Hände waren plötzlich eiskalt und zittrig geworden, während ich den Koffer durchwühlte, ich schätzte, daß wir hier Papiere im Wert von ungefähr zwanzigtausend Pfund vor uns hatten. Und die hatten die ganzen Jahre über in unserem Haus herumgelegen! Wenn nun ein Feuer ausgebrochen wäre! Wenn es durch das Dach geregnet hätte und das Papier verrottet wäre! Oder wenn Mäuse sich durch den Koffer gefressen hätten! Wenn er beim Umzug verlorengegangen wäre!

»Ich bitte dich inständig«, sagte Rose, »ruf diesen Warren sofort an. Ich kann nicht mehr ruhig schlafen, solange der Koffer nicht aus dem Haus ist. Wir werden noch die anderen Sachen durchsehen, und dann nehmen wir ein Bad, um uns den Staub abzuwaschen.«

Ich ging hinunter und suchte seine Nummer aus dem Telefonbuch heraus. Als er sich meldete, erklärte ich ihm, ich hätte einen Koffer für ihn in Verwahrung, der der verstorbenen Miss Helen Ross gehört habe, und ich wäre ihm dankbar, wenn er ihn so bald wie möglich abholen lassen könnte, da der Inhalt meiner Ansicht nach ziemlich wertvoll sei.

»Können Sie ihn mir denn nicht schicken?« fragte er gereizt.

»Es wäre mir lieber, wenn ich ihn persönlich übergeben könnte. Ich kann ihn natürlich auch vorbeibringen, wenn es Ihnen zu viele Umstände macht, hierher –«

»Nein, nein, ich komme schon, ich komme schon«, unterbrach er mich, und zehn Minuten später hielt sein großer, grauer Wagen vor dem Haus. Das Auto kannte ich vom Sehen; Warren kam manchmal in den Laden und kaufte so nebenbei für zwanzig

Pfund Bücher. Er lief die Treppen hinauf, als wolle er die Sache möglichst schnell hinter sich bringen; sein schmales, aristokratisches Gesicht wirkte ständig in sich gekehrt und verdrossen, als habe er sich so weit vom realen Leben entfernt, daß die Umstände, über die er gegenwärtig mit solchem Groll nachdachte, in Wirklichkeit bereits zwanzig Jahre in der Vergangenheit lagen.

Ich führte ihn in die Mansarde hinauf und erklärte ihm dabei so knapp wie möglich, wie wir überhaupt mit Miss Ross in Verbindung gekommen waren. Er nickte und warf einen abfälligen Blick auf die rosigen Wangen und die blonden Köpfe von Robin und Emma, die auf dem Treppenabsatz vor dem Kinderzimmer auf dem Bauch lagen und Comic-Heftchen lasen. Amanda begegnete uns auf der letzten Treppe; sie war erhitzt und voll Staub, in den Armen hielt sie einen dicken Stapel von Warrens Stücken, neu und noch nicht aufgeschnitten, den wir unter Miss Ross' Sachen gefunden hatten: *Arctic Circle, Tangent Out of Nowhere, Parallel to Pegasus* waren deutlich zu erkennen. Sie sah trotz der Staubschicht entzückend aus; einen besseren Auftritt hätte man sich gar nicht vorstellen können, aber Warren zuckte merklich zurück, und als ich murmelte: »Das ist meine älteste Tochter Amanda«, schenkte er ihr wieder nur sein kurzes, ungnädiges Kopfnicken und streifte sie fast, als er hastig an ihr vorbeiging.

Amanda warf ihm einen enttäuschten Blick zu und lief weiter die Treppe hinunter; auf dem Treppenabsatz ließ sie die Bücher fallen, und dann hörte man, wie sie die Zwillinge rief, sie sollten ihr helfen, Barnabas zu baden.

Rose war noch in der Mansarde, sie sah reizend aus, wie eine gedankenverlorene Ceres mit Staubflusen im Haar. Auf ihrem Gesicht lag noch ein Lächeln, offenbar über etwas, das Amanda gesagt hatte.

»Ich habe den Koffer größtenteils vom Staub befreit, Mr. Warren«, erklärte sie, nachdem sie sich vorgestellt und er sie mit kaum verhohlener Ungeduld begrüßt hatte. Dann warf sie ihm noch einen mitfühlenden Blick zu und verließ das Zimmer.

»Das ist sehr freundlich von Ihnen«, wiederholte Warren, hob den Koffer auf und schien sofort wieder gehen zu wollen, aber ich hielt ihn zurück.

»Mir wäre sehr viel wohler, Mr. Warren, wenn Sie einen kurzen Blick auf den Inhalt des Koffers werfen und sich dann die übrigen Dinge in diesem Raum ansehen würden. Miss Ross sagte, wir könnten alles behalten, aber ich möchte nicht«, ich zögerte, »– bitte, nehmen Sie alles mit, was Sie eventuell an sie erinnert.«

Mit einem Ausdruck äußersten Widerwillens blickte er in den Koffer, doch dann wurde er bleich, und seine Lippen spannten sich.

»Du lieber Himmel«, sagte er. »Haben Sie das gesehen, Mr. – äh?«

»Ja«, antwortete ich.

Ziemlich verlegen blätterte er die Papiere durch, dann sah er sich im Zimmer um.

»Gibt es etwas, was Sie gerne haben möchten?« fragte ich.

»Nein. Nein, ganz gewiß nicht. Das ist wirklich sehr nett von Ihnen, Mr.... äh«, sagte er. »Nun denn...« Er hob den Koffer auf und wollte zur Tür. Ich versuchte nicht weiter, ihn zurückzuhalten, aber er blieb doch noch einen Moment stehen und warf einen fragenden Blick auf den glänzend blauen Korbsessel und die bonbonrosa gestreiften Vorhänge, zwischen denen man, staubig und golden wie die Arabische Küste, die Heide sah. So standen wir beide da, zwei Männer in mittleren Jahren, regungslos, ratlos, vielleicht ein wenig rührend, während irgendwo der Geist von Miss Ross über jene kleine, zusätzliche Information lächelte, die Eva sich verschafft hatte, ehe Adam in den Obstgarten gelaufen kam, und mit der sie ihn seither ständig unter Druck setzte.

Bridget und Tony kamen wie die Wilden hereingestürmt. Sie sollten Miss Ross' Mansarde als Spielzimmer bekommen. Wir räumten das Feld. In der Diele drängten sich Robin, Emma und Amanda liebevoll um den tropfnassen Barnabas und rieben ihn mit Handtüchern trocken, was er mit der melancholischen Tapferkeit des Spaniels über sich ergehen ließ.

»Der Tee ist gleich fertig«, rief Rose aus der Küche.

»Sie haben eine große Familie«, sagte Lion Warren, und sein frostiges Lächeln ließ deutlich erkennen, daß er dieses wimmelnde Leben ungefähr so reizvoll fand wie eine Pilzkultur. »Nun, ich möchte Ihnen noch einmal sagen, wie dankbar ich Ihnen bin. Ich finde, ich sollte – gibt es etwas, was ich –«

»O ja«, sagte ich, weil mein Blick auf Amandas abgewandtes Gesicht fiel, von dem nur eine rosige Wange zu sehen war, »vielen Dank; das ist sehr freundlich von Ihnen. Über zwei Freiplätze für Ihr nächstes Stück würde ich mich sehr freuen.«

Er sagte, er würde selbstverständlich Karten schicken, lief hinaus, sprang in seinen Wagen und fuhr eilends davon.

»Nun ja!« sagte Rose, die aus der Küche kam und sich die mehligen Hände rieb. »Mein Gott, was für ein trübsinniger, blutarmer Mensch. Ich habe noch nie erlebt, daß mich jemand vom ersten Augenblick an so abgelehnt hat.«

»Aber warum hat Miss Ross ihm wohl das ganze Geld hinterlassen?«

»Ach, sie hat mir erzählt, sie sei in ihrer Jugend verlobt gewesen, aber der Mann habe die Verlobung aufgelöst, weil sie so reich war und er selbst seinen Weg machen wollte. Vermutlich war Warren dieser Mann.«

»Ich verstehe. Die arme Miss Ross.«

»Ich weiß nicht so recht«, sagte Rose und ging in ihre Küche zurück, aus der allmählich köstlicher Pfefferkuchenduft drang. »Stell dir doch nur vor, sie wäre mit diesem trockenen Knochen verheiratet gewesen.«

Als mir Warren zwei Monate später zur Premiere von *Bitter Rectangle* zwei Karten für die erste Reihe schickte, wußte ich nicht mehr so recht, was ich damit anfangen sollte. Amanda hatte ihre Warren-Phase inzwischen überwunden, Rose, die seine Stücke verabscheut, sagte, sie würde den Abend lieber mit ihrem Flickzeug verbringen, und so überredete ich meine alte Tante Teresa, mich ins Theater zu begleiten. Nun sitze ich mit ihr hier und warte darauf, daß der Vorhang aufgeht. Ich bin froh, wenn ich wieder nach Hause gehen kann.

Der grüne Strahl

Es ist nicht immer leicht, den Menschen, mit dem man verabredet ist, in einem Städtchen auf dem Land zu finden; Autos und Laster durchfahren den Ort, in den Geschäften herrscht reges Kommen und Gehen, das Menschengeschlecht brodelt wie der Schaum auf kochender Marmelade; doch Colonel Pevensey Jones zu finden, bereitete keinerlei Schwierigkeiten.

Zunächst polterte er so ungestüm aus einer schmalen Tür mit der Aufschrift ›Zuteilungsamt für Kohle‹, daß man fast erwartete, ihm kämen die Kohlestückchen noch nachgeschossen; als nächstes jagte er auf der Hauptstraße hinter einem fahrenden Fischtransporter her. Er wühlte in Schwärmen von Sardinen, Massen von Makrelen und Haufen von Heringen und hatte dabei eine auffallende Ähnlichkeit mit einem Seelöwen, der sein Frühstück sucht. Sodann steuerte er, leicht außer Atem doch triumphierend, mit Fischen und verschiedenen anderen Päckchen beladen auf seinen Traktor zu, der vor dem Postamt geparkt stand.

Paul Hansler, der seinem Freund die letzten fünf Minuten belustigt zugesehen hatte, trat nun vor und begrüßte ihn.

»Ah, Hansler! Wie schön Sie zu sehen, mein lieber Freund. Na also, wunderbar – ich will nur schnell den Fisch hier anbinden – beim letzten Mal ist mir alles runtergefallen, als es den Polwheal Hill hochging, er ist recht steil – und die restlichen Dinge werden hier drunter verstaut. So, nun ist neben dem Steuerrad noch Platz, oder wollen Sie lieber in den Anhänger zu den Schweinen – dann müßten Sie aber leider mit unter dem Netz sitzen.«

Hansler warf einen Blick auf den winzigen Anhänger, kaum größer als ein Kartentisch, in dem vier recht große, junge Säue einander unter dem Schutznetz beschnüffelten, und entschied sich für den Traktor.

»Ich bin so froh, daß Sie kommen konnten«, schrie der Colonel, als sie mit ohrenbetäubendem Getöse den steilen, von der Stadt wegführenden Weg erklommen, »weil ich mich mit einem Problem rumschlage, das genau Ihr Fall sein dürfte.«

Hansler gab seinerseits durch Gesten zu verstehen, daß er gerne zu helfen bereit war, soweit es in seiner Macht lag. Über den Motorenlärm hinweg war eine Unterhaltung unmöglich, und so verfiel er in Schweigen und ließ die Blicke schweifen.

Es war noch früh am Morgen – er war mit dem Nachtzug eingetroffen –, ein klares, eisgraues Licht hing über der Landschaft. Sie hatten sich von der Stadt seewärts entfernt und bezwangen eine der Anhöhen des langen Böschungsweges, der sich gemächlich aus dem Tal schlängelte, um in Kliffen in der Höhe von tausend Fuß vor dem Atlantik zu münden. Die Landschaft war nicht von überwältigender Schönheit, doch angenehm fürs Auge mit ihren trockenen Bodenwellen, hier und da unterbrochen von windgepeitschten Buchengruppen, die sich gen Osten neigten.

Jetzt brachte Colonel Pevensey Jones seinen Traktor bei einer der Buchengruppen vor einem weißgetünchten Landhaus zum Stehen; es war massiv gebaut, niedrig, und schien sich an den Boden zu schmiegen. Im Garten tanzten wild die Osterglocken im frischen Wind, und aus den Ställen drang stoßweise das durchdringende Quieken und der starke Geruch von Schweinen.

»Habe sie heute noch nicht gefüttert«, grunzte der Colonel. »Spät dran, denn ich wollte Sie ja treffen und die jungen Säue abholen.«

Er hakte den Anhänger los und kippte die neuen Schweine geschickt in ein umzäuntes Gehege beim Hoftor.

»Gehen Sie doch schon mal ins Haus, dann lernen Sie Betty kennen – komme auch gleich nach«, rief er über die Schulter hinweg und stampfte davon – eine kleine, kompakte Gestalt in Tweed, der Freundlichkeit und Ehrlichkeit verbreitete, so stark wie der Geruch von Pfefferminz.

Hansler kannte die Schwester nicht. Vorsichtig klopfte er an die Tür, nahm dabei aber anerkennend den glänzend-polierten Türklopfer, die rosa-roten Hyazinthen und scharlachroten Anemonen an der Hauswand, die frischen, im Winde wehenden Baumwollgardinen und den allgemeinen Eindruck von Sauberkeit und Wohlstand zur Kenntnis. Er freute sich bei dem Gedanken, seinen Freund so gut versorgt zu wissen.

Die Schwester des Colonels war, als sie die Haustür öffnete, ein leichter Schock für ihn. Natürlich wußte er, daß sie die berühmte Kochexpertin Elisabeth de Reszke war und bereits ein Dutzend Bücher und zahllose Artikel unter ihrem Namen veröffentlicht hatte, doch trotzdem hatte er in diesem ländlichen Rahmen etwas Hausbackeneres erwartet, etwa eine weibliche Ausgabe des Colonels.

Miss de Reszke war zwar von gleicher Statur wie ihr Bruder, wahrscheinlich auch im gleichen Alter, aber damit hörte die Ähnlichkeit auf. Er war wie die Schale einer Roßkastanie, rauh, braun und knubbelig; sie dagegen war die auf Hochglanz polierte Kastanie selbst. In seinem Kopf sammelten sich französische Adjektive mit Zischlauten: svelte, soignée, chic, suave – als er das elegante, ihre Rundungen betonende schwarze Seidenkleid mit Perlenkette in sich aufnahm.

Sie war die Liebenswürdigkeit in Person, führte ihn in ein entzückendes kleines Gästezimmer und machte ihn auf das heiße Wasser aufmerksam; dann winkte sie ihn zum offenen Kamin und dem Duft von Kaffee zurück.

»Ach, wie *nett*, wie *freundlich* von Ihnen, den langen Weg auf sich zu nehmen, um uns Bauern zu besuchen«, sagte sie über die weiße Porzellantasse hinweg.

»Aber nein, mir macht es doch eine enorm große Freude«, antwortete er ehrlich und schaute sich in dem mit Bücherwänden ausgestatteten Wohnzimmer um. Persische Teppiche in wunderschönen, leicht verblichenen Blau- und Rosaschattierungen bedeckten die Unebenheit des Fußbodens. »Die Luft hier ist ja auch wunderbar – echt elektrisierend.«

»Elektrisierend?« Ihre glänzenden Augen blickten ihn an. »Finden Sie? Ihr Innerstes wird angeregt? Das ist höchst interessant.«

Ja, mußte er sich nach einigem Nachdenken eingestehen, genau das hatte er ausdrücken wollen. Die Luft hier belebte einen Teil seines Innersten, den er längst für tot gehalten hatte: den Schriftsteller, den er längst in sich begraben hatte, der, aus dem eigenen Land verbannt und seiner eigenen Sprache beraubt, in immer tieferes Schweigen versunken war. In dieser reinen Luft wurde in Hansler von neuem der Wunsch mächtig, sich die Vielfalt der Welt auf dem Papier zu eigen zu machen – den kleinen Schwarm Möwen, der wild kreischend über dem gepflügten Akker kreiste, dieses altertümliche, hübsche Haus, das sich zum Schutz gegen den Wind an den Erdboden klammerte, die Augen der ihm gegenübersitzenden Frau, die ihn aufmerksam beobachteten.

Der Augenblick zog sich in die Länge, und an sein Ohr drang das gedämpfte Knistern, als ein Splitter sich von einem Holzscheit löste und in die Asche fiel, und aus dem anliegenden Raum das Räuspern der sich zum Glockenschlag rüstenden Standuhr. Er konnte seinen Blick nicht von dem ihren lösen; ihre Augen glänzten wie Drillbohrer mit einem Lichtpunkt in der Mitte. Unvermittelt erinnerte er sich an einen Satz aus einem Märchen – »Ei, Großmutter, was hast du für große *Augen*!« – »Daß ich dich besser sehen kann.« – »Aber, Großmutter, was hast du für ein entsetzlich großes *Maul*!« – »Daß ich dich besser...«

»Sie bewundern wohl meine Kontaktlinsen«, sagte Miss de Reszke. Ohne dabei ihren Gesichtsausdruck zu verändern, mit einem leichten Lächeln auf den sich zu den vollen Wangen schürzenden Lippen, legte sie eine Hand unter das rechte Auge; eine rasche Bewegung mit den Fingern, ein kurzes Aufleuchten –

einer glitzernden Träne gleich – und sie streckte ihm die hohle Hand entgegen. Er sah etwas Kleines, Glänzendes darin. Sogleich setzte sie die Kontaktlinse mit einer ebenso raschen Bewegung wieder ein.

Hansler war sprachlos, doch bevor sie es bemerkte, war ein Stampfen und Poltern zu hören, als der Colonel in die Spülküche trat, seine lehmverschmutzten Stiefel wegschleuderte und sich zu waschen begann; als er dann ins Zimmer kam, summte er wie ein Schwarm Bienen.

»Wollen wir jetzt zu Mittag essen, Betty?« fragte er und rieb sich dabei die Hände über dem Feuer. »Ich habe vor, Paul heute nachmittag nach Treloe mitzunehmen.«

»Ach, das wäre ja die reinste Zeitverschwendung an einem so schönen Nachmittag«, meinte sie mit weicher Stimme. »Ich hole den Wagen, und wir machen eine kleine Spazierfahrt. Würde Ihnen das gefallen, Mr. Hansler?«

Paul spürte die fast unwiderstehliche Anziehungskraft, die von dieser Frau ausging – war sich aber nicht im klaren, ob es an ihren leuchtenden Augen, an ihren schnellen, geschickten Bewegungen oder an ihrer kultivierten, liebenswürdigen Art lag. Es war das Gefühl, das er auch für ein Tier mit glänzendem Fell und voller gebändigter Lebenskraft empfand – eine Katze vielleicht? Es ging etwas Elektrisierendes von ihr aus; Hansler war überzeugt, daß ihm, legte er einen Finger auf die schwarze Seide ihres Kleides, ein Funke den Arm hochspringen würde.

Das Mittagessen war köstlich – ganz unverhältnismäßig köstlich, dachte Paul, während er sich durch Paté, Wildragout, Soufflé und Obstsalat mit einem Schuß Kirschwasser arbeitete. Er dachte dabei wieder an die zwölf Kochbücher und sah ein, daß Miss de Reszke ihre Kochkünste ja irgendwie anbringen mußte.

»Kommen Sie eigentlich nie nach London?« fragte er.

»Äußerst selten – ich hasse Hotels und hasse es auch, abends auszugehen. Ich kann nämlich nur am Abend schreiben.«

Der Colonel machte eine unzufriedene Miene – mit abwesendem Gesichtsausdruck stocherte er in seinem Essen, aber Hansler wußte nicht, was ihn in eine solche Stimmung versetzt hatte.

Sie unternahmen die versprochene Spazierfahrt, und Hansler überließ sich dem Genuß der Todesangst – Miss de Reszke war eine geschickte Autofahrerin, sie raste über die schmalen, sich windenden Wege mit einer Geschwindigkeit, die an manch einer blinden Kurve den sofortigen Tod bedeutet hätte, wäre ihnen etwas entgegengekommen – glücklicherweise jedoch geschah das nicht. Paul machte keinen Versuch, seine Gefühle zu verbergen, und sie lachte mit blitzenden Augen und Zähnen über ihn. Der Colonel saß auf dem Rücksitz, schweigsam, gedankenverloren; einmal beugte er sich nach vorn, blickte auf ein Feld hinaus und sagte: »Kevin hat also seinen Eber bekommen.«

»Der muß ja wirklich Mut haben, wenn er den Eber im Freien läßt – wenn der nicht doch ganz wild ist«, sagte seine Schwester mit einem flüchtigen Blick nach hinten. Zwei steinerne Torpfosten blitzten auf, und Hansler schloß die Augen, sie aber schlängelte sich mit dem Wagen hindurch, offensichtlich ohne überhaupt hinblicken zu müssen.

Nach ihrer Spazierfahrt führte ihn der Colonel zu seinen Schweinen, die in sauberen Betonkammern untergebracht waren. Hansler bewunderte die Vorrichtung zum Ausmisten, den beweglichen Trichter zum Füttern und den mit Schwerkraft betriebenen Trog zum Tränken.

»Sie lassen die Tiere also nie ins Freie?«

»Würde es nicht wagen, mein lieber Freund. In unserem Landstrich werden freilaufende Tiere gerissen.«

»Aber von wem denn?«

»Schwer zu sagen. Irgendein bösartiges Geschöpf, übergroßer Dachs oder eine Wildkatze, vielleicht. Auf den Britischen Inseln gibt es immer noch ein paar davon. Dies hier ist eine seltsame

Gegend, verstehen Sie – unheimlich. Die Sache, bei der ich Sie um Rat fragen wollte, hat auch etwas damit zu tun.«

»Wissen Sie, für Übernatürliches habe ich keine Lösung«, erwiderte Hansler zögernd. »Ich bin Psychiater und kein Exorzist. Aber natürlich werde ich Ihnen nach besten Kräften helfen.«

»Jetzt bin ich an der Reihe«, sagte Miss de Reszke, die ihm vor dem Schweinestall begegnete. »Kommen Sie, ich zeige Ihnen meine Sammlung von Wunschknochen.«

Hansler war verdutzt, folgte ihr aber gehorsam in das Arbeitszimmer, wo sie ihm auch tatsächlich eine Reihe von Kästen zeigte, deren Fächer mit blauem Samt ausgelegt waren und hunderte von sorgfältig polierten, kleinen Knochen enthielten.

»Donnerwetter! Da müssen Sie aber eine Menge Hähnchen gegrillt haben«, rief er aus.

»Ja, nicht wahr?« erwiderte sie mit einem strahlenden Lächeln.

»Jedes nach einem anderen Rezept? Ihr Bruder kann sich glücklich schätzen.«

»Ach, für meine Kochkünste hat er wenig übrig – eigentlich ißt er lieber kalten Rinderbraten.«

Einem unwiderstehlichen Impuls folgend, legte Hansler die Arme um sie, fuhr mit der Hand die glatte, schwarz-seidige Kurve ihres Rückens entlang. Er wölbte sich leicht unter seiner Hand, und sie blickte wortlos zu ihm auf; kaum merklich vertiefte sich ihr Lächeln. Einen Augenblick lang standen sie eng nebeneinander, dann warf Betty einen Blick auf ihre mit Diamanten besetzte Uhr und sagte in sachlichem Ton:

»Es wird langsam spät. Ich muß mich umziehen.«

»Paul?« tönte die Stimme des Colonel aus der Küche. »Haben Sie Lust, mit mir nach dem grünen Strahl Ausschau zu halten? Mir ist das schon zur Angewohnheit geworden.«

»Ja, natürlich. Was ist das denn für ein grüner Strahl?« fragte Paul und folgte dem Colonel durch die Hintertür.

»Hier geht's hinauf«, sagte der Colonel, während er mit großer Geschicklichkeit den steinigen Erdwall erklomm, der seinen Besitz eingrenzte. Von der Höhe bot sich ihnen der Ausblick auf die sich zu den Kliffen hin ineinander verflechtenden Bodenfalten und auf das dahinterliegende, nur als silberner Strich wahrnehmbare Meer. Der Wind war abgeflaut, die Sonne ging gerade unter; es war ein klarer, sehr kalter Abend.

»Der grüne Strahl?« fuhr der Colonel fort, ohne seinen Blick von der goldenen, langsam versinkenden Sonnenscheibe zu wenden. »Es passiert, gleich nachdem die Sonne untergeht – ein Aufleuchten am Horizont. Weiß nicht, wodurch es verursacht wird.«

»Haben Sie es je erlebt?«

»Nein, noch nie. Aber es schadet ja nichts, wenn man weiter hofft, oder?«

Der letzte Hauch von Helligkeit entzog sich ihrem Blick – ohne die erwartete Offenbarung. Hansler überlief ein Frösteln.

»Sie kriegen wohl 'ne Gänsehaut«, bemerkte sein Freund. »Wir gehen besser wieder ins Haus. Ein Gläschen Whisky vor dem Abendessen wird uns beiden gut tun.«

Zu Hanslers Überraschung war der Tisch nur für zwei Personen gedeckt; eine kalte Mahlzeit stand bereit.

»Betty ißt nie zu Abend«, erklärte der Colonel, während er mit abschätzendem Blick Whisky in die Gläser goß. »Sie schreibt nur abends, müssen Sie wissen, und will dabei über längere Zeit hin nicht gestört werden.«

»Ach – als sie vom Umziehen sprach, nahm ich natürlich an, sie meine fürs Abendessen.« Hansler war sich unschlüssig, ob er Erleichterung oder Enttäuschung empfand.

»Fürs Schreiben, hat sie sicher damit gemeint.«

Das Essen verlief schweigsam und zog sich nicht lange hin. Anschließend meinte der Colonel: »Wenn Sie nichts dagegen haben, nochmals auszugehen, könnten wir nach Treloe fahren und dort Kaffee trinken.«

Hansler stimmte mit Freuden zu, und sein Gastgeber ging den Traktor holen. In der abendlichen Stille erschien der Motorenlärm noch ohrenbetäubender.

»Ich würde mir ja Bettys Wagen ausleihen«, schrie der Colonel entschuldigend, »aber beim Schreiben störe ich sie nie.«

Sie fuhren landeinwärts über steile Wege zum Moor, wo mit Stechginster überwucherte Felsbrocken sich gegen den Abendhimmel türmten. Am Fuße eines grasbewachsenen Pfades kam der Traktor zum Stehen, und der Colonel sagte: »Wir gehen zu Fuß hinauf, dabei erzähle ich Ihnen von Diana.«

»Was ist Treloe? Ein Dorf oder ein Hof?«

»Ein Hof – ein kleines Stück Land. Diana ist erst kürzlich in diese Gegend gezogen, sie lebt noch nicht lange hier. Ich habe sie ein wenig beraten und unterstützen können – für eine junge Frau ist es hier oben sehr einsam. Anfangs schien sie eigentlich recht zufrieden, schaffte es gerade, mit ihrem bißchen Geld auszukommen. Aber jetzt muß sie sich mit diesem Problem rumschlagen, es ist nicht leicht für sie.«

»Welchem Problem?« fragte Hansler, als der Colonel schwieg.

»Also – sie schämt sich natürlich sehr deswegen, aber es scheint sich dabei um eine Art Poltergeist zu handeln. Sachen fliegen durch die Luft und prallen aufeinander, es ist wirklich verdammt lästig – es geht einfach nicht so weiter; auf einem Hof kann man es sich einfach nicht leisten, daß die Dinge außer Rand und Band geraten.«

»Das glaube ich gern«, versuchte Hansler ihn zu beruhigen und beobachtete den besorgten Gesichtsausdruck des Colonels, während er über die Probleme seines Freundes nachdachte.

»Glauben Sie, ihr vielleicht helfen zu können?«

»Zunächst muß ich sie kennenlernen.« Hanslers Ton klang entschlossen. »Gelegentlich sind derlei Dinge auf äußere Einflüsse zurückzuführen, manchmal wiederum nicht. Alles hängt dabei von der Person ab.«

Der Colonel nickte.

Als sie schließlich Treloe erreichten, war es fast dunkel, und Hansler bekam nur mehr einen vagen Eindruck von Steinwänden und einigen kleinen, dicht beieinanderstehenden, niedrigen Gebäuden. Er empfand den frischen Moorgeruch, die Kälte von Stein und den überwältigenden Eindruck von Vorzeitlichkeit. Der Pfad hatte stetig aufwärts geführt, und hier auf der höchsten Erhebung des Moores hätten sie sehr wohl auf einen Druidenring oder einen Kreis von Monolithen stoßen können. Als der Colonel nach dem Anklopfen die Tür öffnete, überraschte es Hansler nicht, den unruhig flackernden Schein einer Öllampe und den primitiven Geruch von Torfrauch vorzufinden.

Seine Augen brannten, und einen Augenblick lang konnte er die junge Frau, die sie begrüßte, nicht deutlich sehen. Dann aber entsetzte ihn ihre hagere, düstere Schönheit. Sie war hochgewachsen, bestimmt so groß wie er, und überragte den stämmigen Colonel. Ihre Schlankheit grenzte an Auszehrung. Mit den schmalen Lippen und dem eckigen Gesicht machte sie einen entschlossenen Eindruck, den ihre Augen jedoch Lügen straften – gehetzte, verzweifelte Augen, die auf fast unerträgliche Weise Hanslers Empfindungen beanspruchten.

»Halten Sie Paraffinlampen nicht für recht gefährlich bei einem Poltergeist im Haus?« wollte er wissen.

»In unserer Gegend heißt er Butzemann«, erwiderte Diana und zog eine blecherne Kaffeekanne vom Feuer. »Ja, es ist gefährlich, aber auf dem Moor gibt es natürlich keine Elektrizität.«

Der Kaffee, den sie ihnen anbot, war schwarz und bitter. Der Colonel schien von tiefer Zufriedenheit erfüllt, als er nun dasaß und seinen Kaffee trank, doch lag in seinen Augen, wenn er auf Diana blickte, tiefe Besorgnis.

»Hat es heute viel Ärger gegeben?« fragte er.

»Ein paar Ziegel sind aus der Wand gefallen; dabei sind die Schüsseln mit dem Rahm zerbrochen, der Rahm ist jetzt unbrauchbar. Immerzu sind die Spiegel runtergefallen – ich habe nur noch zerbrochene im Haus. Auf die Regale in der Vorratskammer stelle ich längst nichts mehr zurück, weil es doch nur wieder runterfällt. Und alle Bücher, die Sie mir geliehen haben und die auf meinem Nachttisch lagen, sind ganz plötzlich durchs Fenster auf die Koppel geflogen. Ich fürchte, sie sind dabei leicht naß geworden.«

»Das macht nichts.«

Hansler blickte sich erwartungsvoll im Raum um, aber nichts regte sich.

»Wenn ich Besuch habe, ist es meist ruhiger«, sagte Diana.

»Wie alt sind Sie?« fragte Hansler abrupt.

»Dreißig.«

Er nickte. »Haben Sie denn keine Angst – so ganz allein hier oben?«

»Ach nein – ich habe ein Gewehr.« Er nickte erneut.

»Ich hab's Ihnen noch nicht gesagt«, wandte sie sich an den Colonel, »ich weiß nicht, ob ich noch länger hierbleiben kann. Ein Komitee kommt morgen meinen Hof besichtigen, weil ich ihn angeblich nicht richtig bearbeite, und ich werde ihn vielleicht aufgeben müssen.«

»Aber das können die doch nicht tun!« sagte der Colonel zornig aufbrausend. »Worum geht es denn?«

»Um die Dränage – ich habe eine Menge Rohre eingebaut, doch sie platzen immer wieder. Die Milchproduktion ist schrecklich niedrig, weil dabei so viel verdirbt. Wenn ich hier weg muß, weiß ich nicht, was ich mache.«

Ihre Stimme klang verzweifelt.

»Ich gehe hin und werde ein Wörtchen mit denen reden.«

»Wirklich? Wollen Sie das wirklich tun?« Ihr Gesicht leuchtete auf. Sie und der Colonel lächelten einander herzlich an, und Hansler kam eine Idee. Aber ich schlafe erstmal darüber, beschloß er.

An der Haustür war ein schwerer Aufprall zu hören, als wäre etwas Großes dagegengeschlagen. Die beiden Männer schauten Diana fragend an.

»Ich weiß nicht, was das ist«, sagte sie stirnrunzelnd. »Es ist wohl nicht der Butzemann – sondern dieses Tier, das seit kurzem in der Gegend herumstreicht.«

Sie ergriff eine Schrotflinte in der Ecke, schob das Fenster ein paar Zoll hoch, stieß den Gewehrlauf durch die Öffnung und feuerte einen Schuß ab. Im Hausinnern erfolgte durch die Explosion ein ohrenbetäubender Knall, und blauer Rauch füllte das Zimmer. »Damit kann ich das Biest gewöhnlich verjagen«, sagte Diana und lehnte die Flinte in die Ecke zurück. »Möchten Sie noch Kaffee – oder vielleicht etwas Brot mit Käse?«

»Nein, wir müssen jetzt wirklich aufbrechen.«

»Ich begleite Sie besser den Pfad hinunter«, sagte sie mit einem erneuten Griff nach der Flinte.

»Nein, danke, meine Liebe, ich habe meinen Dienstrevolver dabei. Schließen Sie sich nur gut ein.«

»Also dann, gute Nacht.«

»Gute Nacht.«

Paul glaubte, ein großes Tier – vielleicht einen Hund? – auf der anderen Seite der Hecke vorbeispringen zu sehen, als sie den Pfad hinuntergingen. Aber es näherte sich ihnen nicht.

Als sie nach Hause kamen, war alles ruhig, kein Licht brannte. Sie gingen sofort zu Bett.

Am folgenden Morgen war es wärmer, feiner Nebel zog vom Meer herüber – silbern glänzend, die Sonne dahinter verborgen. Hansler hielt seine Idee, nachdem er sie überschlafen hatte, immer noch für gut und beschloß, ihr umgehend Ausdruck zu verleihen.

»Das Problem des Mädchens läßt sich ganz einfach lösen«, sagte er beim Frühstück zum Colonel. »Sie ist verliebt.«

»Verliebt, alter Knabe?«

»Erscheinungen dieser Art zeigen sich oft um unverheiratete Mädchen, nur sind diese gewöhnlich jünger. Natürlich ist es in diesem Fall durch ihre Verliebtheit ausgelöst worden – und vielleicht auch durch die eigenartige Atmosphäre in dieser Gegend.«

»Aber in wen ist sie denn verliebt?«

»Natürlich in Sie, mein Lieber. Und Sie täten gut daran, sie zu heiraten – je eher, je besser.«

Bei Hanslers Worten überzog ein solch außerordentlich leuchtendes Glücksstrahlen das Gesicht des Colonels, daß es aussah, als sei ein Licht eingeschaltet worden.

»Verliebt in *mich*? Sie heiraten? Gleich nach dem Frühstück gehe ich zu ihr.«

Er sank auf den Stuhl, als könnten ihn seine Beine – in diesem Augenblick – nicht länger tragen und starrte auf das Frühstücksei. Dann wischte er sich kurz über die Augen.

Beim Aufblicken bemerkte Hansler, daß Miss de Reszke ins Zimmer getreten war und nachdenklich die toten Blüten von einer Hyazinthe pflückte, die in einem Topf auf dem Fensterbrett stand.

»Hast du die Schweine schon gefüttert?« fragte sie ganz nebenbei ihren Bruder.

»Großer Gott, nein – das habe ich ja völlig vergessen.« Er sprang auf und rannte förmlich aus dem Zimmer. Sie hörten ihn pfeifen, laut und süß, als er sich in der Spülküche die Stiefel überstreifte.

»Sie müssen ein interessantes Verfahren haben, Mr. Hansler. Wie ich sehe, sind Sie ein sehr kluger Mann«, bemerkte Miss de Reszke mit einem Lächeln und goß Kaffee ein. Ein Sonnenstrahl, der durch den Nebelschleier gebrochen war, fiel über den Tisch, und sie räkelte sich in seinem Licht.

»Nicht interessanter als Ihr Leben, könnte ich mir vorstellen«, sagte Hansler und erwiderte ihr Lächeln, war sich dabei des leisen Zweifels bewußt, der sich hinter seiner Galanterie verbarg.

Ein lautes Krachen war zu hören, als der Colonel die Hintertür wieder aufriß und hereinplatzte.

»Was ist denn los, mein Lieber«, fragte seine Schwester. »Du siehst ja ganz blaß aus.«

Ohne Antwort stampfte er zum Telefon und begann zu wählen.

»Schweineabteilung? Verbinden Sie mich mit dem Inspektor«, sagte er. »Sind Sie's, Curtis? Hier Pevensey Jones. Verdammt noch mal, Curtis, zwanzig meiner besten Säue sind tot – das Untier hat allen die Gurgel rausgerissen. Irgendwie hat es durch die Wand ein Loch gebrochen und ist in den Schweinestall gelangt. Sie werden sich die Kadaver ansehen müssen. Alles klar? Sobald wie möglich, ja.«

Man hörte ein Klicken, als er auflegte. Er wandte sich um und blickte sie an. Immer noch zitterte er vor Wut.

»Das ist der Gipfel der Unverschämtheit!« knurrte er.

»Wie entsetzlich für dich, mein Lieber«, sagte seine Schwester teilnahmsvoll. »Ich habe mich ja immer schon gefragt, ob diese Schlackensteinwand auch wirklich stark genug ist.«

Ohne darauf zu antworten, trank der Colonel hastig seinen Kaffee. Dann sagte er: »Betty, kannst du mir einen Gefallen tun?«

»Natürlich, mein Lieber.«

»Ich habe Diana versprochen, heute früh nach Treloe zu fahren und für sie mit dem Komitee zu sprechen. Jetzt kann ich das leider nicht – muß auf Curtis warten. Aber *du* könntest hinfahren – das wäre ebensogut. Es ist ganz einfach – brauchst ihnen nur zu erklären, daß ich sie heirate und den Hof übernehme – gegen *meine* Methoden haben sie bestimmt keine Einwände.«

Ohne Überraschung zu zeigen, neigte sie wieder den Kopf, um ihre Lippen spielte das halbe, sich zu den Wangen schürzende Lächeln.

»Mr. Hansler sollte besser mitkommen«, meinte sie.

»Ja, Paul, fahren Sie mit, mein lieber Freund. Sagen Sie ihr, wie leid es mir täte, daß ich nicht kommen kann – wenn sie hört, was mit den Schweinen passiert ist, wird sie es verstehen. Sagen Sie, ich käme am Nachmittag.«

»Wir fahren über Losthope«, erklärte Miss de Reszke, als sie nach dem Frühstück den Wagen holte. »Ich brauche etwas Passendes zu dieser grünen Seide und auch neue Handschuhe – diese hier sind an den Fingerkuppen schon sehr abgenutzt, sehen Sie? Bei dem vielen Autofahren.«

Irgendwie dauerten die Besorgungen in den Geschäften von Losthope viel länger, als Hansler erwartet hatte. Miss de Reszke machte zwar einen entschlossenen Eindruck, hatte jedoch Schwierigkeiten, sich für einen der Grüntöne zu entscheiden; die passende Farbe zu finden erforderte wegen des Tageslichts viele Abstecher mit Stoffproben auf die Straße hinaus und zurück zum Verkaufstisch. Danach stellte sich die Wahl der Handschuhe als schwieriges Problem – sollte sie warme, fellgefütterte kaufen, die lange halten würden, oder dünnere für den kommenden Sommer? Hansler faszinierte der Anblick ihrer in Fell gehüllten Hände; er lehnte sich neben sie an den Verkaufstisch und streichelte vorsichtig das Fell mit der Fingerspitze. Langsam drehte sie ihm das Gesicht zu, bedachte ihn mit einem freundlichen, abschätzenden Blick.

»Wer hätte gedacht, daß mein Bruder Diana heiratet«, sagte sie. »Wer kümmert sich dann um mich? Sie müssen mich gelegentlich besuchen und mir gute Ratschläge geben, Mr. Hansler.«

»Nichts täte ich ...«, begann er.

»Wenn Sie mich jetzt bitte entschuldigen wollen, ich muß hier noch einige Sachen intimerer Art anprobieren, dabei kann ich Sie nicht um Ihren Rat fragen, noch nicht –«, sagte sie mit strahlendem Lächeln und zuversichtlicher Miene, als sie, gefolgt von einer Verkäuferin, in einer Umkleidekabine hinter einem grünen

Vorhang verschwand. Paul nahm auf einem dünnbeinigen Stuhl Platz und wartete geduldig. Im Geschäft herrschte eine drückende Atmosphäre durch den dicken Teppich, die dichten Vorhänge und die endlosen Reihen von Kleidungsstücken; er wünschte, sie würde sich beeilen. Sie schien sich schrecklich viel Zeit zu lassen.

Endlich tauchte sie wieder auf; schuldbewußt bestand sie darauf, daß er zur Wiederbelebung unbedingt ein Gläschen trinken müsse.

»Das dauert bestimmt nicht lange, es ist gleich nebenan.«

Hansler folgte ihrer rasch dahineilenden Gestalt in das Hotel, wo sie ihn lange und eindringlich über seine Arbeitsmethoden ausfragte.

»Mein Lieber«, verkündete sie plötzlich, sich selbst unterbrechend, mit einem Blick auf die Armbanduhr, »Sie haben mich ja reden und reden lassen. Sie müssen sich sputen, sonst kommen wir zu spät, um dem armen Mädchen zu helfen.«

Er wappnete sich erneut für eine ihrer halsbrecherischen Autofahrten, doch sie sagte, die Bremsbacken seien nicht ganz in Ordnung und fuhr den Weg hinauf zum Moor mit einer Vorsicht, die sie bisher noch nicht gezeigt hatte.

»Halten Sie mal einen Moment!« schrie Hansler aufgeregt an einer Kreuzung. »War das nicht Diana auf dem Motorrad?«

»Unsinn, mein Guter, das bilden Sie sich nur ein. Sie besitzt ein Motorrad, das stimmt, aber wir wissen ja, daß sie zu Hause das Komitee empfängt, also kann sie es doch unmöglich gewesen sein, nicht wahr?«

Hansler war sich seiner Sache nicht sicher, doch machte er sich Sorgen; diese verkrampfte, verzweifelte Gestalt auf der klapprigen alten Maschine, die übers Moor dahinraste, hatte eine Ähnlichkeit mit Diana gehabt, die ihn beunruhigte. Schweigend, die Stirn gerunzelt, saß er im Wagen, als sie nun im niedrigsten Gang die letzte, steile Strecke des Weges hochkrochen.

Das Haus war leer. Zuerst glaubten sie, der Hof sei völlig verlassen; doch hinter dem Haus trafen sie auf drei kleine Männer mit Brillen, Eulen ähnlich, die nachdenklich an einem Stück Rohr herumstocherten, das aus dem Erdboden ragte.

»Wir sind hergekommen, um Ihnen mitzuteilen, daß Colonel Pevensey Jones den Hof von Miss Grieve übernimmt«, sagte Miss de Reszke und ging auf sie zu. Die drei blickten verständnislos.

»Kann er nicht, Madam. Miss Grieve ist bereits enteignet worden. Sie hat den Hof sogar schon verlassen. Selbstverständlich wird der Besitz versteigert. Der Colonel kann ein Angebot dafür machen, wenn er will. Tja, wenn Sie zwei Stunden eher hiergewesen wären–«

»Ach je«, sagte Miss de Reszke. »Wie bedauerlich. Wissen Sie, wohin Miss Grieve gefahren ist?«

»Kann ich nicht sagen, Miss. Die junge Dame war ziemlich außer sich – wohl gekränkt. Als sie hörte, sie sei enteignet und müsse den Hof sofort aufgeben, rannte sie zu ihrem Motorrad, schwang sich drauf und brauste los. Natürlich hätten wir sie eigentlich daran hindern müssen, denn das Motorrad gehört zum Inventar des Hofes, der, als unterdurchschnittlich arbeitender Betrieb, insgesamt gepfändet wird. Aber man darf nicht zu streng sein, und wir hätten sie sowieso nicht daran hindern können.«

»Allerdings nicht«, sagte Miss de Reszke. »Also, das ist ja alles recht traurig. Wir fahren besser zurück und unterrichten meinen Bruder. Er wird erschüttert sein, fürchte ich.«

Colonel Pevensey Jones war in heller Aufregung.

»Wieso *verschwunden*?« fragte er. »Soll das heißen, ihr seid zu spät hingekommen? In welche Richtung ist sie denn gefahren?«

»Ich glaube, sie ist wohl nach Norden gefahren«, meinte Hansler kläglich.

Ohne ein weiteres Wort ging der Colonel in die Spülküche hinaus und zog sich die Stiefel an.

»Was hast du vor?« fragte seine Schwester.

»Sie zu finden, natürlich. Hansler, Sie können doch bleiben und sich um meine Schweine kümmern, bis ich zurückkomme, nicht wahr? Heute nachmittag kommt jemand, um eine Betonwand zu mauern.«

»Wie lange, schätzen Sie, werden Sie fortbleiben?«

»Mein Lieber, woher soll ich das wissen? Sie hat einen Vorsprung und kommt viel schneller vorwärts. Aber ich werde sie finden.«

Er eilte davon. Im nächsten Moment hörten sie das stotternde Dröhnen des anspringenden Traktors und sahen ihn auf der Straße in Richtung Norden dahintuckern.

»Na ja«, sagte Miss de Reszke, »ich bin froh, daß *Sie* mir Gesellschaft leisten.«

Sie schenkte Paul einen geheimnisvollen Blick; er lächelte unsicher zurück. Das Haus schien ohne die schmucke, vitale Gestalt des Colonels auf unerklärliche Weise leer. Hansler war erleichtert, daß er den Nachmittag damit verbringen konnte, dem Maurer bei der Verstärkung der Rückwand des Schweinestalls behilflich zu sein.

Als das getan war und die Schweine gefüttert waren, ging schon fast die Sonne unter. Hansler schlenderte zum höchsten Punkt im Garten und dachte dabei mit großer Zuneigung an seinen Freund. Wo mochte der Colonel jetzt sein? Tuckerte er, ohne den Mut zu verlieren, weiterhin irgendeine Hochlandstraße entlang? Oder hatte er Diana gefunden, stand jetzt vielleicht mit ihr auf dem Gipfel des Moores und wartete, wie Paul, auf den Sonnenuntergang?

Ganz allmählich kroch die dunkle Linie des Meeres über die goldene Sphäre, dann blieb nur noch ein Segment – eine Linie – ein Pünktchen –

Hansler machte taumelnd kehrt, rannte zum Haus zurück.

»Miss de Reszke! Betty!« rief er. »Ich habe ihn gesehen – den grünen Strahl! Oh, glauben Sie, er hat ihn auch gesehen –«

Er platzte in ihr Arbeitszimmer, erstarrte in der Türöffnung und blieb wie angewurzelt stehen.

Von der Mitte des Zimmers musterte ihn ein großer, grauer Wolf mit hellen, glänzenden Augen.

Das Lateinfossil

Fletcher war unser Lateinlehrer. Er hatte eine Figur wie ein Dominostein. Nein, das stimmt so nicht, denn er war nicht viereckig. Er hatte eine Figur wie aus einem Dominostein geschnitzt, er besaß Form, aber keine Tiefe, man hatte den Eindruck, als hätte er sich mit seiner Schmalseite durch den Spalt am Türscharnier schieben können. Wäre er dazu in der Lage gewesen, hätte er von dieser Fertigkeit wohl auch häufiger Gebrauch gemacht. Er war groß darin, lautlos über den Flur zu schleichen und dann blitzschnell die Tür aufzureißen, um zu sehen, was wir alle trieben. Er geisterte herum wie ein altes Schloßgespenst, aber wenn man einen gut entwickelten Geruchssinn hatte, merkte man an dem schalen Zigarettenmief, der ihn umwaberte, immer rechtzeitig, wenn er im Anmarsch war. Er war Kettenraucher. Obgleich er eine Zigarettenspitze benutzte, waren seine Finger gelb bis zu den Knöcheln, ebenso die Zähne, wenn er sie zu einem freudlosen Grinsen fletschte. Er hatte stumpfes schwarzes Haar, das ihm in einer schlappen Tolle über die große, kantige Stirn fiel, und enorm große Füße. Sie wölbten sich beim Aufsetzen wie die Schwimmfüße einer Ente, deshalb konnte er wohl auch so leise auftreten. Sogar sein Auto war leise, ein riesiges altes Ding von einem deutschen Hersteller – wir nannten es Fletchers Strudel –, feldgrau, immer auf Hochglanz poliert und aufs Pingeligste gepflegt, an dem sein Herz hing. Daß er noch niemanden über den Haufen gefahren hatte, wenn er flüsterleise durchs Schulhoftor flitzte, war das reinste Wunder, und alle meinten, früher oder später würde es doch noch passieren, denn Fletcher war sehr kurzsichtig und lehnte es ab, eine Brille zu tragen. Wenn in der Klasse einer aus den hinteren Bänken Unfug trieb, kniff er erst mal die Augen zusammen, streckte schlangengleich den Kopf vor und schwenkte ihn hin und her, um auszumachen, wer der Störenfried war, dann schritt er langsam durch den Mittelgang und schob sein Gesicht in jede Bankreihe; diese Schau konnte einem ganz schön an die Nieren gehen.

Er wirkte alterslos. In Wirklichkeit mag er um die Sechzig gewesen sein, aber Genaues wußte man nicht. In den Ferien fuhr er immer nach Deutschland, und er hatte einen Dackel, der Heinkel hieß. Heinkel war älter als sein Herr, ein kurzatmiger, rheumageplagter, auf einem Auge blinder Köter mit einem Holzbein. Das ist kein Witz. Aus irgendeinem Grund hatte man eine Vorderpfote amputieren müssen und ihm eine Art kleiner Stelze angeschnallt, mit der er ganz langsam, Schrittchen für Schrittchen, herumhumpeln konnte. Viel Gebrauch davon machte er allerdings nicht, meist saß er im Wagen und döste, bis der Schultag vorbei war.

Die meisten von uns waren nicht scharf auf Latein, wir sahen nicht ein, wozu es gut sein sollte, so daß wir mit dem alten Fletcher nicht viel anfangen konnten. Für uns war er ein komischer alter Kauz und furchtbar antiquiert, er benutzte Ausdrücke wie »famos« und »tipptopp«, die mußte er sich aus *Boy's Own Paper*, einer Monatszeitschrift für die männliche Jugend um 1910, angelesen haben. Er selbst war Feuer und Flamme für sein Fach, und wirklich Interessierte hätten bei ihm bestimmt allerlei lernen können. Das gelbe Gesicht erhellte nur dann ein mattes Lächeln, wenn er die Schönheiten einer Satzkonstruktion bei Livius oder Horaz aufzeigen konnte. Ich selbst bin ja nicht so – wenn man schon was machen muß, kann man es ebensogut ordentlich machen –, aber für die meisten war er eine ganz trübe Tasse. So standen die Dinge, bis Pridd kam und Fletcher unser Klassenlehrer wurde.

Pridds Vater war der neue Geschäftsführer von unserem neuen Supermarkt, die Familie war gerade erst zugezogen. Pridd war ein dicker, schwerfälliger Bursche, eine richtige Dampfwalze, mit einem kleinen Kopf, der übergangslos zwischen die Schultern gepflanzt war, und kleinen, durchtriebenen Chinesenaugen. Mathe mochte er gern, aber alle anderen Fächer ödeten ihn an, er saß ganz hinten und las Heftchenromane unter der Bank oder feilte sich ein Stück Gardinenstange als Blasrohr für Erbsen zurecht. Latein war ihm ein Greuel, er fand, daß es keinen praktischen Nutzwert hatte.

»Sobald ich mit der Schule fertig bin«, sagte er, »geh ich zu meinem Vater ins Geschäft, was soll ich da mit Cäsar und Vergil und all dem Scheiß? Latein ist doch 'ne tote Sprache, 'n Fossil. Genus, unregelmäßige Verben, wenn ich das schon höre... Ich wette, dem alten Fletcher sein Genus ist –« Und dann kam etwas Unanständiges. Pridd hatte eine sehr zotige Ausdrucksweise und hielt sich für überaus geistreich, aber ich fand ihn dämlich und sonst gar nichts. Mit seinen sechzig Kilo fehlgelenkter Energie rammte er gezielt unsere Mädchen, vorzugsweise dann, wenn sie gerade eine Schüssel mit Pudding oder Wackelpeter aus dem Kochunterricht heimtragen wollten. Seine Lieblingsbeschäftigung war es, den Mädchen Leim in die Haare zu spritzen oder einem von uns eine Flasche Tinte ins Pult zu schütten, wenn wir nicht hinsahen.

Es war Pridd, der Fletcher »das Lateinfossil« taufte. »Achtung, das El-Ef kommt«, warnte er in durchdringendem Flüsterton, wenn Fletcher hereingeknarzt kam. Der Name blieb an ihm hängen, auf makabre Weise paßte er irgendwie zu dem armen alten Knaben.

Als Fletcher unser Klassenlehrer wurde, begriffen wir plötzlich, daß wir ihn nun nicht mehr bloß dreimal in der Woche zur Lateinstunde sehen, sondern ihn ständig am Hals haben würden. In den Pausen flatterte er herum wie eine Motte, um zu sehen, was wir trieben, und fast immer gab es Ärger.

»Aaalso –«, damit pflegte er seine Sätze einzuleiten – »aaalso jetzt möchte ich doch einmal wissen, Pridd, was du da auf dem

Fensterbrett machst.« Er hatte eine näselnde Krächzstimme wie ein stark angerosteter alter Vogel.

»Nichts, Sir«, antwortete Pridd harmlos, indem er in einer einzigen Bewegung die soeben aus Papier verfertigte Wasserbombe einem der Mädchen auf den Kopf warf und vom Fensterbrett rutschte.

»Aaalso das stimmt ja wohl nicht ganz, Pridd. Mir scheint, da ist wieder mal ein Besuch beim Direktor fällig.«

Pridd machte ein finsteres Gesicht. An unserer Schule wird nicht geprügelt, als Strafe brummen sie uns hauptsächlich Samstagsarrest auf, und wir hatten Fletcher erst ganze drei Wochen, da war Pridd schon mit Arrest für sämtliche Samstage des Trimesters versorgt. Das ärgerte ihn mächtig, weil er samstags immer einen weißen Kittel anzog und seinem Vater im Geschäft half, was ihm jedesmal drei oder vier Pfund einbrachte.

»Das zahl ich ihm heim, diesem Pappchinesen, da könnt ihr Gift drauf nehmen«, maulte er.

Im Grunde hätte er sich die Mühe sparen können, schon seine Präsenz im Klassenzimmer war Vergeltung genug. Seit seinem ersten Tag bei uns ging die Klasse aus den Fugen. Manchmal taten nur noch die vier in der ersten Reihe so, als ob sie dem Unterricht folgten, alle anderen sahen auf Pridd und kicherten über sein verrücktes Gekasper.

»Dicke Frau geht Treppe rauf«, sagte er, blähte abwechselnd die Backen und schielte uns aus seinen schlammfarbigen Schlitzaugen an. Er kaufte Luftballons, die er zu unanständigen Gebilden aufblies, er ließ Bilder herumgehen oder erzählte Witze, von denen er einen unerschöpflichen Vorrat auf Lager hatte. Die meisten waren einfach albern, manche aber waren wirklich komisch. Wenn ihm sonst nichts einfiel, warf er »aus Versehen« alle seine Bücher vom Pult oder ließ mit ohrenbetäubendem Krach den Deckel zufallen. Alles war ihm recht, wenn er nur stören konnte.

Die meisten Lehrer tolerierten ihn mehr oder minder und

stauchten ihn zusammen, wenn er sie mal richtig auf die Palme gebracht hatte, aber Fletcher konnte ihn nicht ausstehen, woraus er auch keinen Hehl machte. Das beruhte auf Gegenseitigkeit, man spürte den Haß zwischen den beiden, kalt wie flüssige Luft. Pridd machte Fletcher das Leben zur Hölle. Die Lateinstunde verkam bald zum totalen Chaos, keiner machte auch nur den Versuch, etwas zu lernen. Man hörte das Pfeifen und Trampeln und Schwatzen und Lachen den ganzen Flur entlang. Fletcher wurde immer gelber und verschrumpelter, er war hohl und eingefallen wie ein alter Kürbis, der auf dem Komposthaufen gelandet ist, weil er zum Essen nicht mehr taugt.

Komischerweise habe ich vergessen, welcher von Pridds Streichen der Auslöser für die Entwicklung war, die dann schließlich zur Krise führte. Vielleicht der schwarze Faden, den er um Fletchers Tintenfaß gebunden hatte, um es ihm vom Pult zu ziehen, während er übersetzte, oder auch die zur Hälfte durchgesägten Haltepfosten der Tafel, die Fletcher krachend auf die Füße fiel, als er anfing zu schreiben. Jedenfalls geriet Fletcher daraufhin derart in Rage, daß ihm das samstägliche Nachsitzen nicht genügte. Er strich Pridd auch die Erlaubnis, zu dem Fight Fenner-Giugliani zu gehen, schickte Pridds Vater das Geld zurück und gab die Karte einem anderen Schüler.

Pridd war vor Wut und Enttäuschung total außer sich, er wollte auf Biegen und Brechen diesen Kampf sehen. Die Schule hatte schon früh Vorzugskarten bekommen, und inzwischen waren auch um Geld und gute Worte keine mehr zu kriegen. Keiner von uns mochte Pridd so gerne, daß er ihm die eigene Karte überlassen hätte, obgleich er herumging und enorme Summen bot.

Er begann auf Rache zu sinnen.

Es war Tradition, daß Fletcher am letzten Montag des Sommertrimesters mit seiner Klasse zu einem Picknick an den Butt-See fuhr, und zunächst hatte Pridd sich ausgedacht, daß er Fletcher irgendwie ein Bein stellen und ihn in den See schubsen würde.

»Ich wette, der Arsch kann nicht schwimmen«, sagte er. »Wär doch scharf, ihn im Wasser rumrudern zu sehen, den blöden alten Zimtbock. ›Aaalso, rettet mich, rettet mich, ach rettet mich denn bitte keiner?‹«

Dann aber bot das Schicksal Pridd eine andere Chance.

Als wir am Montagmorgen auf dem Schulhof unsere Faxen machten, sahen wir einen Haufen Jungen um Fletchers Wagen herumstehen und hineinstarren.

»Vielleicht hat der alte Trottel die Brieftasche drin liegen lassen«, sagte Pridd hoffnungsvoll. »Kommt, wir sehen mal nach.«

Aber nicht die Brieftasche, sondern der Dackel Heinkel lag im Wagen, er hatte alle viere von sich gestreckt und war mausetot. Offenbar war er an einem Herzschlag oder an Altersschwäche gestorben, kaum daß sein Herr ausgestiegen war und ihn allein gelassen hatte. Für den armen Köter war es höchste Zeit. Wenn mein Vater ihn sah, bemerkte er regelmäßig: »Der Hund gehört eingeschläfert!«

Pridd stellte sich zu den anderen, steckte die Hände in die Taschen und betrachtete Heinkel. Dann fing er an zu wiehern.

»Daraus läßt sich was machen«, sagte er. »Das ist'n Hammer, aber ehrlich.«

Gewöhnlich schloß Fletcher den Wagen ab, heute aber war er offen. Pridd beugte sich vor und griff nach dem Hund. »Bleibt um mich rum«, sagte er, »damit keiner sieht, was los ist. Sollt mal sehn, da staunt er Bauklötzer, das olle El-Ef.«

»Was haste denn vor, Priddy?« fragte einer.

»Abwarten«, gab er zurück. Ich glaube, er wußte es selbst noch nicht so recht.

Mir reichte es plötzlich, und ich blieb an der Tür stehen, während die anderen kichernd und drängelnd zu unserer Klasse hochgingen. Ich drückte mich immer noch unten herum und las die Anschläge in der Halle, die ich schon hundertmal gelesen hatte, als die Schulsekretärin herauskam. Sie heißt Miss Figgins, und wir nennen sie natürlich Fig. Sie ist ganz nett, grauhaarig und pummelig, ein mütterlicher Typ.

Sie warf einen Blick durchs Wagenfenster. »Wo ist denn Heinkel?« fragte sie. »Ich hab versprochen, daß ich ihn nehme, solange Mr. Fletcher im Krankenhaus ist.«

»Krankenhaus?« fragte ich. »Er muß ins Krankenhaus?«

»Ach je, das ist mir so rausgerutscht. Ich hätte es nicht sagen dürfen, er will nicht, daß drüber geredet wird. Sei so nett und trag's nicht herum, Grant, ich weiß, du kannst ein vernünftiger Junge sein, wenn du willst.«

»Ist gut«, sagte ich. »Aber wegen Heinkel brauchen Sie sich keine Gedanken zu machen. Er ist soeben gestorben, die anderen wollen es gerade Mr. Fletcher sagen.«

»Ach je«, sagte sie. »Die arme Kreatur, das wird Mr. Fletcher ganz schön nahegehen. Allerdings – Zeit war's, das muß ich schon sagen. Na gut, dann ist das ja erledigt.«

Als ich in die Klasse kam, war Fletcher schon da. Er sah mich mit leidgeprüfter Miene an, als ich in meine Bank rutschte, sagte aber nichts. Heinkel war nirgends zu sehen, aber die Atmosphäre im Raum war elektrisch aufgeladen. Ich schaute mich vorsichtig um. Was hatte Pridd wohl mit ihm angestellt? Dann merkte ich, daß sich die Aufmerksamkeit aller auf den Schrank konzentrierte, in dem Fletcher die Bücher aufbewahrte, die er nicht alle Tage brauchte, den Cicero etwa, den Ovid und den Horaz. Sobald Fletcher sich in diese Richtung bewegte, zog die Spannung in der Klasse um etliche Grade an.

Noch aber holte Fletcher kein Buch hervor, er gab Klassenarbeiten zurück und überreichte die Hefte jeweils mit einem gepfefferten Kommentar.

Nachdem er das letzte Heft ausgegeben hatte, räusperte er sich und wandte sich an die ganze Klasse.

»Aaalso, darf ich um Ruhe bitten. Ruhe bitte!«

Pridd flüsterte seinem Nachbarn etwas zu, und ein Kichern lief durch die hinterste Reihe wie Feuer durch trockenes Gras. Einer prustete, ein anderer hustete, und Sekunden später schüttelte sich die halbe Klasse in einem Lachkrampf und achtete nicht auf das, was Fletcher zu sagen versuchte. Ich sah, daß Fletchers Hände zitterten. Er blickte sich zwei- oder dreimal um – hastig, als wüßte er kaum, was er suchte –, dann griff er sich den Schürhaken vom Ofen und schlug zweimal auf sein Pult.

»Ruhe! Ich bitte mir Ruhe aus, wenn ich rede!«

Es wurde etwas stiller. Nur ganz hinten hörte man Pridd murmeln: »Alter Kloßkopp!«, und einer kicherte unterdrückt.

»Pridd!« schrie Fletcher. Seine Brust wogte. Er umklammerte den Schürhaken und tat ein paar Schritte. Wir warteten mit angehaltenem Atem und überlegten, ob Pridd diesmal nun doch zu weit gegangen war und Fletcher ihm eins über den Schädel geben würde. Aber er wischte sich nur mit dem Handrücken der anderen Hand die Stirn und sagte:

»Ich gebe euch heute keinen Unterricht. Ich werde euch nie mehr unterrichten, ich gehe ab.«

»Hurra«, sagte jemand gerade noch vernehmlich.

Fletcher hob die Stimme. »Ich gehe ab, und wenn ihr den Grund wissen wollt: Es ist euretwegen. Weil ihr mich in den letzten Trimestern zur Verzweiflung getrieben habt mit eurer albernen, sinnlosen Insubordination, mit eurer Idiotie und Infamie. Früher wart ihr doch ganz vernünftige Burschen, ich weiß nicht, was in euch gefahren ist, ich weiß es wahrhaftig nicht. Ich kann nur jeden bedauern, der in Zukunft den Versuch unternimmt, euch Latein beizubringen. Mich habt ihr erledigt, und ich hoffe, daß ihr stolz darauf seid.«

Bebend starrte er uns an, und wir starrten zurück. Auf seiner gelben Stirn standen Schweißtropfen. Er merkte, daß er noch immer den Schürhaken in der Hand hielt, und ließ ihn fallen.

»Ich mache nicht das übliche Picknick mit euch«, erklärte er. »Um es ganz klar zu sagen: Mir ist nicht danach. Mr. Whitney wird für mich einspringen. Grant, du bist Klassensprecher. Hier sind zehn Pfund, kauf euch damit was zu essen.«

»Aber nein, Sir, danke, Sir...«, sagte ich. Ich wollte das Geld nicht nehmen, aber er drängte es mir auf und fuhr fort:

»Ich kann nur hoffen, daß ihr eines Tages begreifen werdet, wieviel Leid ihr verursacht habt. Vielleicht lernt ihr dann, euch wie zivilisierte Menschen zu benehmen. Das ist alles.«

Er drehte sich um und verließ die Klasse. Wir sahen ihm nach wie vom Donner gerührt. Dann stieß Pridd hervor:

»Mensch, der Hund muß wieder in den Wagen!«

»Warum?« fragte einer.

»Warum, du Waldheini? Sollen wir im nächsten Trimester mit dem Köter im Schrank leben? Los, wir tun, als wenn wir dem alten Bock die Lateinbücher runterbringen.«

Fletcher stieg gerade in seinen Wagen, als die halbe Klasse auf den Hof gestürzt kam. Heinkel schien er nicht zu vermissen, offenbar dachte er, Miss Figgins hätte ihn genommen. Er sah uns kurz an, ohne zu lächeln.

»Was ist?«

»Wir wollten uns nur verabschieden, Sir, und uns für das Geld bedanken«, sagte Pridd salbungsvoll. »Sie haben Ihre Bücher vergessen, Sir. Sollen wir sie in den Kofferraum tun?«

»Das wäre nicht nötig gewesen, ich werde sie nicht mehr brauchen«, sagte Fletcher, aber er drückte auf den Knopf, der den Kofferraum öffnete. Der Kofferraumdeckel schwenkte nach hinten und nach unten. Zwei, drei Jungen drängten sich um das Fenster an der Fahrerseite, zwei, drei weitere umstanden Pridd, der Heinkel unter seinem Blazer hervorzug. Pridd setzte sich mit seinem fetten Hintern auf den Deckel und beugte sich weit vor, um die Hundeleiche ganz hinten im Kofferraum zu verstauen. Er feixte wieder, seine Chinesenaugen waren wie Schlitze, und es war ihm anzusehen, daß er sich genüßlich ausmalte, wie Fletcher reagieren würde, wenn er den Kofferraum aufmachte, um die Bücher herauszunehmen.

Fletcher ließ den Motor an und warf einen Blick in den Rückspiegel.

Wie es passiert ist, weiß ich nicht. Augenscheinlich konnte Fletcher Pridds Kopf im Spiegel nicht sehen, denn er drückte auf den Knopf, um den Kofferraum zu schließen. Der Deckel schwenkte nach oben, Pridd zog hastig und instinktiv die Beine an und schwupp, war der Deckel zu, und Pridd war drin. Fletcher löste die Handbremse, und der Wagen schoß lautlos nach vorn, über den Hof und zum Tor hinaus.

Einer rief etwas, ein anderer winkte aufgeregt. Fletcher nahm keine Notiz davon, er dachte wohl, wir wollten ihn zum Abschied noch einmal ordentlich veralbern. Oder *wußte* er, daß er Pridd mitgenommen hatte?

Wie es wirklich war, werden wir nie erfahren, denn Fletcher verschwand auf Nimmerwiedersehen. Er war nicht ins Krankenhaus gegangen. Fünf Tage später fand man seinen Wagen an einer einsamen Stelle der Küste, Fletchers Sachen lagen ordentlich gefaltet auf dem Fahrersitz. Ansonsten war der Wagen leer – abgesehen von dem, was im Kofferraum war.

Die kalte Flamme

Als Patrick anrief, schlief ich. Die Klingel zerriß einen Traum über eine ganz merkwürdige Marmeladenglasfabrik, eine Art Katakombe aus rosenroten Ziegeln, die aus grauer Vorzeit stammte und oben auf den Downs in der Erde versenkt war, und ich ließ mich nur ungern aufwecken. Blind tastete ich nach dem Hörer und zwängte ihn zwischen mein Ohr und das Kissen.

»Ellis? Bist du das?«

»Natürlich«, fauchte ich. »Wen hast du denn um drei Uhr morgens sonst in meinem Bett erwartet? Warum in aller Welt rufst du um diese Zeit an?«

»Es tut mir leid«, sagte er, und es klang gedämpft, weit weg und ein wenig bedauernd. »Da, wo ich bin, ist es erst halb soundso viel.« Eine Art Meeresrauschen trennte uns für einen Augenblick, und dann hörte ich ihn sagen: »...habe dich angerufen, so bald ich konnte.«

»Und wo bist du nun?«

Dann wurde ich etwas wacher und unterbrach ihn, gerade als er wieder zum Sprechen ansetzte. »He, solltest du nicht eigentlich tot sein? Ich habe doch die Schlagzeilen in der Abendzeitung gelesen – ein Unfall in den Bergen. War das ein Irrtum?«

»Nein, ich bin tot, das ist schon richtig. Ich bin in den Krater eines Vulkans gestürzt.«

»Und was hattest du um Himmels willen auf einem *Vulkan* zu suchen?«

»Ich lag auf dem Kraterrand und schrieb ein Gedicht darüber, wie es drinnen aussah. Und dann ist das Stück, auf dem ich lag, einfach abgebrochen.« Patricks Stimme hörte sich ein wenig melancholisch an. »Und dabei wäre es ein so schönes Gedicht gewesen.«

Vielleicht sollte ich erklären, daß Patrick ein Dichter ist. Oder vielmehr war. Oder behauptete, ein Dichter zu sein. Niemand hatte seine Gedichte je zu Gesicht bekommen, weil er sich standhaft weigerte, seine Werke irgend jemanden lesen zu lassen, obwohl er mit einer ruhigen Selbstsicherheit, die man sonst von ihm nicht gewöhnt war, darauf beharrte, sie seien wirklich sehr gut. Patrick war sonst in keiner Hinsicht bemerkenswert, aber die meisten Menschen mochten ihn; er war ein schlaksiger, amüsanter junger Mann mit arglosen, blauen Augen, der mit Begeisterung traurige, unzüchtige Lieder zu singen pflegte, wenn er ein oder zwei Gläser getrunken hatte. Es tat mir leid zu hören, daß er tot war.

»Paß auf, Patrick«, begann ich wieder. »Bist du ganz sicher, daß du tot bist?«

»Natürlich.«

»Und wo bist du jetzt?«

»Das weiß Gott, der Herr. Ich hatte noch gar keine Zeit, mich richtig umzusehen. Ich habe noch etwas auf dem Herzen, und deshalb habe ich auch mit dir Kontakt aufgenommen.«

Das Wort Kontakt erschien mir in diesem Fall nicht so ganz angebracht, und deshalb fragte ich: »Warum telefonisch?«

»Ich könnte dir auch erscheinen, wenn dir das lieber ist.«

Da mir einfiel, auf welche Weise er umgekommen war, wehrte ich hastig ab: »Nein, nein, bleiben wir ruhig dabei. Was hast du denn nun auf dem Herzen?«

»Es geht um meine Gedichte, Ellis. Meinst du, du könntest erreichen, daß sie veröffentlicht werden?«

Ich erschrak ein wenig, das ginge wohl jedem so, an den ein Freund ein solches Ansinnen stellt, aber ich sagte: »Wo sind sie?«

»In meiner Wohnung. Ein großer, dicker Stapel Papier im Quartformat, alles von Hand geschrieben. In meinem Schreibtisch.«

»Schön. Ich werde sehen, was ich tun kann. Aber hör zu, mein

Lieber – ich möchte ja nicht den Pessimisten spielen, aber nehmen wir einmal an, kein Verleger will sie haben – was passiert dann? Versprichst du mir, daß du in diesem Fall nicht mich dafür verantwortlich machst? Daß du dich nicht ständig hier herumtreibst und mich heimsuchst, du weißt schon, als Gespenst?«

»Nein, natürlich nicht«, sagte er schnell. »Aber du brauchst dir keine Sorgen zu machen. Die Gedichte sind gut. In der Wohnung steht aber auch ein Bild, hinter dem Schrank, zur Wand gedreht. Es ist eigentlich ein Porträt meiner Mutter. Von Chapedelaine – ehe er berühmt wurde. Vor etwa sieben Jahren habe ich es als Geburtstagsgeschenk für sie malen lassen (das war natürlich, ehe ich mich mit ihr überworfen hatte). Aber es gefiel ihr nicht – sie fand es gräßlich – deshalb habe ich ihr statt dessen eine Flasche Parfüm geschenkt. Jetzt ist es natürlich eine hübsche Stange Geld wert. Du kannst es bei Sowerby versteigern lassen, und der Erlös würde mit Sicherheit für die Veröffentlichung der Gedichte reichen, falls es nötig sein sollte. Aber das ist wohlgemerkt nur der letzte Ausweg! Ich bin sicher, daß sich diese Gedichte auch von allein durchsetzen werden. Es tut mir nur leid, daß ich das über den Vulkan nicht vollendet habe – vielleicht könnte ich es dir diktieren –«

»Ich muß jetzt wirklich schlafen«, unterbrach ich ihn und dachte dabei, es sei doch ein Glück, daß es zwischen dieser Welt und der nächsten keinen Selbstwählverkehr gab. »Morgen früh gehe ich gleich als erstes in deine Wohnung. Den Schlüssel habe ich noch. Leb wohl, Patrick.«

Damit knallte ich den Hörer auf die Gabel zurück und versuchte, zu meiner schönen, in den geheimnisvollen Tiefen der Downs verborgenen Marmeladenglasfabrik zurückzukehren. Aber die war unwiederbringlich verloren.

Als ich am nächsten Tag in Patricks Wohnung aufkreuzte, stellte ich fest, daß mir jemand zuvorgekommen war. Der Hausmeister sagte mir, eine Dame, Mrs. O'Shea, sei bereits dagewesen und habe alle Habseligkeiten ihres Sohnes mitgenommen.

Ich überlegte gerade, wie ich Patrick über diese neue Entwicklung informieren sollte – er hatte keine Nummer hinterlassen – als er sich über sein eigenes Telefon wieder bei mir meldete. Als er hörte, was ich zu berichten hatte, entrang sich ihm ein gequälter Aufschrei.

»Ausgerechnet Mutter! Mein Gott, was machen wir denn jetzt? Ellis, diese Frau ist ein Aasgeier. Du wirst es teuflisch schwer haben, ihr die Gedichte wieder herauszulocken.«

»Warum nimmst du nicht direkt mit ihr Verbindung auf – so wie du es mit mir getan hast – und sagst *ihr*, sie soll die Gedichte an einen Verleger schicken?« schlug ich vor. »Ich würde ihr raten, es zuerst bei Chatto zu versuchen.«

»Du verstehst nicht! Zum einen käme ich gar nicht in ihre Nähe. Zweitens hat sie einen Groll gegen mich; als ich aufhörte, nach Hause zu kommen, hat ihr das wirklich einen tödlichen Schlag versetzt. Für sie wäre es das höchste Vergnügen, meine Pläne zu durchkreuzen. Nein, ich fürchte, Ellis, du mußt dein ganzes diplomatisches Geschick aufwenden; am besten fährst du morgen nach Clayhole hinunter –«

»Aber hör zu! Angenommen, sie will nicht –«

Keine Antwort. Patrick hatte die Verbindung unterbrochen.

Also fuhr ich am nächsten Nachmittag nach Clayhole. Ich war nie bei Patrick zu Hause gewesen – ebensowenig wie Patrick seit jenem Streit mit seiner Mutter. Eigentlich war ich ziemlich neugierig auf diese Frau, denn Patrick hatte sich immer sehr widersprüchlich über sie geäußert. Vor dem Bruch war sie die großartigste Mutter der Welt, humorvoll, hübsch, sympathisch, witzig – während ihm hinterher kein Ausdruck zu hart war, um sie zu beschreiben, nun war sie plötzlich eine Art weiblicher Dracula, ein tyrannischer, humorloser Blutsauger.

Als ich mich – über eine steile, steinige, ungeschotterte Straße

– dem Haus näherte, fiel mir tatsächlich etwas auf: es war ein wenig kälter geworden. Die Blätter hingen wie schlaffe Fetzen an den Bäumen, der Boden war hart wie Eisen, der Himmel lastete bleischwer über dem Land.

Mrs. O'Shea empfing mich mit äußerster Liebenswürdigkeit. Aber trotzdem hatte ich sehr stark den Eindruck, daß ich in einem ungünstigen Augenblick gekommen war; vielleicht hatte sie gerade den Hund baden, sich ihre Lieblingssendung ansehen oder mit dem Kochen anfangen wollen. Sie war eine kleine, hübsche Irin mit herrlich weißem, lockigem Haar, entzückend teerosenfarbiger Haut und Augen von jenem merkwürdig undurchsichtigen Blau, das mit einem wirklich granithartem Charakter einherzugehen pflegt. Ein auffallendes Merkmal ihres Gesichtes war, daß sie keine Lippen zu haben schien: sie waren so blaß, daß sie sich von den gepuderten Wangen nicht abhoben. Jetzt wurde mir auch klar, warum Patrick nie von seinem Vater gesprochen hatte. Major O'Shea stand neben seiner Frau, aber er war so gut wie nicht vorhanden: ein gebückter Mann mit wäßrigen Augen und kraftlos baumelnden Gliedern, dessen einzige Funktion es offenbar war, die Ansichten seiner Frau wie ein Echo zu wiederholen.

Das Haus war ein hübscher Herrensitz aus der Queen-Anne-Periode, sehr geschmackvoll mit Chintz und Chippendale möbliert und von eisiger Kälte, die einem bis ins Mark drang. Ich mußte die Zähne zusammenbeißen, damit sie nicht klapperten. Mrs. O'Shea in ihrem Kaschmir-Twinset und der Perlenkette schien die arktischen Temperaturen nicht zu spüren, aber die Wangen des Majors waren blaugefroren; hin und wieder bildete sich an seiner Nasenspitze ein Tropfen, den er mit einem fleckenlosen Seidentaschentuch sorgfältig abwischte. Ich verstand allmählich, warum Patrick so versessen auf Vulkane gewesen war.

Die beiden standen vor mir wie zwei Personalchefs bei einem

Vorstellungsgespräch, während ich mein Anliegen vorbrachte. Zuerst sagte ich, wie sehr es mich betrübt hätte, von Patricks Tod zu hören, und sprach von seinem liebenswerten Wesen und seinem ungewöhnlich vielversprechenden Talent. Der Major wirkte aufrichtig bekümmert, aber Mrs. O'Shea lächelte, und an ihrem Lächeln war etwas, das mich zutiefst irritierte.

Dann erklärte ich, ich hätte von Patrick nach seinem Tod eine Botschaft erhalten, und wartete auf Reaktionen. Sie kamen nur spärlich. Mrs. O'Sheas Lippen spannten sich kaum merklich, die Lider des Majors senkten sich über seine lächerlich milchteefarbenen Augen; das war alles.

»Das scheint Sie gar nicht zu überraschen«, bemerkte ich vorsichtig. »Haben Sie vielleicht etwas dergleichen erwartet?«

»Nein, nicht direkt«, sagte Mrs. O'Shea. Sie setzte sich, stellte ihre Füße auf einen Schemel und nahm einen runden Stickrahmen zur Hand. »Aber in meiner Familie gab es schon immer übersinnliche Phänomene; Dinge dieser Art sind nichts Ungewöhnliches. Was wollte Patrick denn?«

»Es ging um seine Gedichte.«

»Ach ja?« Der Tonfall war so farblos wie medizinischer Alkohol. Sorgfältig wählte sie einen Seidenfaden. Ihr Blick zuckte kurz zu dem Gegenstand, den sie als Schemel benützte: ein massiver Papierstapel, etwa dreißig Zentimeter hoch, nachlässig in eine alte, graue Strickweste gewickelt, die so aussah, als habe sie einmal in einem Hundekorb gelegen; sie war über und über bedeckt mit weißen Terrierhaaren.

Mir sank der Mut.

»Gehe ich recht in der Annahme, daß Sie seine Gedichte an sich genommen haben? Patrick möchte unbedingt, daß sie veröffentlicht werden.«

»Und ich bin ganz und gar nicht an einer Veröffentlichung interessiert«, sagte Mrs. O'Shea mit ihrem aufreizendsten Lächeln.

»Richtig, richtig«, stimmte der Major zu.

Wir diskutierten darüber. Aus Mrs. O'Sheas Sicht sprachen drei Gründe dagegen: erstens, niemand in ihrer Familie hatte jemals Gedichte geschrieben, deshalb waren Patricks Werke ganz sicher hoffnungslos schlecht; zweitens, niemand in ihrer Familie hatte jemals Gedichte geschrieben, und selbst in dem höchst unwahrscheinlichen Fall, daß Patricks Werke irgend etwas taugten, war es eine sehr anrüchige Beschäftigung; drittens, Patrick war eingebildet, undankbar und egozentrisch, und es würde ihm nur schaden, seine Gedichte gedruckt zu sehen. Sie sprach, als sei er noch am Leben.

»Außerdem«, fügte sie hinzu, »bin ich sicher, daß kein Verleger sie auch nur eines Blickes würdigen wird.«

»Sie haben sie gelesen?«

»Himmel, nein!« Sie lachte. »Für einen solchen Unsinn habe ich keine Zeit.«

»Aber wenn nun ein Verleger sie annehmen würde?«

»Sie würden niemals einen finden, der für so ein Wagnis sein Geld riskiert.«

Ich erklärte ihr Patricks Pläne hinsichtlich des Chapedelaine-Porträts. Die beiden O'Sheas machten skeptische Gesichter.

»Haben Sie es vielleicht hier?« fragte ich.

»Ein abscheuliches Machwerk. Niemand, der auch nur einen Funken Verstand besitzt, würde für das Ding so viel bezahlen, daß es reichen würde, um ein Buch zu veröffentlichen.«

»Trotzdem würde ich es mir gerne ansehen.«

»Roderick, geh mit Miss Bell nach oben und zeige ihr das Bild«, sagte Mrs. O'Shea und zog einen neuen Seidenfaden aus dem Strang.

Das Bild lag mit der Vorderseite nach unten auf dem Speicher. Ich sah sofort, warum es Mrs. O'Shea nicht gefallen hatte. Chapedelaine hatte eine gnadenlose Arbeit geliefert. Es war ein brillantes Porträt – eines der besten Beispiele seiner frühen Goldenen Periode. Ich konnte mir vorstellen, daß es sogar noch mehr einbringen würde, als Patrick sich erhoffte. Als ich das dem Major erklärte, trat ein habgieriges Funkeln in seine Augen.

»Damit könnte man die Veröffentlichung der Gedichte dann wohl leicht bezahlen?«

»Oh, gewiß«, versicherte ich ihm.

»Ich werde sehen, was meine Frau dazu meint.«

Mrs. O'Shea war nicht an Bargeld interessiert. Sie hatte sich eine neue Verteidigungsstrategie ausgedacht. »Natürlich können Sie nicht direkt beweisen, daß Sie von Patrick kommen, nicht wahr? Ich weiß eigentlich nicht so recht, warum ich Ihnen in diesem Punkt Glauben schenken sollte.«

Plötzlich wurde ich wütend. Mein Zorn und die eisige Kälte, beides auf einmal war zu viel für mich. Ich sagte, so höflich ich konnte: »Wie ich sehe, sind Sie absolut dagegen, daß ich Ihrem Sohn diese kleine Gefälligkeit erweise, und deshalb möchte ich Ihre und meine Zeit nicht länger in Anspruch nehmen.« Damit drehte ich mich um und ging. Der Major wirkte ein wenig überrascht, aber seine Frau stichelte seelenruhig weiter.

Es tat gut, aus dieser eiskalten, lavendelduftenden Gruft in die frische, stürmische Nacht hinauszukommen.

Mein Wagen holperte müde die Straße entlang und zog dabei nach rechts, aber ich war so wütend, daß ich bereits das Dorf erreicht hatte, ehe ich bemerkte, daß ich einen Platten hatte. Ich stieg aus und sah mir den Schaden an. Der Wagen hing nach einer Seite, als hätte Mrs. O'Shea ihn mit einem Fluch belegt.

Ich ging in die Dorfkneipe, um einen heißen Grog zu trinken, ehe ich das Rad wechselte, und während ich dort saß, fragte der Wirt: »Sind Sie zufällig Miss Bell? Hier ist ein Anruf für Sie.«

Es war Patrick. Ich erzählte ihm, daß ich nichts erreicht hätte, und er fluchte, schien aber nicht besonders überrascht.

»Warum haßt deine Mutter dich so, Patrick?«

»Weil ich mich von ihr gelöst habe. Deshalb kann sie auch meine Gedichte nicht ausstehen – weil sie nichts mit ihr zu tun haben. Sie kann ja auch kaum lesen. Wenn mein Vater auch nur ein Buch zur Hand nimmt, schnappt sie es ihm weg, sobald sie kann, und versteckt es. Nun, du hast ja gesehen, wie er ist. Ausgesaugt. Sie bildet sich gerne ein, daß sie jeden Gedanken eines anderen kennt und daß sich alles nur um *sie* dreht. Sie hat Angst, alleine zu bleiben; sie hat in ihrem ganzen Leben noch nie allein in einem Zimmer geschlafen. Wenn er einmal fort mußte, ließ sie mein Bett in ihr Schlafzimmer stellen.«

Ich dachte darüber nach.

»Aber wenn sie daran zweifelt, daß du bevollmächtigt bist, in meinem Namen zu handeln«, fuhr Patrick fort, »dann läßt sich das ohne Mühe beweisen. Trink einen doppelten Whisky und besorge dir etwas zum Schreiben. Mach die Augen zu.«

Ich gehorchte widerstrebend. Es war ein merkwürdiges Gefühl. Ich spürte Patricks leichten, kühlen Griff um mein Handgelenk, spürte, wie er meine Hand führte. Einen Augenblick lang mußte ich an das letzte Mal denken, als ich seine Hand gehalten hatte, und der Kontrast war so stark, daß mir die Kehle eng wurde und die Tränen in die Augen stiegen. Dann erinnerte ich mich an Mrs. O'Sheas eiskalte Entschlossenheit und erkannte, daß Patrick ihr in diesem Punkt ähnlich war, und plötzlich war ich frei von ihm, ich trauerte nicht mehr.

Als ich die Augen wieder öffnete, hatte ich eine Nachricht in Patricks merkwürdig eckiger Schrift vor mir, die besagte, daß ich berechtigt war, sein Chapedelaine-Bild zu verkaufen und den Erlös nötigenfalls dazu zu verwenden, die Veröffentlichung seiner Gedichte zu finanzieren.

Die Drinks hatten mir neuen Mut eingeflößt, und so ließ ich an einer Tankstelle das Rad wechseln und ging zu Fuß über die Landstraße nach Clayhole zurück. Die O'Sheas waren eben mit dem Abendessen fertig und luden mich höflich, aber nicht gerade mit großer Begeisterung ein, den Kaffee mit ihnen zu nehmen. Der Kaffee war überraschend gut, wurde aber in kleinen, goldgeränderten Tassen von Nußschalengröße völlig ausgekühlt serviert. Während wir tranken, überflog Mrs. O'Shea Patricks Botschaft. Ich blickte mich um – wir befanden uns im eiskalten Speisezimmer – und stellte fest, daß man Chapedelaines Bild inzwischen an die Wand gehängt hatte. Es lächelte mich mit der gleichen höflichen Feindseligkeit an wie Mrs. O'Shea.

»Ich verstehe«, sagte sie schließlich. »Schön, dann müssen Sie das Bild wohl mitnehmen.«

»Und die Gedichte doch hoffentlich auch.«

»O nein, noch nicht«, wehrte sie ab. »*Wenn* Sie das Bild für die große Summe verkauft haben, die Sie Ihrer Aussage nach dafür bekommen werden, *dann* werde ich mir überlegen, ob ich Ihnen die Gedichte überlasse.«

»Aber das ist nicht –« begann ich, doch dann verstummte ich. Was hatte es denn für einen Sinn? Sie war kein logisch denkender Mensch, es war unmöglich, vernünftig mit ihr zu reden. Mehr als einen Schritt auf einmal konnte man nicht erwarten.

Die Versteigerung eines frühen Chapedelaine-Porträts verursachte einen ziemlichen Aufruhr, und bei Sowerby's wurde anfangs flott geboten. Das Bild war auf einer Staffelei neben dem Podium des Auktionators ausgestellt. Von meinem Platz in der vordersten Reihe stellte ich bestürzt fest, daß es zu verblassen begann, als die Gebote über die Tausendergrenze hinausgingen. Der Hintergrund blieb erhalten, aber als zweitausendfünfhundert Pfund erreicht waren, war Mrs. O'Shea völlig verschwunden. Die Gebote kamen ins Stocken; Beschwerden wurden laut. Der Auktionator untersuchte das Gemälde, warf mir einen vorwurfsvollen Blick zu und erklärte den Verkauf für ungültig. In Schmach und Schande mußte ich die Leinwand in meine Wohnung zurückbringen, und in den Abendzeitungen erschienen humorvolle Schlagzeilen: WO SIND DIE FARBEN HINGELAUFEN? KEINE GEBOTE FÜR CHAPEDELAINES WEISSE PERIODE.

Als das Telefon klingelte, glaubte ich, es müsse Patrick sein, und hob bedrückt den Hörer ab, aber es meldete sich eine Stimme mit französischem Akzent.

»Hier Armand Chapedelaine. Miss Bell?«

»Am Apparat.«

»Ich glaube, der junge Patrick O'Shea hat uns vor ein paar Jahren einmal bekanntgemacht. Ich rufe aus Paris an, wegen dieses merkwürdigen Vorfalls mit dem Porträt seiner Mutter.«

»Ach ja?«

»Darf ich zu Ihnen kommen und mir die Leinwand ansehen, Miss Bell?«

»Natürlich«, sagte ich leicht überrascht. »Allerdings gibt es nichts zu sehen.«

»Ich bin Ihnen wirklich sehr dankbar. Dann also bis morgen.«

Chapedelaine war Frankokanadier: untersetzt, dunkelhaarig und mit dem Charme eines Werwolfs.

Nachdem er das Gemälde eingehend untersucht hatte, hörte er sich mit lebhaftem Interesse an, was ich ihm über Patrick und seine Mutter zu erzählen hatte.

»Aha! Ein echter Fall von Nekromantie«, sagte er dann und rieb sich die Hände. »Mir war schon immer klar, daß diese Frau über ungewöhnliche Kräfte verfügt. Sie hatte eine tiefe Abneigung gegen mich; ich erinnere mich noch gut.«

»Weil Sie der Freund ihres Sohnes waren.«

»Natürlich.« Er untersuchte das Gemälde noch einmal und sagte dann: »Ich werde es Ihnen mit Vergnügen für zweitausendfünfhundert Pfund abkaufen, Miss Bell. Es ist bisher das einzige meiner Bilder, das dem Einfluß Schwarzer Magie ausgesetzt wurde.«

»Wollen Sie das wirklich tun?«

»Aber ja.« Er strahlte mich mit seinem gewinnenden Wolfslächeln an. »Dann werden wir ja sehen, was Madame Mère als nächsten Trumpf aus dem Ärmel zieht.«

Mrs. O'Shea genoß ganz offensichtlich den Kampf um Patricks Gedichte. Ihr Leben hatte dadurch einen neuen Sinn bekommen. Als sie hörte, daß auf einem Treuhandkonto zweitausendfünfhundert Pfund bereitlägen, um nötigenfalls die Veröffentlichung der Werke zu finanzieren, reagierte sie beinahe erwartungsgemäß.

»Aber das wäre kein ehrliches Spiel!« sagte sie. »Vermutlich hat Mr. Chapedelaine das Bild nur aus Freundlichkeit erworben, als echten Verkauf kann man das nicht werten. Er muß das Geld zurückerhalten.« Ihr Gesicht erstarrte wie Epoxid, und sie stellte ihre Füße noch fester auf den Schemel.

»Ich will es auf keinen Fall zurückhaben, Madame«, wehrte Chapedelaine scharf ab. Er hatte mich begleitet, um mich bei meiner Mission zu unterstützen; er sagte, er brenne darauf, sie wiederzusehen.

»Wenn Sie es nicht nehmen, muß es wohltätigen Zwecken zugeführt werden. Ich kann leider unmöglich zulassen, daß mehr oder weniger unter falschem Vorwand erworbenes Geld dazu verwendet wird, dem Gekritzel dieses armen, dummen Jungen Vorschub zu leisten.«

»Richtig, richtig«, sagte der Major.

»Aber vielleicht ist es gar nicht nötig –« begann ich gereizt. Einen Augenblick lang leuchtete in Mrs. O'Sheas Augen ein dunkelblauer Funke auf. Chapedelaine hob warnend die Hand, und ich verstummte. Natürlich hatte ich gewußt, daß sich ihre Abneigung auch auf mich erstreckte, aber mir war nicht klar gewesen, wie weit sie ging. Der abgrundtiefe Haß in ihrem Blick versetzte mir einen leichten Schock, und außerdem hatte ich den Eindruck, dieser Haß würde absurderweise noch dadurch genährt, daß Chapedelaine und ich recht gut miteinander auskamen.

»Da Madame mit unserem Plan nicht einverstanden ist, habe ich noch einen anderen Vorschlag«, sagte Chapedelaine, dem das

Duell fast ebensoviel Vergnügen zu bereiten schien wie Mrs. O'Shea. Ich fühlte mich fast ein wenig als fünftes Rad am Wagen.

»Würden Sie mir erlauben, ein zweites Porträt von Ihnen zu malen? Die zweitausendfünfhundert Pfund wären dann der Lohn für das Modell.«

»Puh«, sagte Mrs. O'Shea. »Ich war schon von Ihrem ersten nicht besonders angetan.«

»Gräßliches Ding. Gräßlich«, sagte der Major.

»Oh, Madame, dieses Bild wird ganz anders sein!« Chapedelaine zeigte sein einschmeichelndstes Lächeln. »Schließlich verändert sich die Technik im Laufe von sieben Jahren vollkommen.«

Sie sträubte sich lange, aber schließlich konnte sie dieser Gelegenheit zu weiterer Unterhaltung wohl nicht widerstehen. Außerdem war er inzwischen doch sehr berühmt.

»Sie müssen aber hierher kommen, Mr. Chapedelaine. In meinem Alter kann ich nicht ständig nach London reisen, um Ihnen Modell zu sitzen.«

»Natürlich«, stimmte er leicht fröstelnd hinzu; der Salon war so kalt wie eh und je. »Es wird mir ein Vergnügen sein.«

»Ich glaube, das Gasthaus im Ort nimmt gelegentlich Übernachtungsgäste auf«, fügte Mrs. O'Shea hinzu. »Ich werde mit den Leuten sprechen.« Chapedelaine schauderte wieder. »Aber Sie haben nur ein Zimmer, deshalb ist für *Sie* wohl leider kein Platz, Miss Bell.« Ihr Tonfall sprach Bände.

»Vielen Dank, aber ich habe in London meine Arbeit«, sagte ich kalt. »Außerdem möchte ich gerne anfangen, Patricks Gedichte anzubieten; kann ich sie jetzt mitnehmen, Mrs. O'Shea?«

»Die – ? – Ach du meine Güte, *nein* – erst, wenn das Gemälde fertig ist! Schließlich«, setzte sie mit einem Lächeln hinzu, in dem reine, eiskalte Bosheit glitzerte, »könnte es ja sein, daß es mir am Ende gar nicht gefällt, nicht wahr?«

»Die Sache ist hoffnungslos, völlig hoffnungslos!« tobte ich, sobald wir uns weit genug vom Haus entfernt hatten. »Sie wird immer einen Weg finden, sich aus der Abmachung herauszuwinden; sie ist völlig skrupellos. Diese Frau ist ein Teufel! Ich kann mir wirklich nicht vorstellen, wie Patrick sie jemals gern haben konnte. Warum machen Sie sich überhaupt die Mühe?«

»Ach, ich freue mich riesig darauf, dieses Bild zu malen!« Chapedelaine grinste breit. »Ich bin überzeugt, es wird die beste Arbeit, die ich je gemacht habe. Aber ich muß zusehen, daß ich dieses Haus warm bekomme, und wenn ich eine ganze Wagenladung voll Holz bezahlen muß; im Inneren eines Gefrierschranks kann man nicht arbeiten.«

Irgendwie gelang ihm das; als ich mit einem Photographen hinfuhr, – ich wollte für die Zeitung, für die ich arbeitete, einen Artikel schreiben und brauchte ein paar Bilder dazu – fanden wir den Salon ganz verändert vor, überall lagen Malerutensilien herum, und ein riesiges, prasselndes Feuer sorgte für Temperaturen wie in einem Treibhaus. Mrs. O'Shea wollte diesen ungewohnten Luxus offenbar gründlich auskosten und saß dicht am Kamin, die Füße wie immer fest auf das eingewickelte Bündel gestellt. Sie schien bester Laune zu sein. Der Major war nirgendwo zu sehen; offenbar hatte man ihn in einen entlegenen Teil des Hauses verbannt. Chapedelaine sah jedoch nicht gut aus, fand ich; er hustete von Zeit zu Zeit, beklagte sich über das feuchte Bett im Gasthaus und legte ständig neues Holz auf das Feuer. Wir machten mehrere Aufnahmen von den beiden, aber Mrs. O'Shea wollte uns nicht gestatten, uns das unvollendete Porträt anzusehen.

»Erst wenn es ganz fertig ist!« sagte sie entschieden. Inzwischen stand es mit einem Laken verhüllt wie ein unschlüssiges Gespenst auf seiner Staffelei in der Ecke.

Während dieser Zeit hatte ich natürlich zahlreiche Anrufe von Patrick erhalten; er konnte seine Ungeduld über die langsamen Fortschritte des Gemäldes fast nicht mehr bezähmen.

»Kannst du Armand nicht bitten, sich ein wenig zu beeilen, Ellis? Früher hat er doch ein Gemälde in nicht mehr als vier Sitzungen hingehauen.«

»Na ja, ich werde ihm deinen Wunsch übermitteln, Patrick, aber im Laufe der Zeit ändern die Leute eben ihre Methoden.«

Als ich jedoch am nächsten Tag in Clayhole anrief, kam ich nicht durch; offenbar war die Leitung gestört, und daran änderte sich auch nichts; als ich dies der dortigen Vermittlung meldete, sagte das Mädchen: »Vier, vier, sechs drei... Moment mal, ja, das dachte ich mir. Wir hatten von dort vor kurzem einen Neunneun-neun-Anruf. Feuerwehr. Nein, mehr kann ich Ihnen leider nicht sagen.«

Mir rutschte das Herz in meine Wildlederstiefel, ich holte den Wagen und fuhr nach Clayhole hinaus. Die kleine Straße war verstopft mit Polizeiwagen, Feuerwehrautos und Löschgerät; ich mußte meinen Wagen unten stehen lassen und zu Fuß hinaufgehen.

Clayhole war nur noch eine qualmende Ruine; als ich ankam, trug man gerade die dritte, verkohlte Leiche zum Krankenwagen hinaus.

»Wodurch ist der Brand entstanden?« fragte ich den Feuerwehrhauptmann.

»Das müssen die Sachverständigen von der Versicherung feststellen, Miss. Aber das Feuer ist offensichtlich im Salon ausgebrochen; höchstwahrscheinlich ein Funken aus dem Kamin. Ich finde diese Holzfeuer ja immer ein bißchen riskant. Dieses grüne Apfelbaumholz –«

Ein Funken, natürlich; ich dachte an den in die Wolljacke gewickelten Stapel mit den Gedichten, keine dreißig Zentimeter von den prasselnden Scheiten entfernt.

»Sie haben keine Papiere in diesem Raum gefunden?«

»Keinen einzigen Fetzen, Miss; nachdem das Feuer dort ausgebrochen ist, ist alles zu Asche verbrannt.«

Als Patrick sich an diesem Abend bei mir meldete, war er ganz außer sich.

»Sie hat das alles geplant!« rief er wütend. »Ich wette mit dir, Ellis, sie hat sich das alles von Anfang an so ausgedacht. Es gibt absolut nichts, was diese Frau nicht tut, um ihren Kopf durchzusetzen. Habe ich dir nicht gleich gesagt, daß sie vollkommen skrupellos ist? Aber ich lasse mich von ihr nicht unterkriegen, ich bin ebenso entschlossen wie sie – Hör mir doch bitte *zu*, Ellis!«

»Entschuldige, Patrick. Was sagtest du?« Ich war sehr niedergeschlagen, und seine nächste Ankündigung war auch nicht dazu angetan, mich aufzuheitern.

»Ich werde dir die Gedichte diktieren; wenn wir uns ranhalten, dürfte es nicht viel länger als einen Monat dauern. Wir können sofort anfangen. Hast du einen Stift? Und du wirst ziemlich viel Papier brauchen. Ich habe auch das Vulkangedicht fertiggestellt, wir können also gleich damit beginnen – bist du so weit?«

»Ich glaube schon.« Ich schloß die Augen. Der kalte Griff um mein Handgelenk fühlte sich an wie eine Handschelle. Aber ich glaubte, nachdem ich so weit gegangen war, sei ich Patrick auch diesen letzten Dienst schuldig.

»Gut – es geht los.« Eine lange Pause trat ein. Dann sagte er, aber es klang schon sehr viel weniger sicher:

Und beider halb
Entfliehn die Flammen
spitzig rückwärts leckend.

»Das ist aus *Das Verlorene Paradies*, Patrick«, erklärte ich ihm sanft.

»Ich weiß...« Es klang trotzig. »Das wollte ich auch gar nicht sagen. Es ist nur – es wird hier allmählich so kalt. O Gott, Ellis – es ist so *kalt*...«

Seine Stimme wurde leiser und erstarb schließlich. Der Griff um mein Handgelenk wurde immer kälter, bis jedes Gefühl betäubt war, und schließlich war er fort wie ein schmelzender Eiszapfen.

»Patrick?« fragte ich. »Bist du noch da, Patrick?«

Aber ich bekam keine Antwort, und eigentlich hatte ich auch keine erwartet. Patrick meldete sich nie wieder bei mir. Seine Mutter hatte ihn schließlich doch eingeholt.

Likör

»Ein Paradies«, sagte sich Blacker, als er in den Wald hinein ging. »Ein Paradies. Ein Märchenland.«

Er war ein Mann, der zu Übertreibungen neigte; ›poetische Ader‹ nannte er es, während seine Freunde es als ›Blackers kleine Phantasieausflüge‹ oder auch weniger höflich bezeichneten. Bei dieser Gelegenheit sagte er jedoch tatsächlich nur die Wahrheit. Schweigend stand der Wald um ihn herum, hoch und golden, während das Sonnenlicht des Nachmittags in schrägen Streifen durch die erst halb belaubten Baumwipfel des frühen Sommers fiel. Unten bedeckten Anemonen mit ihren blassen Blüten wie ein Teppich den Boden. Irgendwo rief ein Kuckuck.

»Ein Paradies«, wiederholte Blacker, schloß das Tor hinter sich und wanderte den überwachsenen Pfad entlang auf der Suche nach einem Fleckchen, wo er sein Schinkenbrot verzehren konnte. Zu beiden Seiten wurden die Haselnußbüsche immer dichter, bis das kreisrunde blaue Auge des Tores, durch das er gegangen war, zu einem Punkt wurde und schließlich verschwand. Die größeren Bäume, die über die Haselnußsträucher hoch hinaus wuchsen, waren noch nicht voll belaubt und boten daher wenig Schutz; im Wald war es sehr heiß und sehr still.

Plötzlich blieb Blacker mit einem Ausruf der Überraschung und des Bedauerns wie angewurzelt stehen: neben dem Weg lag im Bingelkraut, im vollen Schmuck seines Frühlingsgefieders, ein Fasanenhahn. Mit dem Mitgefühl und der Neugierde eines Städters, der derartige Dinge für eine Unfreundlichkeit der Natur hält, drehte Blacker den Vogel um. Die Federn – purpur und bronzefarben, grün und golden – fühlten sich unter seiner Hand wie das Haar eines Mädchens an.

»Armer Kerl«, sagte er laut, »was mag ihm nur passiert sein?«

Er ging weiter und überlegte, ob dieser Vorfall sich irgendwie verwerten ließe. »Requiem für einen Fasan im Mai.« Zu anspruchsvoll? Zu sentimental? Vielleicht würde eine Wochenzeitschrift so etwas bringen. Er begann Verse zu formen, und während er weiterging, starrte er auf seine Füße und dachte nicht mehr an die Verzückung über die ihn umgebende Schönheit.

> Zu Tode gekommen... und irgend etwas... Flug durch das Laub,
> vor seinem... irgend etwas... Stolz im prunkenden Gefieder.

Oder würde eine kürzere Zeile vielleicht besser sein, etwas äußerst Schlichtes und Herzergreifendes, farblose Tränen des Kummers wie Frühlingsregen, der von den Blättern der Blumen tropft?

Merkwürdig, so überlegte Blacker, während er seinen Schritt beschleunigte, wie schwer es ihm fiel, die Natur in Verse zu fassen; die Natur war schön, möglicherweise, aber sie war nicht anregend. Aber Gedichte über die Natur waren das, was die Zeitschrift *Feld und Garten* haben wollte. Doch der Fasan müßte eigentlich fünf Guineen wert sein.

Verdammt! In seiner Versunkenheit war er fast auf einen zweiten Fasan getreten. Was war mit den Vögeln los? Blacker, der etwas gegen Ereignisse ohne sichtbare Erklärung hatte, ging mit gerunzelter Stirn weiter. Der Pfad führte nach rechts bergab, ließ die Haselnußsträucher hinter sich und durchquerte ein kleines Tal. Unter sich entdeckte Blacker überrascht ein kleines geheimnisvolles Steinhaus, an drei Seiten von Bäumen umgeben. Davor erstreckte sich ein morastiger Streifen. Dort stand ein Liegestuhl, und friedlich ausgestreckt lag darin ein Mann, der die Nachmittagssonne genoß.

Blackers erster Impuls war, sofort wieder umzukehren; er

hatte das Gefühl, einen fremden Garten betreten zu haben, und die unerwartete Begegnung erfüllte ihn mit leiser Verwirrung. Warum hatte man nicht irgendwo ein Warnschild aufgestellt! Der Wald hatte einen so verwaisten Eindruck wie der Garten Eden gemacht. Aber wenn er umkehrte, konnte es den Eindruck erwecken, als fühlte er sich irgendwie schuldig und hätte etwas zu verheimlichen; er beschloß, kühn an dem Haus vorbeizugehen. Schließlich war er nirgends auf ein Hindernis gestoßen, und nichts hatte darauf hingedeutet, daß es sich um einen Privatweg gehandelt hatte; folglich hatte er das Recht, hier zu sein.

»Guten Tag«, sagte der Mann erfreut, als Blacker näher kam. »Ein bemerkenswert schönes Wetter, nicht wahr?«

»Ich hoffe sehr, hier nicht widerrechtlich eingedrungen zu sein.«

Als Blacker den Mann näher betrachtete, revidierte er seine erste Vermutung. Das hier war kein Förster; in jeder Linie des hageren und wie gemeißelt wirkenden Gesichts lag Würde. Was Blackers Aufmerksamkeit am meisten auf sich zog, waren jedoch die Hände, die eine kleine vergoldete Kaffeetasse hielten. Sie waren so weiß, so zerbrechlich und so hager wie die blassen Wurzeln von Wasserpflanzen.

»Keineswegs«, sagte der Mann herzlich. »Wenn ich es bedenke, kommen Sie sogar im geeignetsten Augenblick. Ich heiße Sie willkommen. Gerade wünschte ich mir ein wenig Gesellschaft. So köstlich ich diese Einsamkeit finde, wird sie doch manchmal, ganz plötzlich, ein wenig langweilig, ein wenig banal. Ich hoffe, daß Sie Zeit haben, Platz zu nehmen und mit mir den Kaffee und einen Likör zu teilen.«

Während er sprach, griff er hinter sich und brachte einen zweiten Liegestuhl zum Vorschein, der auf der Veranda des kleinen Häuschens gestanden hatte.

»Ich danke Ihnen sehr und bin wirklich entzückt«, sagte Blakker und überlegte, ob er die Charakterstärke besitzen würde, sein Schinkenbrot hervorzuholen und es angesichts dieses patrizischen Einsiedlers zu essen.

Bevor er einen Entschluß gefaßt hatte, war der Mann im Haus verschwunden, und als er wieder heraustrat, brachte er eine weitere vergoldete Tasse, gefüllt mit schwarzem duftenden Kaffee, der glühendheiß war, und reichte sie Blacker. Außerdem hatte er ein winziges Glas mitgebracht, und dieses Glas füllte er aus einer dunklen, einer Medizinflasche ähnlichen Karaffe sorgfältig mit einem klaren farblosen Likör. Vorsichtig schnupperte Blacker an dem Glas, da er der Karaffe und dem selbstgebrauten Inhalt nicht traute, aber der aromatische und kräftige Duft ähnelte dem von Curaçao, und die Flüssigkeit bewegte sich in dem Glas mit öliger Trägheit. Mit Sicherheit handelte es sich nicht um irgendeinen Kräuterlikör.

»Also«, sagte sein Gastgeber, nahm wieder Platz und machte eine flüchtige Geste mit seinem Glas, »möge er Ihnen bekommen.« Dann kostete er von seinem Glas.

»Auf Ihr Wohl«, sagte Blacker und fügte hinzu: »Mein Name ist Roger Blacker.« Es klang ein wenig lahm. Bei dem Likör handelte es sich zwar nicht um Curaçao, aber doch um etwas Ähnliches und sehr Kräftiges; Blacker, der ausgesprochen hungrig war, spürte, wie ihm die Hitze zu Kopf stieg, als hätte ein Apfelsinenbaum hier Wurzeln geschlagen und entfaltete nicht nur seine Blätter, sondern auch seine golden schimmernden Früchte.

»Sir Francis Deeking«, sagte der andere, und da begriff Blakker, warum die Hände so auffallend wirkten, so ganz und gar unüblich schienen.

»Etwa der Chirurg? Aber sicherlich wohnen Sie doch nicht hier?«

Deeking machte eine abwehrende Handbewegung. »Ein Refugium für die Wochenenden. Eine Eremitage, in die ich mich von der Anstrengung meines Berufes zurückziehen kann.«

»Allem Anschein nach ist es hier sehr einsam«, meinte Blacker. »Die nächste Straße ist sicherlich fünf Meilen entfernt.«

»Sechs. Und Sie, mein lieber Mr. Blacker – welchen Beruf üben Sie aus?«

»Ach, ich bin Schriftsteller«, sagte Blacker bescheiden. Der Likör zeigte bei ihm die übliche Wirkung; es gelang ihm, so zu tun, als wäre er nicht ein Journalist, der für ein Groschenblatt mit literarischen Ambitionen arbeitete, sondern ein Philosoph und Essayist von seltenem Rang, eine Art zweiter Bacon. Während er sprach – und was er sagte, wurde durch die höchst schmeichelhaften Fragen von Sir Francis hervorgelockt –, erinnerte er sich bestimmter journalistischer Informationen über seinen Gastgeber: die Operation des indischen Fürsten, der Blinddarm des Ministers, die Amputation bei jener unglückseligen Ballerina, deren beide Füße bei einem Eisenbahnunglück zerquetscht worden waren, die großartige Operation, die bei der amerikanischen Erbin so wunderbar erfolgreich gewesen war.

»Sie müssen sich wie ein Gott vorkommen«, sagte er plötzlich und bemerkte mit Überraschung, daß sein Glas leer war. Mit einer Handbewegung wehrte Sir Francis diese Bemerkung ab.

»Wir alle besitzen gottähnliche Eigenschaften«, sagte er und beugte sich vor. »Und Sie, Mr. Blacker, ein Schriftsteller, ein schöpferischer Künstler – kennen Sie nicht auch eine Macht, die gottähnlich ist, wenn Sie Ihre Gedanken zu Papier bringen?«

»Dann eigentlich nicht«, sagte Blacker und spürte, wie der Likör sich in seinem Kopf zu goldenen und rostbraunen Wolken formte. »Nicht so sehr, aber ich besitze tatsächlich eine ungewöhnliche Eigenschaft, eine Kraft, die nicht viele Menschen besitzen, denn ich kann die Zukunft voraussagen. Zum Beispiel wußte ich, als ich durch diesen Wald ging, daß dieses Haus hier stand. Ich wußte, daß Sie vor diesem Haus sitzen würden. Ich kann die Liste der Pferde eines bestimmten Rennens betrachten, und plötzlich springt mir von dieser Seite der Name des Siegers förmlich entgegen, als wäre er in goldenen Lettern gedruckt. Bevorstehende Ereignisse – Flugzeugunglücke, Zugzusammenstöße – spüre ich immer schon im voraus. Langsam entwickle ich ein schreckliches Gefühl für nahendes Unheil, als wäre mein Gehirn ein Vulkan unmittelbar vor dem Zeitpunkt des Ausbruchs.«

Wie war noch die eine Information über Sir Francis Deeking gewesen, so überlegte er, ein Bericht aus neuester Zeit, ein winziger Absatz, der ihm in der *Times* aufgefallen war? Er konnte sich nicht erinnern.

»Tatsächlich?« Sir Francis betrachtete ihn mit gespanntestem Interesse; seine unter schweren Lidern verborgenen fanatischen Augen ähnelten hellen Lichtpunkten. »Ich habe mir schon immer sehnlichst gewünscht, einen Menschen mit derartigen Eigenschaften kennenzulernen. Sie muß dem Betreffenden eine erschreckende Verantwortung aufladen.«

»Das ist sehr richtig«, sagte Blacker. Er versuchte, den Eindruck eines Menschen zu machen, den die Last übernatürlicher Verantwortung gebeugt hat; dann bemerkte er, daß sein Glas wieder gefüllt war, und trank es aus. »Natürlich verwende ich diese Begabung nicht für meine eigenen Zwecke; irgend etwas Grundsätzliches in mir widerstrebt dem und hindert mich daran. Im wesentlichen scheint es sich dabei um einen ähnlichen Instinkt zu handeln wie den, der jeglichen Kannibalismus oder Inzest verhindert...«

»Richtig, richtig«, sagte Sir Francis zustimmend. »Aber bei einem anderen Menschen sind Sie in der Lage, ihn zu warnen, ihm zu gewinnbringendem Handeln zu raten...? Mein lieber Freund, Ihr Glas ist leer. Erlauben Sie?«

»Ein vorzügliches Getränk«, sagte Blacker undeutlich. »Es ähnelt einem Kranz aus Apfelsinenblüten.« Mit seinem Finger machte er eine Bewegung.

»Ich stelle den Likör selbst her – aus Marmelade. Aber erzählen Sie weiter. Können Sie, beispielsweise, mir den Sieger jenes

Rennens nennen, das heute nachmittag in Manchester gelaufen wird?«

»Bow Bells«, sagte Blacker, ohne zu zögern. Es war der einzige Name, an den er sich erinnern konnte.

»Sie interessieren mich ungeheuer. Und das Ergebnis der heutigen Nachwahl in Aldwych? Kennen Sie das auch?«

»Unwin, der Liberale, wird mit einer Mehrheit von zweihundertzweiundachtzig Stimmen siegen. Dennoch wird er seinen Platz im Unterhaus nicht einnehmen. Heute abend um sieben wird er in seinem Hotel durch einen Unfall mit dem Aufzug ums Leben kommen.« Blacker war inzwischen weit entrückt.

»Tatsächlich?« Sir Francis schien entzückt. »Ein widerlicher Kerl. Ich habe in verschiedenen Aufsichtsräten mit ihm zu tun gehabt. Erzählen Sie weiter.«

Blacker bedurfte dazu fast keiner Aufforderung. Er erzählte die Geschichte des Finanziers, den er rechtzeitig vor dem Zusammenbruch der Erdölgesellschaft gewarnt hatte, den Traum von dem berühmten Geiger, der dahin geführt hatte, daß der Mann seine Überfahrt auf der von Pech verfolgten *Orion* rückgängig machte, und die tragische Geschichte eines Stierkämpfers, der seine Warnungen unbeachtet gelassen hatte.

»Aber ich rede zuviel von mir«, sagte er schließlich – teils, weil er ein merkwürdiges Stolpern seiner Zunge bemerkte, die Weigerung seiner Gedanken, sich ausdrücken zu lassen. Deshalb sprach er über ein unpersönliches Thema, über irgend etwas ganz Einfaches.

»Die Fasanen«, sagte er. »Was ist mit den Fasanen passiert? Auf dem Höhepunkt ihres Lebens verendeten sie. Es – es ist schrecklich. Auf dem Wege hierher fand ich vier, vier oder fünf.«

»Tatsächlich?« Sir Francis schien das Schicksal der Fasanen nicht im geringsten zu interessieren. »Es handelt sich um ein chemisches Sprühmittel, das man bei Getreide verwendet, soviel ich weiß. Dadurch wird die gesamte Ökologie gestört; vorher hat man an die vermutlichen Folgen überhaupt nicht gedacht. Wenn Sie die Verantwortung dafür trügen, mein lieber Mr. Blacker – aber verzeihen Sie, es ist ein heißer Nachmittag, Sie müssen müde und erschöpft sein, wenn Sie heute vormittag zu Fuß von Witherstow losmarschiert sind. Darf ich Ihnen den Vorschlag machen, einen kurzen Schlaf zu halten...«

Seine Stimme schien aus ständig größerer Ferne zu kommen; ein Netz sonnenfarbener Blätter lag plötzlich vor Blackers Augen. Dankbar lehnte er sich zurück und streckte seine schmerzenden Beine aus.

Kurz danach rührte Blacker sich wieder – oder war es nur ein Traum? Jedenfalls erblickte er Sir Francis, der neben ihm stand, sich die Hände rieb und ein höchst zufriedenes Gesicht machte.

»Mein lieber Freund, mein lieber Mr. Blacker, was sind Sie nur für ein *lusus naturae*. Ich werde nie dankbar genug dafür sein können, daß Sie bei mir vorbeikamen. Bow Bells hat tatsächlich gesiegt – mit erheblichem Vorsprung. Ich habe eben den Bericht gehört. Welch ein Unglück, daß ich keine Zeit hatte, auf dieses Pferd zu setzen – aber das macht nichts, das macht gar nichts, dem kann ein andermal abgeholfen werden.

Es ist zwar unfreundlich von mir, Sie in Ihrer wohlverdienten Ruhe zu stören; aber trinken Sie dieses letzte Glas und schlafen Sie dann noch ein wenig, solange die Sonne den Wald bescheint.«

Als Blackers Kopf wieder gegen den Liegestuhl zurücksank, beugte Sir Francis sich vor und nahm ihm vorsichtig das Glas aus der Hand.

Süßer Strom der Träume, so dachte Blacker, wenn man sich vorstellt, daß das Pferd tatsächlich gesiegt hat. Hätte ich doch nur selbst fünf Pfund darauf gesetzt; ein Paar neue Schuhe könnte ich sehr gut gebrauchen. Ich hätte meine Stiefel ausziehen sollen, bevor ich einschlief, denn sie drücken etwas. Ich muß bald wieder aufwachen, muß in etwa einer halben Stunde wieder unterwegs sein...

Als Blacker schließlich aufwachte, stellte er fest, daß er im Innern des Hauses auf einem schmalen Bett lag, mit einigen Decken zugedeckt. Sein Kopf schmerzte und pochte mit unangenehmer Intensität, und er brauchte Minuten, bis er wieder deutlich sehen konnte; dann merkte er, daß er sich in einem kleinen weißgetünchten und zellenartigen Raum befand, der außer dem Bett, auf dem er lag, und einem Stuhl nichts enthielt. Außerdem war es fast dunkel.

Er versuchte, sich aufzurichten, aber eine seltsame Taubheit und Schwere hatte den unteren Teil seines Körpers ergriffen, und nachdem er sich auf einen Ellbogen gestützt hatte, war ihm so übel, daß er weitere Versuche aufgab und sich wieder hinlegte.

Das Zeug war sicherlich so stark gewesen, daß es ihn einfach umgeworfen hatte, überlegte er reumütig; ein Idiot war er gewesen, es überhaupt zu trinken. Er mußte sich bei Sir Francis entschuldigen. Wie spät es wohl war?

Schnelle leichte Schritte näherten sich der Tür, und herein trat Sir Francis. Er hatte ein Kofferradio bei sich, das er auf das Fensterbrett stellte.

»Oh, mein lieber Blacker, ich sehe, daß Sie wieder da sind. Erlauben Sie mir, Ihnen einen Schluck anzubieten.«

Geschickt richtete er Blacker auf und gab ihm aus einer fast geschlossenen Schnabeltasse einen Schluck Wasser.

»Nun legen Sie sich wieder hin. Ausgezeichnet. Wir werden Sie bald wieder – nun, nicht gerade auf die Füße stellen, aber doch so weit bringen, daß Sie sich hinsetzen und Nahrung zu sich nehmen können.« Er lachte leise. »In Kürze werde ich Ihnen etwas Fleischbrühe bringen.«

»Ich bitte um Entschuldigung«, sagte Blacker. »Aber ich darf Ihre Gastfreundschaft nicht länger in Anspruch nehmen. In einer Minute werde ich wieder ganz bei mir sein.«

»Sie nehmen meine Gastfreundschaft nicht in Anspruch, mein lieber Freund. Und Sie werden auch nicht wieder aufbrechen.

Ich hoffe, daß Ihr Aufenthalt bei mir von Dauer und angenehm sein wird. Diese Umgebung, so beruhigend, so förderlich für die Inspiration eines Schriftstellers – was könnte Ihnen angemessener sein? Sie brauchen nicht zu glauben, daß ich Sie stören werde. Die Woche über bin ich zwar in London, aber an den Wochenenden werde ich Ihnen Gesellschaft leisten – bitte, glauben Sie nicht, daß Sie mir beschwerlich fallen oder *de trop* sind. Ganz im Gegenteil. Ich hoffe, daß Sie mir die Freundlichkeit erweisen, mir die Aktienkurse im voraus mitzuteilen, so daß damit jede kleine Schwierigkeit, die ich auf mich genommen habe, reichlich vergolten sein wird. Nein, nein, Sie müssen sich hier ganz wie zu Hause fühlen – berücksichtigen Sie bitte, daß dies jetzt Ihr Heim ist.«

Aktienkurse? Blacker brauchte einen Augenblick, um sich zu erinnern, und dann dachte er: O Gott, meine Zunge hat mir wieder einmal einen Streich gespielt. Er versuchte, sich der Dummheiten zu erinnern, deren er sich schuldig gemacht hatte. »Diese Geschichten«, sagte er lahm, »diese Geschichten waren ein wenig übertrieben, verstehen Sie? Über meine Gabe, die Zukunft vorauszusagen. In Wirklichkeit kann ich es nicht. Daß das Pferd siegte, war reiner Zufall, wie ich fürchte.«

»Bescheidenheit, reine Bescheidenheit.« Sir Francis lächelte, war jedoch ziemlich blaß geworden, und Blacker entdeckte Schweißtropfen auf der Stirn des anderen. »Ich bin überzeugt, daß Ihr Wert gar nicht abzuschätzen ist. Seit ich im Ruhestand lebe, halte ich es für absolut notwendig, meine Einnahmen durch kluge Investitionen zu vergrößern.«

Plötzlich erinnerte Blacker sich des Inhalts jenes kleinen Absatzes in der *Times*. Nervlicher Zusammenbruch. Vollständige Ruhe. Aufgabe jeder beruflichen Tätigkeit.

»Ich – Ich muß jetzt wirklich gehen«, sagte er unbehaglich und versuchte, sich aufzurichten. »Um sieben wollte ich wieder in der Stadt sein.«

»Aber Mr. Blacker, das kommt überhaupt nicht in Frage. Um derartige Dinge zu verhindern, habe ich Ihnen nämlich beide Füße amputiert. Aber Sorgen brauchen Sie sich deshalb nicht zu machen; ich weiß, daß Sie hier glücklich sein werden. Und ich bin überzeugt, daß Sie Ihre eigenen Fähigkeiten zu Unrecht angezweifelt haben. Hören wir uns jetzt um neun die Nachrichten an, damit wir befriedigt feststellen können, daß der unangenehme Unwin tatsächlich im Hotel in den Aufzugschacht gefallen ist.«

Er ging zum Kofferradio und schaltete es ein.

Elefantenohr

»Die Flöhe«, sagte Miss Printer, »sind hier nicht so schlimm wie in Sreb.«

»Vielleicht nicht«, sagte Mr. Humphreys, »aber sie sind viel schlimmer als in Prijepolje. Sind Sie fertig mit dem Weineinkauf?«

»Ich habe genügend Slivovitz und Riesling. Aber ich möchte noch ein paar Dutzend Flaschen Proseks und ein wenig Retsina, wenn wir über Griechenland zurückfahren. Wie läuft's bei Ihnen?«

»Ich habe eine Menge Hors-d'oeuvres und zwanzig Wandteppiche eingekauft.«

»Wir könnten noch ein bißchen Silberschmuck gebrauchen.«

»Bei dem Tempo sind wir an Weihnachten noch nicht zu Hause«, murrte Mr. Humphreys, ein dünner, dunkler und reizbarer junger Mann.

Miss Printer zog ihre schmalen Brauen hoch und starrte ihn vorwurfsvoll aus riesigen grauen Augen an, klar wie ein Bergsee im November. Sie waren ihr attraktivstes Merkmal. Miss Printer hatte ihre erste Jugend hinter sich, befand sich indessen noch in der zweiten; tatsächlich umgab das berühmte Londoner Kaufhaus Rampadges eine Aura der Qualität, die seine Angestellten zu konservieren schien, ihr Wesen und ihren Körper, wie der beste Ingwer. Miss Printer war erst zwanzig Jahre bei der Firma, seit ihrem siebzehnten Lebensjahr, doch schon hatte sie, schlank, glatthäutig, helles Haar, einen Hauch von Alterslosigkeit an sich.

»Verspüren Sie denn gar keine Loyalität gegenüber der Firma?« meinte sie.

Als sie zusammen auf Einkaufstour gingen, war sie kurz davor gewesen, sich in Mr. Humphreys zu verlieben. Nun hatte sie diese Grenze überschritten, hilflos und hoffnungslos, und empfand dieses Gefühl als anstrengend angesichts ihrer Differenzen.

»Für den Weihnachtsmarkt haben wir doch sicher genug eingekauft!«

»An Standardartikeln, ja«, räumte sie ein und zog ihre Liste zu Rate. »Französische Pflaumen, Schweizer Kuckucksuhren, tschechische Stickereien, deutsches Spielzeug. Aber nicht genügend Neuheiten. Ich würde gerne nach Galicnik fahren und ein paar Steinmetzarbeiten kaufen.«

»*Steinmetzarbeiten?*«

»Die Leute kaufen das Zeug für Ziergärten und Steingärten. Und ich wünschte, wir könnten irgendwo einen Elefanten oder ein Känguruh auftreiben.«

Mr. Humphreys Fähigkeit, Überraschung auszudrücken, war erschöpft. Er starrte sie nur an und sagte schließlich, mit schwacher Stimme: »Auf dem Balkan ist das aber doch nicht sehr wahrscheinlich, oder?«

»Nicht *sehr* wahrscheinlich, aber möglich«, erwiderte Miss Printer. »Ich habe das schon öfter gemacht. In dieser Gegend gibt es viele Wanderzirkusse. Und da wir auf Europa beschränkt sind, ist der Balkan unsere beste Chance.«

»Warum wollen Sie Elefanten und Känguruhs haben?«

»Zu Mr. Tybalts Zeit gab es zu Weihnachten bei Rampadges immer einen Elefanten«, sagte sie wehmütig. »Oder ein Kamel, oder ein Zebra.«

»Er ist jetzt tot.«

»Ich weiß.« Jedes weitere Wort war unnötig. Mr. Tybalt war der Neffe des ersten Rampadge, der das herrliche Kaufhaus gegründet hatte, und seine Ideen waren so fürstlich und verschwenderisch gewesen wie jene seines viktorianischen Vorfahren.

Die beiden Reisenden stiegen wieder in ihren Wagen, nachdem sie ihr frugales Picknick aus Prsut, Borak, Ratlum lokum sowie aus Plastikbechern getrunkenen Cvicek beendet hatten – denn obwohl Miss Printer eine anspruchsvolle und beherzte Einkäuferin war, hielt sie nichts davon, Firmengelder zu verschwenden –, und setzten ihre Fahrt fort, Mr. Humphreys am Steuer.

Ihr Ziel war eine kleine montenegrinische Stadt namens Grksik, wo Miss Printer hoffte, einige Paare der berühmten einheimischen Pantoffeln, mit Goldfäden bestickt und über und über mit Straßschmuck verziert, einzukaufen, die an Weihnachten wahrscheinlich wie warme Semmeln weggingen.

Die rauhe, wilde Balkanlandschaft um sie herum zeigte sich in trüben herbstlichen Farben. Sie ließ Mr. Humphreys frösteln, doch Miss Printer betrachtete sie liebevoll.

»Ich hatte 1947 so ein schönes Picknick hier«, sagte sie. Ihr erinnerungsträchtiger Ton ärgerte Mr. Humphreys irgendwie, und er trat etwas unbedacht aufs Gaspedal. Der schwere Mietwagen schoß um eine scharfe Biegung in der Straße und bohrte sich unvermittelt in das hintere Ende einer Prozession, die hinter einer Felsnase verborgen gewesen war.

»Zalvaro!«

»Molim, molim?«

»Du meine Güte.«

»Au secours!«

»Oimoi!«

Schreie, Flüche, Wiehern und vielsprachige Ausrufe drangen aus dem Kranz von Menschen, Tieren und primitiven Vehikeln, die von der Motorhaube ihres Wagens beiseite gepflügt worden waren.

»Du meine Güte«, sagte Miss Printer noch einmal, »Sie sind, wie es scheint, auf einen Zirkus aufgefahren.«

Inzwischen war es fast völlig dunkel.

Miss Printer wußte, daß in manchen europäischen Ländern das Wort *Balkan* die Bedeutung »grob«, »wild«, »unzivilisiert« hatte.

Balkan, dachte sie zufrieden und betrachtete die verrückte, von Fackeln beschienene Masse, die um und über das Vorderende ihres jetzt stehenden Wagens quirlte. Geißen formten eine Art äußeren Rahmen; es gab bärtige Männer im Fez und mit langen Stäben, wie Illustrationen aus dem Alten Testament; zwei Affen, offenbar zusammengekettet, und ein Zebra, sauber und niedlich, wie ein Sträfling aus dem Märchen. Die ganze Szene gab Miss Printer ein tiefes und unerklärliches Gefühl der Freude.

Mr. Humphreys stand achtunggebietend inmitten des Tohuwabohu und versuchte zu ergründen, worum es eigentlich ging. Ihr Herz schmerzte vor Liebe bei seinem Anblick. Er war so groß und elegant und makellos, sein Kopf war so schön geformt, der Kniff an seinem Bowlerhut, den er sogar hier auf dem Balkan trug, war absolut perfekt. Er sah so aus wie das, was er war: ein junger englischer Geschäftsmann, der seinen Weg machen würde.

Der beste seiner Art auf der Welt, dachte Miss Printer kummervoll. Wenn er ein verkäufliches Produkt gewesen wäre, hätte sie ihn ohne Zögern für Rampadges eingekauft, zu welchem Preis auch immer. Aber er gehörte bereits zu Rampadges, und wie hoch auch immer sein Preis war, er war nicht für sie; sie wußte, daß sie Alarm und eine vage Abneigung in ihm auslöste.

Ärgerlich kam er zum Wagen zurück. »Ich verstehe nicht, was sie sagen«, meinte er. »Können Sie's mal versuchen?«

Miss Printer entflocht ihre schlanke, hochgewachsene Gestalt dem Beifahrersitz. Sie sprach fließend französisch, deutsch, italienisch, türkisch und ein paar Brocken griechisch, russisch und spanisch, aber nichts davon zeigte Wirkung, und so suchte sie Hilfe in dem serbokroatischen Sprachführer.

»Molim rezervirati jednu sobu sa dva krevata i kupatilom, Bitte reservieren Sie ein Doppelzimmer mit Bad«, schien der Situation kaum angemessen, doch dann versuchte sie es mit: »Dobro veče, Guten Abend. Ne razumem, Ich verstehe nicht. Žao mi je, Es tut mir leid«, und ergänzte das mit: »Mogu li imati račun, molim? Kann ich die Rechnung haben, bitte?«

Das bewirkte plötzliche Stille. Die Truppe entknäulte sich, und die Geißen wurden von der Bühne getrieben. Ein kleiner Junge führte das Zebra in die Dunkelheit, während die Affen in einer Art Kinderwagen aus Korbgeflecht verstaut wurden.

»Racun«, wiederholte sie hoffnungsvoll.

Ein riesiger lächelnder Mann mit Koteletten wie zwei orthographische Klammern bahnte sich breitschultrig einen Weg in das Fackellicht und brach in einen Schwall von Erklärungen aus, denen Mr. Humphreys mit verwirrter Verständnislosigkeit lauschte.

Miss Printer hörte aufmerksam zu und nickte. Ein Junge, der neben ihnen kauerte, hielt eine Fackel, so daß sie aussah wie eine kleine cremefarbene Hexe, die einen leutseligen Teufel interviewte. Nach längerem Hin und Her verbeugte sich der Mann und schwenkte die Arme in einer Gebärde des Einverständnisses. Geld wechselte den Besitzer.

Die Prozession ordnete sich mit beinahe magischer Geschwindigkeit und verschwand in der Dunkelheit.

»Donnerwetter! Das haben Sie aber flott erledigt«, sagte Mr. Humphreys mit widerwilligem Respekt. »Wieviel mußten Sie ihm geben?«

»Ach, nur ungefähr vier Shilling Sixpence«, erwiderte Miss Printer zerstreut. Sie kniff die Augen zusammen und schien in der umgebenden Dunkelheit nach etwas zu suchen. »Da ist noch eine Bedingung, wissen Sie. Wir haben einen der Männer verletzt, und die Bedingung war, daß wir ihn und sein Tier in das nächstgelegene Kloster bringen.«

»Wir haben einen Mann verletzt?« sagte Mr. Humphreys entsetzt.

»Er ist vor Schreck in Ohnmacht gefallen, soweit ich feststellen konnte.«

»Und die sind einfach abgehauen und haben ihn liegenlassen? Wo ist er?«

»Irgendwo hier. Der Zirkusdirektor, oder wer immer er war, sagte, dieser Mann, Iskandar, sei ein Schwächling. Er schien direkt froh, ihn loszusein. Ja, da ist er.« Sie hatte einen weißen Schimmer entdeckt und ging davon. Als Mr. Humphreys sie eingeholt hatte, kniete sie neben etwas, das auf den ersten Blick aussah wie ein Stoffbündel.

»Er ist noch immer ohnmächtig«, sagte sie, »wir legen ihn am besten auf den Rücksitz, bevor er zu sich kommt.«

»Höchst merkwürdig«, murmelte Mr. Humphreys und half ihr, den kleinen Mann hochzuheben, der erbärmlich dünn und leicht war, nur aus Haut und Knochen bestand. »In welcher Sprache haben Sie mit dem Zirkusdirektor gesprochen?«

»Türkisch. Aber ich meine, er hätte gesagt, daß dieser Mann Russe ist.«

Iskandar kam zu sich, als sie ihn ins Auto legten, und gab ein lautes Stöhnen von sich. Im gleichen Moment fühlte Mr. Humphreys plötzlich, wie er rückwärts in die Höhe gehoben wurde, als wenn ein Raumschiff eine Greifklaue ausgefahren und ihn zappelnd vom Erdboden aufgepflückt hätte. Er hatte nicht einmal Zeit zu einem Schrei, konnte seine mißliche Lage noch gar nicht recht fassen, doch das Keuchen, das er ausstieß, als ihm die ganze Luft wegblieb, reichte aus, Miss Printers Aufmerksamkeit zu erregen.

»Ach du meine Güte«, sagte sie, »was für ein Zufall. Obwohl man unter diesen Umständen eigentlich hätte damit rechnen können.«

»*Womit* hätte man rechnen können?«

»Mit einem Elefanten. Trotzdem kommt es mir wie ein Wunder vor.« Mit einem charakteristischen irrelevanten Gedankensprung fügte sie hinzu: »Gibt es nicht ein Ballett auf dem Balkan, das sich *Mirakel* nennt?«

»In den *Gorbals*«, fauchte Mr. Humphreys, der so etwas wie ein Ballettfachmann war. »Wenn Sie irgendeine Elefantensprache sprechen, würden Sie freundlicherweise dem Vieh sagen, daß er mich wieder runter läßt?«

Miss Printer konnte keine Elefantensprache, doch sie kramte in den Resten ihres Picknicks nach Stücken Türkischen Honigs und überredete damit den Elefanten, Mr. Humphreys freizugeben, der wutentbrannt und sich heftig reibend ins Auto kletterte.

»Ein sehr hübscher *kleiner* Elefant«, sagte Miss Printer begehrlich. »Scheint eine Elefantenkuh zu sein. Ich frage mich nur, wie wir das Tier zum Kloster bringen sollen. Meinen Sie, Iskandar würde ihn uns verkaufen?«

Die Nacht war kühl und roch nach Tau und Erde, und die Berge lagen in völliger Stille. Fast als wären sie die einzigen Lebewesen auf den südlichen Hängen Europas. Der Elefant fühlte sich offensichtlich einsam, denn er kam näher zum Wagen und gab einen klagenden Laut von sich, ein Mittelding zwischen einem Gurgeln und einem Trompeten. Der kranke Mann im Auto bewegte sich und murmelte eine unverständliche Antwort.

»Was für eine Sprache ist das?« fragte Mr. Humphreys nervös.

»Russisch. Wo habe ich die Flasche Cvicek hingetan?« Erneut machte sie sich über die Picknickreste her und fand den Wein und einen Becher.

»Wahrscheinlich genau das Falsche für ihn, wenn er an einem Schock leidet«, meinte Mr. Humphreys düster. Doch Iskandar erholte sich unter der Wirkung des Weins soweit, daß er sie zu dem nahegelegenen Kloster dirigieren konnte, und er versicherte ihnen auch, daß Chloe, die Elefantenkuh, friedlich hinter dem Wagen herlaufen würde, wenn sie ihren Rüssel durch das Fenster stecken und ihren Herrn dort drinnen fühlen dürfte.

Langsam fuhren sie los, wobei Miss Printer ein wenig enttäuscht war, weil sie in ihrem romantischen Herzen auf einen Elefantenritt durch die mondbeschienene Berglandschaft gehofft hatte.

Die Brüder in dem Kloster nahmen ohne Zögern Iskandar und seinen Elefanten auf, und da es inzwischen spät geworden war, luden sie Miss Printer und Mr. Humphreys ein, über Nacht zu bleiben, und gaben ihnen zwei winzige Gästezellen.

In den frühen Morgenstunden erwachte Miss Printer von einem Klopfen.

»Wer ist da?« rief sie verschlafen.

»Der kranke Mann verlangt nach Ihnen«, flüsterte einer der Mönche durchs Schlüsselloch. Hastig warf sie sich etwas über und folgte ihm in das Hospital, einem langen kahlen Steinsaal, der nach Osten auf die windgepeitschten Berghänge hinausging. Schon begann der Morgen zu grauen, wild und grün, wie Zahnpastastreifen am Himmel.

Der kleine Mann Iskandar, gewaschen und adrett, ein winziger Kern in einer großen Nußschale, lag friedvoll in einem weißen Bett, und die tiefen Linien in seinem Gesicht traten noch schärfer hervor durch das grelle Licht.

»Ich sterbe«, sagte er sachlich zu Miss Printer, sobald sie ihn erreicht hatte. »Sie haben ein gutes Gesicht, deshalb vertraue ich Ihnen meine Elefantenkuh an, weil sie eine gute Elefantenkuh ist. Sie ist auch eine kluge Elefantenkuh. Sie ist über siebzig Jahre alt und hat den Zar von Rußland gesehen, als es noch einen Zaren gab. Sie ist mir von meinem Vater, der ein russischer Großgrundbesitzer war, hinterlassen worden. Nach der Revolution war sie alles, was von seinem Reichtum übrigblieb. Sie und ich sind damals zusammen aus Rußland entkommen, und seitdem sind wir viele Hundert Meilen gewandert.«

Er keuchte zwischen den Worten, und einer der Brüder bot ihm etwas zu trinken.

Miss Printer weinte ein bißchen. »Regen Sie sich nicht auf«, sagte Iskandar mit einem Anflug von Ungeduld. »Ich komme seit vielen Jahren hierher. Ich bin froh, hier zu sein. Ich bitte Sie nur um eines, daß Sie für Chloe sorgen – kümmern Sie sich bitte insbesondere um ihre Ohren –, und richten Sie es bitte ein, daß sie meinen jüngeren Bruder in London zu sehen bekommt. Sie wird ihm eine letzte Botschaft von mir bringen. Können Sie das tun? Ich habe seine Adresse hier, auf einem Zettel.« Er kramte in seinem kleinen Bündel an Besitztümern und reichte ihr einen zerknitterten Fetzen Papier, auf dem, in wunderschönen kyrillischen Lettern, der Name Joachim Boyanus stand und eine Londoner Adresse.

»O ja, das kann ich leicht tun.«

»Gut«, sagte er und spähte durchs Fenster. Ein etwas hilflos wirkender Laienbruder stand dort draußen neben Chloe, und auf einen Befehl von ihrem Herrn streckte sie ihren schwarzen schlangenähnlichen Rüssel durch das Fenster. Iskandar streichelte ihn ein wenig geistesabwesend und reichte ihn dann zu Miss Printer hinüber zum gegenseitigen Kennenlernen und Inspizieren.

»Nun müssen Sie gehen«, sagte er in geschäftsmäßigem Ton. »Ich bin dabei zu sterben.«

Die Mönche traten näher heran und stimmten einen tiefen Gesang an.

»Machen Sie sich keine Vorwürfe, Miss«, sagte der freundliche Krankenwärter, der gut deutsch sprach. »Es ist nicht Ihre Schuld, daß er stirbt. Bei seinem Zustand ist es ein Wunder, daß er so lange gelebt hat.«

»Aber ich habe gesagt, daß ich einen Elefanten wollte«, weinte Miss Printer. »Und ihn dann auf *diese* Art zu bekommen...«

»Sie müssen auch an Iskandar denken«, bemerkte der Mönch freundlich. »Was für ein Glück für ihn, eine vertrauenswürdige englische Lady zu treffen, die ihm seinen letzten Wunsch erfüllt.« Zu Miss Printers nicht unbeträchtlicher Überraschung reichte er ihr eine Tasse Tee.

Sie lief hinaus in die windige Morgendämmerung, um den Totengesängen zu entfliehen und um sich mit ihrer neuen Verantwortung vertraut zu machen.

Mr. Humphreys war schlicht entsetzt, als er von der Sache erfuhr, und das noch mehr, als er entdeckte, daß er und Miss Printer auf Chloe reiten mußten, wenn sie jemals einen Hafen erreichen wollten. Ihr Wagen weigerte sich standhaft, anzuspringen, offenbar eine verzögerte Folge der Kollision, und bis zur nächsten Werkstatt waren es fünfzig Meilen. Schließlich gab Humphreys nach. Nachdem die Mönche Iskandars Begräbnis mit allen orthodoxen Riten zelebriert hatten, luden sie ihr Gepäck Chloe auf und trotteten Richtung Süden über die Berge.

»Wie Sie am Zoll und der Quarantäne vorbeikommen wollen, ist mir ein Rätsel«, sagte Mr. Humphreys säuerlich, aber Miss Printer war völlig gelassen.

»Irgendwie werden wir es schaffen«, meinte sie. »Chloe wird für uns sorgen.« Und in der Tat sorgte Chloe so wirkungsvoll für sie, daß sie zwei Grenzen passierten, ohne vom Zoll belästigt zu werden – die Elefantenkuh glitt wie ein Schemen zwischen Abend- und Morgendämmerung an den Grenzposten vorbei –, und einmal, als sie beim Picknick von albanischen Banditen überfallen wurden, pflückte Chloe ihre zwei Passagiere auf und verstaute sie an ihrem Körper, wie ein Pfadfinder Messer und Streichhölzer in die Tasche steckt, und trabte eine felsige Böschung hinunter, bevor die verblüfften Briganten dieses unerwartete Fluchtvehikel richtig ins Visier bekamen. Diesmal blieb Mr. Humphreys' Bowlerhut zurück. Was seine Zuneigung zu Chloe nicht gerade vergrößerte.

In Athen schickte Miss Printer zwei Kabel ab, eines an Joachim Boyanus, das andere an ihren direkten Vorgesetzten bei Rampadges:

ANKOMMEN HULL MITTAG NEUNZEHNTER AUF KATINA PAXI-
NOU HABEN ELEFANT WANDTEPPICHE STEINSKULPTUREN KUK-
KUCKSUHREN ETC.

Es war nicht ihre Schuld, daß der griechische Telegraphist, der schon immer Probleme bei der Übertragung ins lateinische Alphabet hatte, aus dem Telegramm den Text ELEGANTE WANDTEPPICHE STEIN KUCKUCKSUHREN SKULPTUREN machte. Und sie konnte auch nicht wissen, da draußen in der Wildnis, in der sie und Mr. Humphreys die vergangenen zwei Monate verbracht hatten, daß Rampadges das Objekt einer umfangreichen Übernahmeaktion gewesen war und nun neue Eigentümer hatte.

Noch konnte sie voraussehen, daß der neue Generaldirektor, Mr. Appelbee, sich entschlossen hatte, zu den Docks zu kommen, um die raren Produkte, die die anspruchsvollste Einkäuferin des Hauses für den Weihnachtsmarkt mitgebracht hatte, persönlich zu inspizieren.

Chloe und Miss Printer hatten während der Seereise gelitten. Das griechische Schiff war nur eine Nußschale, und beide waren keine großen Seebären. Mr. Humphreys, kühl, korrekt und mitleidlos, hatte sie beide unparteiisch mit Schalen voll Pfeilwurzsaft besucht.

Mr. Appelbee war in einer gereizten Stimmung an dem Tag, als das Schiff anlegte. Er war ein kleiner Mann mit Verdauungsstörungen, der aussah, als wäre er überall mit einer feinen Bürste und der allerbesten Seife geschrubbt worden. Er hatte bereits vieles zu kritisieren gefunden bei Rampadges und wünschte sich jetzt, im Bett geblieben zu sein. Der Morgen war düster, das Dock schmutzig, Hull ein schlechter und nebliger Traum. Und dann waren die Kuckucksuhren, zu seiner großen Enttäuschung, gar nicht aus Stein gemacht und die Wandteppiche nicht sonderlich elegant.

Als dann Miss Printer, blaß und unglücklich, auf dem Dock

auftauchte, gefolgt von einem kleinen grünlichen Elefanten, war dies der Tropfen, der das Faß zum Überlaufen brachte.

»Was ist denn *das*?« fauchte er. »Haben Sie *dafür* das Geld der Firma ausgegeben? Also, ich sag's Ihnen ganz offen, nehmen Sie lieber das nächste Schiff dorthin, wo Sie hergekommen sind, und werden Sie das Vieh los. Im neuen Rampadges gibt es keinen Platz für Elefanten – und auch nicht für Dummköpfe, die solche dummköpfigen Objekte einkaufen!«

Miss Printer blickte sich nach Mr. Humphreys um, damit er ihr moralische Unterstützung gäbe, aber er war verschwunden, hatte sich elegant abgesetzt und eine Unterhaltung mit dem Leiter der Transportabteilung angefangen, und als sie seinen schmählichen Verrat sah, verwehte der letzte Hauch ihrer Liebe in der kühlen Brise.

Sie nahm all ihren Mut zusammen.

»Mr. Appelbee«, sagte sie, »Sie haben vielleicht genug Geld, um Rampadges zu kaufen, aber die Loyalität der Mitarbeiter können Sie nicht kaufen. Treue muß verdient werden. Ich hatte beabsichtigt, Chloe der Firma zu *schenken*, aber ich habe es mir anders überlegt. Nachdem sie mir das Leben gerettet hat, sind wir uns sehr nahe gekommen. Ich habe etwas gelernt, als ich für sie sorgte, ihr Splitter aus den Füßen entfernt, ihr die Ohren gewaschen habe. Sie können einem Elefanten Zuneigung entgegenbringen, die Sie einer Firma nicht entgegenbringen können. Ich werde Chloe selbst behalten, und hiermit kündige ich. Ich bin sicher, Sie werden in Mr. Humphreys einen ausgezeichneten Einkäufer finden, wenn er noch ein paar Sprachen gelernt hat.«

Und sie wandte sich ab, nahm Chloes Rüssel unter den Arm und marschierte festen Schrittes das Dock hinunter. Ein dunkler bärtiger Mann in einem Geschäftsanzug trat zu ihr.

»Miss Printer?« sagte er. »Ich bin Joachim Boyanus. Ich danke Ihnen, daß Sie mir ein Wiedersehen mit Chloe ermöglicht haben.«

Chloe war hocherfreut, ihn zu sehen. Sie schlang ihm den Rüssel um den Hals.

»Ich habe gut für sie gesorgt«, sagte Miss Printer und blickte ihn sehr direkt mit ihren klaren grauen Augen an. Joachim klappte den Lappen eines der riesigen ledrigen Ohren zurück und sah zahllose schiefergraue Heftpflaster. Nachdenklich löste er eines davon und fand darunter einen Diamanten so groß wie eine Haselnuß.

»Ach ja«, sagte er. »Die Familiendiamanten. Ich habe mich immer gefragt, wo Iskandar sie all die Jahre versteckt hatte. Es war lieb von ihm, sie zu schicken, und lieb von Ihnen, sie zu bringen. Aber wissen Sie, ich habe in der City so gut verdient, daß ich sie eigentlich gar nicht brauche. Würden Sie sie annehmen, Miss Printer?«

»Ich?« Sie war sprachlos.

»Sie haben gerade Ihren Job aufgegeben«, betonte er. »Können Sie sie nicht gebrauchen? Was ist denn Ihr größter Wunsch?«

»Oh«, sagte sie mit funkelnden Augen, »zu reisen, natürlich. Mit Chloe zu reisen.«

»Miss Printer«, sagte er, »Sie sind eine Frau nach meinem Herzen. Seit einiger Zeit schon habe ich vor, aus der City wegzugehen, deren Gewinnmöglichkeiten ich bis zur Neige ausgekostet habe, und mich in eine ältere und friedlichere Welt zu begeben. Könnten wir uns nicht zusammentun, Sie und ich und Chloe?«

Sie blickten einander an, und es gefiel ihnen, was sie sahen.

Und da nichts sonderlich schwierig ist, wenn zwei Menschen sich gegenseitig anziehend finden und genügend Geld und einen sanftmütigen Elefanten haben, ist es wahrscheinlich, daß sie noch heute reisen.

Inselhochzeit

Kaum hatte er sie gesehen, wußte Tonto, daß ihn die Liebe wie ein Blitz getroffen hatte. Er schlenderte ein Stückchen weiter, kehrte wieder zurück und beobachtete sie dabei die ganze Zeit über aus den Augenwinkeln; dann ging er fort, um sie zu vergessen, doch es war sinnlos. Drei Nächte hintereinander lag er wach und dachte an sie, und er wußte, daß die Liebe wie eine riesige, wild wuchernde Kletterpflanze, deren Ranken bis ins Mark seines Lebens drangen, in ihm herangewachsen war, und daß er sie wiedersehen mußte.

Sie war klein und zierlich, dunkel wie ein Kätzchen, mit großen, strahlenden Augen in dem olivfarbenen Gesicht. Den ganzen Tag über bediente sie in dem Zuckerwattekiosk an der Seaview Plaza, Ecke Nat'n Kandy. Die rosafarbenen Fäden des Kandiszuckers spannen einen kleinen Berg bis sie sie mit einer kurzen, unvermittelten Bewegung ihrer geschickten Hände abbrechen ließ; ihre Zähne blitzten, wenn sie den wartenden Kindern die federleichten rosa Haufen reichte, doch ihr Blick schien in weite Fernen zu schweifen, und ohne sie zu fragen, wußte er, daß sie von der Insel kommen mußte, von der auch er stammte.

Als er sie an ihrem freien Nachmittag zu einem Spaziergang mitnahm, erzählte sie ihm, sie heiße Anichu. Stumm schlugen sie den Weg zum Ufer ein und wanderten Hand in Hand – so wie Adam und Eva im Paradies. Tonto fand Muscheln und schenkte sie ihr – nach innen gekrümmte Porzellanschnecken, rosalippige Seemuscheln – und sie lächelte ernst. Er fragte sie, ob sie ihn heiraten wolle, ohne so recht zu wissen, was dies für sie beide hieß.

Tagsüber dachte er selten an die Insel. Er lebte sein schönes, neues Leben als geschickter Automechaniker, lag unter den unterschiedlichsten Wagen und diagnostizierte ihre Leiden – Ölverlust, durchgerostete Benzinleitung – und beobachtete, wie der Stapel Dollars auf seinem Bankkonto wuchs. Er ging ins Kino und zur Abendschule, und wenn seine Zähne weh taten, ließ er sie von einem Zahnarzt untersuchen. Aber des Nachts, jede Nacht, tauchte die Insel in seinen Träumen empor und erinnerte ihn an sein Geburtsrecht; die Piranhas und die Umberfische schwammen in seinen Träumen umher, und die Trommeln schlugen, und die Blätter wurden dick und finster und versperrten die Wege mit grünen Lanzenspitzen. Mochte er sich auch amüsieren, mochte er sich auch eine Zeitlang sonstwo auf der Welt amüsieren und sein Geld verdienen, so wußte er doch, daß ihn die Insel früher oder später, sobald ihn eines der großen Ereignisse seines Lebens einholte – Liebe oder Ehe, Krankheit oder Tod – nach Hause rufen würde.

»Wir gehen besser nach Hause. Laß uns auf der Insel Hochzeit feiern«, sagte er.

Anichu sah ihn an, dann senkte sie ihren Blick auf die Spitzen ihrer kleinen, weißen Schuhe. Sie hatte ein weißes Kleid an und trug vergoldete Perlen, und sie hatte eine weiße Handtasche unter dem Arm; sie sah bereits aus wie ein Ornament auf einem Hochzeitskuchen.

»Wenn wir heimkehren, kostet das all unsere Ersparnisse, alle!« sagte sie. »Wie kommen wir jemals wieder zurück? Dort wachsen keine Dollars auf den Bäumen...«

»Wir müssen zur Hochzeit heimkehren«, beharrte Tonto. »Du weißt genau, daß wir das müssen.«

»Vielleicht willst du mich ja gar nicht heiraten!« Ihre Augen blitzten.

»Törichtes Gerede«, sagte Tonto. »Wenn ich deine Hand halte, fließt die Liebe wie ein elektrischer Strom durch mich hindurch. Ein elektrischer Strom von meiner Hand zu meinem Herzen. Aber wir können unmöglich hier heiraten.« Er warf einen geringschätzigen Blick auf die liederliche, törichte Festlandsstadt, wo Dollars auf den Bäumen wuchsen. »Wir werden heimkehren, wir müssen es tun.«

»Ich *hasse* den Gedanken daran, es tun zu müssen!« Sie weinte fast. »All die schrecklichen alten Schultertuchfrauen, und die vielen Onkel, und das Geräusch der Trommeln! Und wenn nun etwas passiert, etwas Schreckliches! Wenn wir uns nun verlieren!«

»Wir werden uns nicht verlieren«, sagte Tonto und drückte sie fest an seine breite Brust. »Ich würde dich nicht einmal verlieren, wenn die Nachtfrau dich in ihren Klauen hielte, wenn die Schultertuchfrauen meine Augen in Äpfel verwandelten, wenn die Niemals-Woche am Sonntag beginnen würde.«

Sie kehrten zur Insel zurück und gaben Anichus ganze Ersparnisse und einen Großteil der seinen für die Überfahrt aus. Drei Tage lang dauerte die Reise auf einem kleinen, schmutzigen Boot, und am dritten Tag sahen sie, wie in der Morgendämmerung die düstere Silhouette der Insel aus dem Meer aufragte. Ihre Umrisse ähnelten denen eines Distelkopfes, ihre Vegetation war üppig, sie dampfte vor Hitze und vom Hafen her drang das Geräusch von Gesang und Trommelschlag. Weiße Meereszungen brandeten fauchend gegen das östliche Vorgebirge, sie schossen endlos aus dem Dunkel hervor und leckten schäumend an den schwarzen Felsen empor. Anichu zitterte und hielt Tontos Hand, als das Schiff schwerfällig landwärts stampfte.

Wenn die Liebe nicht gewesen wäre, die wie ein Bohrer unablässig in seiner Seite bohrte, hätte Tonto nach zwei Tagen kaum gewußt, daß er von der Insel fortgewesen war. Er war krank vor Sehnsucht nach Anichu, aber jetzt verlangten feierliche Bräuche nach ihrem Recht, mußten Vorbereitungen getroffen werden. Anichu sah sich genötigt, viele Stoffbahnen für ihr Kleid zu besorgen, viele Stunden mit den alten Frauen zu verbringen und sich anzuhören, was sie über die Geheimnisse der Ehe zu sagen hatten, sich von Tante Sannie aus der Hand lesen, und von Le

Docteur die Stirn berühren zu lassen. Le Docteur war gar kein Arzt, doch jedermann auf der Insel hatte Angst vor ihm, und der Titel war seit dreißig Jahren eine höfliche Übereinkunft, seine eigentliche Funktion zu verschleiern.

»Er sagt, du mußt ebenfalls zu ihm kommen«, erzählte Anichu und zitterte in Gedanken an das Gespräch. Wie bei einem Pferd, das scheut, konnte man das Weiß ihrer Augen sehen, und Tonto führte sie an den schmalen, weißen Strand hinunter, und sie waren so verzweifelt vor Liebe, daß sie sich, als sie Seite an Seite am Wasser entlanggingen, nur aus den Augenwinkeln anzusehen wagten. Anichus hübsches Gesicht wirkte angespannt, sie rang die Hände und sagte: »Warum sind wir hierher zurückgekommen, warum?«

»Was will er von mir?« fragte Tonto.

»Irgendwelchen alten Unsinn. Irgendwelchen altmodischen Unsinn.« Ihre Hände umklammerten die seinen.

»Vielleicht gehe ich gar nicht zu ihm!« sagte Tonto kühn.

»Du mußt gehen! Du mußt! Oder sie lassen uns nicht heiraten.«

»Das können sie nicht.«

Trotzdem machte er Le Docteur, der das einzige zweistöckige Haus der Insel bewohnte, einen Besuch. Im unteren Raum wohnte, aß und schlief er, im oberen Raum geschahen erschreckende Dinge. Wenn eine Mutter zu ihrem Sprößling sagte: »Ich gehe mit dir in das obere Zimmer«, wurde das Kind auf der Stelle ruhig und hockte eine Woche lang brav in irgendeiner Ecke. Als er Le Docteur, dem die grauen Haare über den Kragen seines schmutzigen sackleinenen Umhangs bis auf die Schultern fielen, auf dem großen Faß gegenübersaß, konnte Tonto das Zimmer über sich regelrecht spüren: stumm, aber nicht leer. Ein Geruch nach gebackenen Bananen und Mist hing in dem Raum, der gleiche Geruch, der im gesamten Dorf herrschte, nur sehr viel stärker.

Tonto begann das Gespräch recht gut und überreichte Le Docteur eine ordentliche Handvoll seiner kostbaren Dollars, doch er machte den Fehler, ihnen einen bedauernden Blick hinterherzuschicken, als sie im Innern einer alten Großvateruhr verschwanden, die am ersten Juni 1872 um viertel nach drei in der Früh stehengeblieben war.

»Junge, du zollst nicht den gebührenden Respekt«, sagte Le Docteur ärgerlich. »Junge, du kommst so aufgeblasen und hochmütig auf die Insel zurück, hast die alten Sitten ganz vergessen. Aber du wirst mächtig tief fallen, ja du wirst fallen, wenn du dich nicht eines besseren besinnst. Du willst heiraten, du willst Anichu heiraten?«

»Ja!« erwiderte Tonto mutig.

»Hast du es schon den Flüsternden Felsen erzählt, ich habe nichts davon vernommen, daß du es den Flüsternden Felsen erzählt hast? Du solltest es besser tun, falls du keine Kinder haben willst, kaum größer als Spinnen. Du gehst morgen dort hinauf, nicht wahr, Junge?«

»Ja. In Ordnung«, erwiderte Tonto gereizt.

»Hast du Tante Sannie etwas dafür gegeben, daß sie eure Namen auf den weißen Sand schreibt?«

»Noch nicht.«

»Das solltest du besser schon sehr bald tun, Junge, sonst schreibt sie eure Namen auf den schwarzen Sand, oben am Alten Feuerberg, es wird dir nicht gefallen, was dabei herauskommt, wenn Tante Sannie deinen Namen auf den schwarzen Sand schreibt.«

»In Ordnung«, sagte Tonto erneut, noch gereizter als zuvor, weil er wußte, daß Tante Sannie einen Haufen Dollar berechnen würde, um ihre Namen nicht in den schwarzen Sand zu schreiben.

»Und dann, Junge, stolzierst du überall herum, stolzierst so aufgeblasen und großartig herum, und grüßt die alten Schultertuchfrauen nicht so, wie du es tun solltest. Die alten Schultertuchfrauen könnten rasch beleidigt sein, Tonto, Junge! Ich weiß von einer alten Schultertuchfrau, die gerade in diesem Augenblick an dich denkt, und ihre Gedanken sind bisher dunkle, unheilschwangere Gedanken. Ich bin wirklich froh, daß sie diese Gedanken nicht um *meinen* Kopf kreisen läßt.«

Er möchte ja nur noch einen Dollar, dachte Tonto, aber er konnte spüren, wie ihm der Schweiß zwischen den Schulterblättern hinunterrann, und er fragte heiser: »Kannst du diese Gedanken nicht von mir wenden, Docteur?«

»Kann ich, Junge, aber es wird dich etwas kosten. Außerdem wünschst du dir ein Festgelage und Musik und Gesang für deine Hochzeit, nicht wahr, Junge? Hast du wegen des Festgelages und der Musik schon alles geregelt?«

»Abuel und Juan helfen mir, und wir haben einen Haufen Lebensmittel vom Festland mitgebracht«, erwiderte Tonto rasch. »Viel zu trinken, viel zu essen, ich hoffe, du bist auch da, Docteur?«

Le Docteur war besänftigt, weil er gefragt worden war, doch er war verärgert, weil man ihm nicht die Lieferung der Vorräte für das Fest anvertraut hatte. »Wann denn?« fragte er mürrisch.

»Nächsten Freitag, nächsten Vollmond.«

»In Ordnung, Junge. Jetzt solltest du besser eilen und all die Dinge erledigen, die du vergessen hast. Und noch etwas – diese Anichu, sie ist ebenfalls viel zu dreist und anmaßend. Sie wandert in ihren weißen Schuhen in der Sonne herum, schwatzt und singt, stell dir vor, ein Erinnerungsvogel sieht sie? Stell dir vor, sie tritt auf einen Plagestein? Manche alte Schultertuchfrau hat schlimme, schlimme Ansichten über diese Anichu. Ich spüre gerade jetzt eine alte Schultertuchfrau, sie denkt dürre, dornige Gedanken, sie sitzt mit übereinandergeschlagenen Beinen und denkt an diese Anichu.«

»Wende ihre Gedanken ab, Docteur, bitte wende sie ab.«

»In Ordnung, Junge, in Ordnung, aber das kostet dich etwas. Du solltest lieber mächtig leise reden, du solltest Anichu besser sagen, bis zum Vollmond am nächsten Freitag im Haus zu bleiben, sonst wird irgendeine alte Schultertuchfrau einen Knoten in ein Tau knüpfen und dieses Tau ins Meer werfen.«

Tonto war erleichtert, als er Le Docteur einen weiteren Haufen seiner Dollars gab und dann entwischte. Er bat Anichu, bis zum Hochzeitstag im Haus zu bleiben, nur vorsichtshalber, während er selbst sich auf den Weg machte und den Flüsternden Felsen von seinen Heiratsabsichten erzählte. Die Flüsternden Felsen erhoben sich am Grund einer engen Schlucht, in der das Geräusch schmaler Rinnsale wie leises unaufhörliches Kichern durch die Farnkräuter drang. Es war ein unseliger Ort, und Tonto dachte mehrmals, er höre jemanden unmittelbar hinter sich sprechen, doch als er sich rasch umwandte, war niemand zu sehen. Auf seinem Rückweg ins Dorf traf er Le Docteur, der zerstreut am Ufer entlangschlenderte.

»Ich war bei den Flüsternden Felsen«, sagte Tonto mit fester Stimme. Le Docteur blickte ausdruckslos auf.

»Ich spüre, wie eine alte Schultertuchfrau an dich denkt«, sagte er. »Junge, trägst du einen Ring?«

Tonto warf einen Blick auf seinen billigen Siegelring, den ihm in seinem lange zurückliegenden sorgenfreien Leben auf dem Festland eine Kundin als Glücksbringer geschenkt hatte.

»Dieser Ring fesselt deinen Geist, Junge, hast du vor, mit diesem Ring zu heiraten? Die Nachtfrau holt dich bestimmt ein, wenn du diesen Ring trägst und versuchst, von ihr fortzulaufen. Die alte Schultertuchfrau weiß es ganz genau; sie denkt schwere, heiße Gedanken rund um diesen Ring.«

Schweigend nahm Tonto den Ring ab und händigte ihn Le Docteur aus, der ihn, ohne ihn eines Blickes zu würdigen, in ein Platanenblatt wickelte und irgendwo zwischen den Falten seines grauen, sackleinenen Umhangs verschwinden ließ.

In der Zwischenzeit hatten sich die Matronen des Dorfes vergewissert, ob Anichu auch das richtige Zubehör für die Hochzeit hatte, die richtigen Töpfe, das richtige Geschirr und die Stoffbahnen für das Kleid; auf die rechte Weise gewölbte Steine, dazu Stecken und rote, Fingerlänge für Fingerlänge geknotete Wollfäden.

Fast jeden Tag mußte Tonto die Feindseligkeit irgendeiner älteren Person besänftigen, ob es nun eine alte Schultertuchfrau war, die gewundene Gedanken um das junge Paar kreisen ließ, oder ein alter Onkel, der damit drohte, ein geknüpftes Netz quer vor den Hafen zu ziehen. (Die alten Männer der Insel wurden stets Onkel genannt – außer Le Docteur – da Vaterschaft nicht allgemein anerkannt war, und Besitz – wieder mit Ausnahme von Le Docteur – den Frauen übertragen wurde, auch wenn die Männer die Gesetze machten.)

»Wo veranstaltet ihr euer Hochzeitsessen?« fragte Le Docteur eines Tages und fiel über Anichu her, als sie ängstlich am Fluß kniete und eine weiße Bluse wusch.

Sie fuhr so heftig auf, daß sie ihr letztes Stück Stoßzahnseife ins Wasser fallen ließ; langsam trieb es zwischen den Spinnenlilien davon.

»Im Haus des Mannes von Tontos Mutter«, stammelte sie.

Tontos Mutter besaß das größte Haus im Dorf, gebaut aus Schlick und mit einem Dach aus festen Lehmziegeln und mehreren Höfen. Die Wände waren blaßrot bemalt: das Rot des Blutes, vermischt mit Milch.

»Warum nicht am Ufer, hm?« Seine Augen zwischen den verfilzten, grauen Haaren blickten ärgerlich und mißtrauisch.

»Am Ufer ist es zu gewöhnlich«, erwiderte Anichu hitzig. »Was geht das dich überhaupt an, Docteur? Du bekommst deinen Anteil am Festgelage, gleich ob wir am Ufer oder im Hause feiern! Du brauchst dich nicht zu beklagen. Ich muß schon sagen, es ist wirklich schwer, auf dieser Insel zu heiraten; man kann sich überhaupt nicht vorstellen, auch nur ein einziger alter Mensch könnte sich hier *wünschen*, daß junge Leute heiraten und Kinder bekommen! Ich wollte, mein lieber Tonto und ich wären niemals zurückgekehrt, sondern auf dem Festland geblieben.«

Le Docteur bedachte sie mit einem durchdringenden Blick.

»Diese Insel«, sagte er, »ja, diese Insel gibt eine Menge zu denken. Diese Insel kann hassen, diese Insel kann zärtlich lieben. Du bist zu jung, du hast keine Erinnerung an den Krieg. Diese Insel haßte damals jene kleinen, gelben Männer so sehr, sie blieben nur ein paar Wochen, dann segelten sie wieder davon, sie hatten einen heillosen Schrecken bekommen. Die Insel haßte sie solange, bis sie gingen. Du Kind von dieser Insel, Anichu! Du, Mädchen, wenn du nicht darauf hörst, was die Insel dir sagt, dann bin ich gewiß, daß du bald in schrecklichen Schwierigkeiten stecken wirst. Arm und mager, runzelig und mager, wird dein Leben bald sein wie ein verwelktes Bambusrohr, der ganze Saft ausgesogen von der Dürrefrau. Siehst du deine Beine, so hübsch und rund in modischen Strümpfen und kleinen, weißen Schuhen? Gerade jetzt spüre ich, wie eine alte Schultertuchfrau ihre Gedanken rund um diese Beine kreisen läßt, sie denkt Gedanken, scharf und sehnig wie Grashalme...«

Anichu brach in lautes Weinen aus. »Oh, die alte Schultertuchfrau soll *verdammt* sein!« schluchzte sie und rannte fort, am Flußufer entlang. Le Docteur hob nachdenklich ihre Nylonbluse auf und steckte sie zwischen die Falten seines Umhangs. Er machte sich auf die Suche nach Tonto, der auf dem Vorplatz vor dem Haus seiner Mutter Rum- und Tequila- und Coca-Colaflaschen aufreihte. Le Docteur blickte wohlgefällig auf die ausgebreitete Fülle von Getränken und nahm einen Probeschluck Rum mit Cola an, stellte ein oder zwei weitere Fragen über den Zeitpunkt und den Ablauf der Feierlichkeiten und erhielt befriedigende Antworten.

»Du und das Anichumädchen, verbringt ihr eure Hochzeitsnacht am Strand?« fügte er schließlich noch eine weitere Frage hinzu.

»Bei Gott, *nein*!« rief Tonto entschieden.

Es war noch gar nicht so lange her, zu Zeiten des Onkels von Tontos Großonkel, da war es auf der Insel bei allen jungen Männern des Dorfes Brauch gewesen, bei der Braut zu liegen, bevor ihr Mann Anspruch auf sie erheben konnte. Diese Zeiten waren vorbei, aber viele erwarteten immer noch, daß das verheiratete Paar seine erste Nacht am Strand verbrachte, unter einem offenen Schutzdach aus Gras, um zu zeigen, daß sie nicht ausschließlich für einander da waren, sondern der Dorfgemeinschaft angehörten. Rund um das Schutzdach wurde bis zur Morgendämmerung weitergesungen und geschmaust und im Schein der Fackeln getanzt, und jeder Freund oder Nachbar konnte jederzeit mit einem Geschenk oder einem Ratschlag eintreten.

In jüngster Zeit hatten sich einige junge Leute gegen diesen Brauch aufgelehnt, und einige hatten ihre Auflehnung büßen müssen.

»Wir werden keine einzige Nacht am Strand verbringen; all diese Gaffer und Mäkler, die uns da heimsuchen und rings um uns herum jammern wie Totenvögel! Wir richten uns ein anständiges und schickliches Hochzeitsbett im Haus meiner Mutter, damit du es weißt, Docteur, alter Mann!«

Tonto machte einen so bedrohlichen Eindruck, daß Le Docteur einen Schritt zurücktrat; dann besann er sich auf seine Würde, richtete sich kerzengerade auf, stieß seinen Kopf ruckartig nach vorne und zischte dem jungen Mann ins Gesicht: »Zu stolz und aufgeblasen! Zu stolz und aufgeblasen! Du solltest lieber von deinem Sockel heruntersteigen, Tonto, Junge, oder du fällst in dunkles, dunkles Wasser.«

Er drehte sich um und humpelte davon, während Tonto kampfeslustig hinter ihm herstarrte und dann zum Ufer hinunterging, um Steine über das Wasser hüpfen zu lassen; er war äußerst zufrieden mit sich und der Tatsache, Le Docteur die Stirn geboten zu haben. Es war schön, am Ufer zu stehen und zu beobachten, wie die diamantengleich funkelnden Spritzer über das Wasser wirbelten, während das Seegras auf der Dünung sanft auf- und abschaukelte und die strahlende Sonne seine Schultern heiß umschmeichelte. Er fühlte sich wie ein Eroberer.

Aber als es Abend wurde und eine kühle Brise aufkam, während sich der Himmel grün färbte, wurde ihm unbehaglich zumute, und er machte sich rasch auf den Weg ins Dorf. Der Sand war kalt und die Blätter scharf von Tau. Vorsichtig bahnte sich Tonto seinen Weg und achtete darauf, auf keinen Plagestein zu treten. Er erschrak fast zu Tode, als sich im Schatten neben dem Weg eine dunkle Gestalt bewegte.

»Wer da? Wer versteckt und drückt sich dort herum?«

»Nur ich, Tonto, Junge.«

»Wer ist ich?« fragte Tonto und legte die Hand auf sein hämmerndes Herz.

»Erinnerst du dich nicht an Kensy, deinen alten Spielkameraden Kensy?«

Tonto erinnerte sich an Kensy, doch der zusammengekauerte Schatten hatte wenig Ähnlichkeit mit seinem alten Spielkameraden.

»Kensys Stimme, mag sein«, sagte er zweifelnd. »Was ist mit dir los, warum sitzt du dort im Dunklen mitten zwischen dem Flußsteingras?« Er trat einen oder zwei Schritt näher.

»Ich habe eine Unglückskrankheit«, erwiderte Kensy ruhig. »Ich wage mich nur im Dunklen aus dem Haus, damit mich niemand sieht und sich mein Plagefieber holt.«

»Wie ist das passiert?« flüsterte Tonto.

»Alte Schultertuchfrau hat ihre finsteren Gedanken bei mir abgeladen«, erzählte Kensy leise. »Sie ärgerlich als ich stolpere und den Wasserkrug zerbreche. Sie legt Unglück auf meine Beine. Bleib nicht länger hier stehen, Tonto, sonst holst du dir mein Unglück ebenfalls.«

Tonto eilte hastig davon, aber nicht bevor er einen Blick auf etwas Dunkles und Zusammengefaltetes erhascht hatte, dort, wo Kensys Beine hätten sein sollen. Jetzt hatte er wirklich Angst, und er machte sich auf die Suche nach Anichu. Aber ihre Mutter erklärte ihm streng, Anichu habe sich für das Neun-Tage-Dunkel in ein Zimmer eingeschlossen. Sie dürfe nur durch ein winziges Loch in der Wand sprechen.

»Bist du es, Anichu, Mädchen?«

Ihre Hand kam zwischen den Bambusstangen zum Vorschein und klammerte sich an seine. Tonto zitterte. Plötzlich war die Insel dunkel und drohend und bleckte die Zähne. Er bat Anichu, aus dem Haus ihrer Mutter zu fliehen und mit ihm zusammen zum Festland zurückzukehren. Doch sie war angesichts dieses Vorschlags zutiefst erschrocken. Es würde das schlimmste Unglück heraufbeschwören, die Hochzeitsvorbereitungen jetzt abzubrechen. Und es stand ganz außer Zweifel, daß ihnen die Rachegedanken irgendeiner alten Schultertuchfrau auf das Festland folgen würden, wenn sie jetzt gingen. Es blieb ihnen gar nichts anderes übrig, als die Hochzeit hinter sich zu bringen und die Insel danach so bald wie möglich zu verlassen. Tonto wagte Anichu gar nicht zu erzählen, daß er Le Docteur wegen der Hochzeitsnacht die Stirn geboten hatte. Er wußte, daß sie zu Tode erschrocken sein würde. Statt dessen bat er seine Freunde Abuel und Juan um Rat; sie meinten, die einzige Möglichkeit bestehe darin, ein solch denkwürdiges Hochzeitsfest auszurichten, daß niemand bemerken würde, was aus dem Brautpaar geworden war.

Dies sah Tonto ein. Aber wie sollte er für eine derart großzügige Bewirtung sorgen?

»Tonto, du weißt das schon am besten«, sagten sie.

Am Ende entschloß er sich widerwillig, auf das Festland zurückzukehren, um weitere Vorräte zu besorgen. Schweren Herzens trennte er sich von seinem Geld; dieses Unternehmen würde seine letzten Ersparnisse aufbrauchen, und es bedeutete, daß er nach der Hochzeit seine alte Beschäftigung, den Handel mit Fischhäuten, wiederaufnehmen und energisch sparen mußte, bevor er und Anichu wieder fort konnten. Aber noch wichtiger war es, die alten Leute günstig zu stimmen.

Anichu weinte bitterlich, als sie hörte, daß er fortging.

»Stell dir vor, du kommst niemals zurück? Stell dir vor, du gehst für immer fort? Deinem Schiff könnte etwas Schlimmes zustoßen!«

»Weine nicht, Liebling«, sagte Tonto unglücklich. »Nichts wird mich davon abhalten zurückzukommen, du wirst sehen.«

Doch auf dem Festland quälte ihn die ganze Zeit über der Gedanke an Anichu, die im Haus eingeschlossen, den Stimmen der alten Frauen auf Gnade und Ungnade ausgeliefert war. Fieberhaft gab er sein Geld aus und beendete seine Besorgungen, um möglichst rasch zurückzukehren. Er kaufte Papierpfeifen, die sich entrollten, wenn man reinblies, und Papierschlangen, billige Musikinstrumente, Zimbeln und Mundorgeln und Plastikflöten, ein altmodisches, gebrauchtes Grammophon und einen großen Stapel abgespielter Platten. Er kaufte Luftballons und Knallfrösche und Rollschuhe, Scherzartikel und allerhand Krimskrams aus dem billigen Warenhaus, ein altes batteriegetriebenes Radio, einen Satz Kegel und ein Dutzend Federbälle. Er gab sein Geld bis zum letzten Penny aus und behielt gerade genug, um am Tag vor der Hochzeit die Rückfahrt für sich und seine Fracht auf die Insel zu bezahlen.

Anichu war immer noch in ihrer kleinen Zelle zwischen all den Frauen eingesperrt, aber er sprach mit ihr durch das Loch in der Wand und war unsäglich erleichtert, daß ihr nichts geschehen war. Die Erleichterung machte ihn prahlerisch, und er schwor, ihre Hochzeit werde das größte Fest, das die Insel je erlebt habe. Er ließ alle wissen, daß das Grammophon und das Radio nach der Feier Le Docteur überreicht werden sollten. Diese Neuigkeit veranlaßte Le Docteur, seine Mundwinkel zu einem säuerlichen Lächeln zu verziehen, aber er machte keine drohenden Anspielungen mehr auf alte Schultertuchfrauen.

Am Hochzeitstag war es windstill und schön. Dunkel schimmernd schritt Anichu unter ihren vielen durchsichtigen Gazeschleiern inmitten langgezogener Rufe der Bewunderung zum Hochzeitsstein. Stolz und schwitzend stand Tonto neben ihr, als Le Docteur ihre Hände mit geknüpftem Gras zusammenband und ihnen nach Art der Kinsha mit einer scharfen Muschel Striemen über die Stirn zog.

»Jetzt seid ihr rechtens verheiratet«, sagte er. »Inselhochzeit nicht wie Festlandhochzeit, leicht gebunden, leicht gelöst. Inselhochzeit schwer zu binden, und *niemals* zu lösen. Wenn die Nachtfrau euch einholt, holt sie euch beide ein. Wenn einer von euch einen Fisch aus dem Meer zieht, kocht der andere diesen Fisch, beide essen diesen Fisch. Wenn das Nichts der Niemals-Woche kommt, steht ihr beide im Donner und im Dunkel. Ihr jetzt zusammen für immer und immer.«

Jedermann schwieg und dachte solange über die feierliche Bedeutung dieser Worte nach, bis das Echo seiner Stimme zwischen den Felsen dahingeschwunden war und irgendwo weit oben in den Bergen ein Erinnerungsvogel zu singen anfing.

Dann begann das Festgelage, das Tanzen und Singen und Rollschuhlaufen; und während sämtliche jungen Leute des Dorfes die Zimbeln schlugen und auf den Mundorgeln bliesen, und die alten Leute rasch und mit großem Ernst so viel Rum in sich hineinschütteten, wie sie nur fassen konnten, stiegen die Luftballons und knallten die Knallfrösche. Tontos Mutter und Tanten gaben die Speisen aus, und seine Freunde Juan und

Abuel zogen unermüdlich das Grammophon auf und legten neue Platten auf.

Stimmen sangen und Füße schleiften, Perlen funkelten und Röcke wirbelten. Der Vollmond schien auf die Tänzer im Hof hinter dem Haus des Mannes von Tontos Mutter, schien auf die besessenen Kegelspieler und die betrunkenen, glücklichen Rollschuhläufer. Niemand bemerkte es, als sich das Brautpaar davonstahl, nicht einmal Le Docteur und Tante Sannie, die mit glasigen Augen und zwei leeren Rumflaschen neben sich im Haus saßen.

»Wir gehen besser zum Strand hinunter, wenn wir Frieden und Ruhe haben wollen«, murmelte Anichu, als Tonto sie hinauszerrte, fort von den sich wirbelnd drehenden Kastagnettentänzern. »Wir müssen nicht in dieses Haus gehen...«

Unten am Ufer schien der Mond, sein weißliches Licht erleuchtete den Korallensand, und jemand hatte die Grashütte mit nachtduftenden Honigblumen geschmückt. Die ganze Nacht über hörten sie in der Ferne die Musik, doch niemand kam zu ihnen runter und störte sie, während sie in das Geheimnis ihrer Liebe versunken dalagen und auf das Herzklopfen des anderen und den Pulsschlag des Meeres hörten.

»So oft denke ich, ich besitze dich niemals«, sagte Tonto. »So oft.«

»Und jetzt besitzt du mich für immer.«

»Für immer und immer, bis zur Niemals-Woche.«

Als die Morgendämmerung heraufzog, blies ein kalter Wind vom Meer herauf, und sie konnten hören, wie die Nachtschwärmer benommen ins Bett schwankten. Anichu richtete sich in dem süß duftenden Gras auf; sie stützte sich auf den Ellbogen und blickte auf ihren Ehemann hinunter.

»Mir ist kalt«, klagte sie. »Kalter Morgenwind fegt mir genau zwischen die Schultern bis ins Mark. Kannst du nicht irgendwo ein Schultertuch für mich auftreiben, Tonto, Liebling?«

Tonto lächelte schläfrig in ihre Augen hinauf. Er sah sich in ihnen gespiegelt, und er sah, daß es die Augen einer Fremden waren, die Augen einer alten, alten Schultertuchfrau.

In diesem kalten, dunklen Augenblick wurde ihm klar, daß er die Insel niemals wieder verlassen würde.

Träume

Mr. Bodkin saß lange tief in Gedanken versunken über seinem Frühstück, gleichsam in Trance, und wenn es stimmt, daß das Blut zur Unterstützung von Denkprozessen zu Kopf steigt, dann ist anzunehmen, daß Porridge, Nieren und Kaffee weniger verdaut als in einem Strudel von Gedanken unmittelbar in körpereigene Substanz übergeleitet wurden.

Mrs. Bodkin, seine reizende Gemahlin, musterte ihn über die Kaffeekanne hinweg, machte aber keinen Versuch, seine Meditationen zu unterbrechen. Ihr Mann warf ihr von Zeit zu Zeit einen freundlichen, jedoch geistesabwesenden Blick zu, und daraus zog sie ihre eigenen Schlüsse. Und die waren bis zu einem gewissen Grade richtig, denn er überlegte gerade, was er ihr zum Geburtstag schenken sollte.

Er schwankte zwischen einem Dampfkochtopf und einer elektrischen Heizdecke. Zuerst war er mehr für die Heizdecke gewesen, weil ihn in dem unterkühlten Eßzimmer fröstelte. Seine liebe Hieratica vergaß immer, den elektrischen Kamin rechtzeitig einzuschalten; er hatte mehrfach erfolglos eine entsprechende Bemerkung gemacht und schließlich resignierend aufgegeben. Aber während das Porridge in widerspenstigen Klümpchen herunterrutschte, begann er die Vorzüge von Dampftöpfen zu erwägen; man konnte darin, wie er gehört hatte, ein ganz vorzügliches Porridge zubereiten, und sie waren außerdem so sparsam – das würde Hieratica bestimmt gefallen. Da es ihr Geld war, von dem sie lebten, kritisierte er lieber ihr Porridge als ihre Sparsamkeit.

Falls er die Heizdecke kaufte, konnte er sie benutzen, wenn Hieratica sie nicht mehr benötigte; aber auch ein Dampfkochtopf war immer nützlich – er konnte sich nicht entscheiden... Er machte den Mund auf, um etwas zu sagen, aber in diesem Augenblick fiel Hieratica etwas ein, und sie rief: »Na sowas! Ich hab dir meinen Traum noch nicht erzählt!«

Mr. Bodkin seufzte. Während sie sich ankleideten, hatte er den ominösen freudigen Ausdruck im Gesicht seiner Frau beobachtet, der erkennen ließ, daß sie wieder einmal einen ihrer Träume gehabt hatte. Schon die Art und Weise, wie sie ihre Armbanduhr angelegt und ihre Schnürsenkel gebunden hatte, ließ darauf schließen. Diese Träume waren immer häufiger und spielten eine immer größere Rolle im Familienleben.

»Ich hab geträumt, ich bin die Frau von so einem internationalen Finanzmenschen«, verkündete sie.

»Ja, Liebes.«

»Er war Mohammedaner, und ich war seine vierte Frau – die jüngste, und die weitaus schönste. Ich weiß noch, daß er ziemlich alt war, und die anderen Frauen waren alle eifersüchtig, weil ich die Favoritin war.«

»Natürlich.«

»Also, ich begleitete ihn zu einer Währungskonferenz in Athen, und wir mußten über das Gebirge. Wir gerieten in einen Hinterhalt, und er wurde von seinen skrupellosen Feinden ermordet, und sie zerrten die Leiche in eine Höhle. Ich wachte bei dem Toten – mich hatten sie nicht angerührt –, bis ich gefunden wurde, zwei Tage später, und dann brachten sie ihn nach Athen, und es gab eine prunkvolle Beerdigung. Ich hatte keine Trauerkleidung und mußte in einem schwarzseidenen Unterrock hinter dem Sarg gehen... Stell dir das mal vor!«

»Na sowas!«

»Ein junger Mann hat mich von einem Balkon aus gesehen und sich unsterblich in mich verliebt. Drei Wochen später waren wir verheiratet.«

»Und? War das alles?«

»Ich *meine*, da war noch was...« Sie runzelte die Stirn, versuchte sich zu konzentrieren. »Vielleicht fällt's mir noch ein. Ich war umwerfend schön, das weiß ich noch, und der junge Mann sah schrecklich gut aus. Alexis hieß er.«

»Das muß sehr nett gewesen sein. Wenn du einen Moment Zeit hast, ich wollte mit dir über dein Geburtstagsgeschenk reden. Möchtest du lieber eine elektrische Heizdecke oder einen Dampfkochtopf?«

»O Thomas, du Guter! Wie aufmerksam von dir! Gott im Himmel, was hätte ich denn lieber?«

Während sie um einen Entschluß rang, fiel ihr noch etwas aus ihrem Traum ein, und das mußte erzählt werden.

»Wegen deines Geschenks«, begann er noch einmal, als sie vom Tisch aufstanden. »Du mußt dich jetzt wirklich entscheiden – ich habe beschlossen, dein Schicksal in deine eigene Hand zu legen.« Er lächelte ihr zu.

»Das hab ich doch noch nie gekonnt! Es ist so schwierig... Würdest du mich für schrecklich unbescheiden halten, wenn ich beides haben wollte?«

»Ich würde dich für genau dieselbe halten wie immer«, sagte Thomas höflich.

Die Decke *und* der Topf – das war wirklich eine einfache Lösung, und da das Geld von dem gemeinsamen Konto kommen würde, spielte der Preis keine Rolle. Da war eine Menge drauf.

»Ich denke, ich werde pünktlich zum Lunch kommen, Liebes.«

Er schlenderte in die Stadt und dachte über Hieratica und ihre Träume nach. Er war gutmütig und leicht zufriedenzustellen. Mit ein wenig Behaglichkeit und einer gesicherten Zukunft konnte er wohlwollend über die gelegentlichen scherzhaft-spitzen Bemerkungen seiner Frau wie ›Parasit‹ und ›Herumtreiber‹ hinwegsehen. Er hatte keine wirklichen Befürchtungen; all das waren kaum mehr als milde Sticheleien – kleine Essigtropfen im Öl seines reibungslosen Daseins.

Aber die immer länger und häufiger werdenden Träume schienen ihm eine unbestimmte Drohung zu enthalten; sie störten ihn ein wenig in seiner Seelenruhe. Hieratica ging ihm gern ein bißchen auf die Nerven, das wußte er, und lange, weitschweifige Erzählungen bedeuteten nur die Entwicklung einer neuen, zu eben diesem Zweck ersonnenen Technik. Das allein machte ihm nichts weiter aus. Seine eigenen Gedankengänge funktionierten so zufriedenstellend, daß er jederzeit in der Lage war, sich aus ihrer Konversation auszuklinken.

Was ihn beunruhigte, war das ungeschminkte romantische Wunschdenken, das mehr und mehr in ihren Träumen erkennbar wurde. Es würde nicht mehr lange dauern, sagte er sich, bis sie diese Tausend-und-eine-Nacht-Atmosphäre auch im Wachzustand verlangte – eine Atmosphäre, die er weder schaffen konnte noch auch nur wollte. Wie würde Hieratica dann reagieren? Sie war eine energische Frau. Vielleicht entschloß sie sich zu einer Mittelmeerkreuzfahrt; eine unangenehme Vorstellung. Womöglich spielte sie sogar mit dem Gedanken an eine Scheidung. Er hatte den Verdacht, daß sie wußte – beziehungsweise er wußte, daß sie den Verdacht hatte –, daß es auf seiner Seite Vorfälle gab, die diese Möglichkeit eröffneten.

Er war jedoch hinlänglich sicher, daß sie noch nicht begonnen hatte, ihre Träume in ihre reale Erfahrungswelt einzubringen. Wenn die Träume rechtzeitig gestoppt werden konnten, bestanden gute Aussichten, das Unheil abzuwenden.

Die Schaufenster eines Kaufhauses gerieten über das Pflaster hinweg in sein Blickfeld, und er trat ein und begann, Auskünfte einzuholen.

Thomas kam spät zum Lunch; so spät, daß Hieratica die Schüsseln in den Backofen stellte, sich ins Wohnzimmer zurückzog und in einen Tagtraum versank – nicht in einen von der romantischen Sorte, die ihre Nächte verschönen, sondern in einen mehr praktisch orientierten Traum. Angenommen, sinnierte sie,

Thomas saß gerade bei einem Herzspezialisten? Es war ihr aufgefallen, daß er in letzter Zeit irgendwie unruhig wirkte, tief in Gedanken versunken; mal sah er blaß aus, mal war sein Gesicht gerötet. Vielleicht fürchtete er, von einer Krankheit befallen zu sein, die tief drinnen im Körper saß und nicht behandelt werden konnte? Vielleicht hörte er gerade von einem ernsten, scharfsichtigen Arzt, der ihm keine unerfreulichen Einzelheiten ersparte, die Bestätigung... Am Donnerstag hatte Thomas seinen Schreibtisch aufgeräumt – das hatte doch bestimmt etwas Ungewöhnliches zu bedeuten. Er hatte den Versuch abgebrochen, das Rauchen aufzugeben, so als lohne es sich nicht mehr für die kurze Zeitspanne, die ihm blieb. Er hatte sich beeilt, die Lektüre von *Krieg und Frieden* zu beenden, jedoch erklärt, mit *Anna Karenina* nicht anfangen zu wollen... Alles deutete in die gleiche Richtung.

Hieratica fand ihre Phantasien ganz angenehm. Sie haßte den Gedanken an eine Scheidung mit all der Aufregung und dem Gerede. Sie würde eine hübsche und wohlhabende Witwe sein und, wenn ihr danach war, jederzeit zu einer Kreuzfahrt nach Ägypten oder Griechenland aufbrechen können. Bei Suzanne im Schaufenster war ein reizender schwarzer Hut ausgestellt – es wäre vielleicht eine gute Idee, am Montag vorbeizugehen und ihn zu kaufen; einen schwarzen Hut konnte man immer brauchen. Dann mußte man an die Anzeigen in den Zeitungen denken und an die Briefe an Freunde. Sie stand gerade auf, um einen Bleistift zu holen, da hörte sie Thomas' Schlüssel im Schloß.

Er schleppte eine Schachtel herein, in der ein schweres glänzendes kugelförmiges Gebilde von der Größe eines kleinen Butterfasses lag: der Dampfkochtopf. »Die Decke kommt erst am Montag«, erklärte er; »sie hatten keine für Einzelbetten vorrätig. Den Topf hab ich mitgebracht. Du kannst in dreißig Minuten eine ganze Mahlzeit zubereiten, und sie sagen, in zwei Stunden werden Knochen wie Gelee.«

Hieratica zeigte die angemessene Begeisterung, und sie setzten sich unter munteren Gesprächen über die vielseitige Verwendbarkeit der Neuerwerbung zu Tisch.

Am Nachmittag legte sie sich schlafen, und so konnte sie Thomas um halb sieben – die ersten Takte seines Lieblingsviolinkonzerts erklangen gerade im Radio, so fröhlich und feierlich wie ein Christbaum – ihren jüngsten Traum in allen Einzelheiten erzählen. Sie war ganz oben in einem Liftschacht eingeklemmt gewesen, hilflos zum Absturz verdammt, wenn sie nicht von dem sehr gut aussehenden Fahrstuhlmonteur an einem langen Seil hinabgelassen und in Sicherheit gebracht worden wäre.

Am Montag kam die Heizdecke mit der Paketpost.

»Bis heute abend bring ich die defekte Steckdose im Schlafzimmer in Ordnung«, sagte Thomas. Hieratica war angenehm berührt von der ungewöhnlichen Hingabe, mit der er oben zwei Stunden lang herumbastelte. Das mochte Gewissenhaftigkeit sein, die ihn antrieb, die Arbeit hastig zu Ende zu bringen, ehe der Tod ihn daran hinderte. Ehe es zu spät war.

»Ich denke, jetzt wird's funktionieren«, sagte er, als sie am Abend ins Bett stieg, nachdem sie den neuen Hut noch einmal aufprobiert hatte. »Ich schalte jetzt ein, ja? Hast du die Füße richtig drauf?« Er drückte auf den Schalter und sah liebevoll zu, wie Hieratica mit einem ganz leichten Zittern in einen langen und traumlosen Schlaf sank.

Ich muß der Herstellerfirma schreiben und sie beglückwünschen, dachte er.

Er schrieb auch an die Hersteller des Dampftopfs, um ihnen mitzuteilen, daß ihr Produkt die Werksangaben vollauf erfülle und er in jeder Hinsicht zufrieden sei.

Später in jenem Sommer rief ein Nachbar Thomas, der gerade ein wenig im Garten arbeitete, einen Gruß zu und erkundigte sich, wann Mrs. Bodkin von ihrer langen Nahostreise zurückerwartet werde.

»Ihre Rückkehr ist auf unbestimmte Zeit verschoben«, antwortete Thomas. »Ihr gegenwärtiger Aufenthalt sagt ihr sehr zu. Ich werde voraussichtlich noch recht lange allein sein.«

Der Nachbar nickte mitfühlend. »Ihre Rosen sind ja in diesem Sommer besonders schön«, meinte er. »Wie machen Sie das bloß?«

»Knochendüngung«, erwiderte Thomas. »Knochendüngung.«

Mäusewerk

Eine Welle sprang hoch, wölbte sich, wie die weiße Brust einer Kropftaube, und mit träger Bewegung, ohne das leiseste Geräusch, hob sie die kleine Miss Roe vom Deck des ältlichen Auswandererschiffs, wo diese schlafend in der Sonne gelegen hatte, und nahm sie mit zurück ins Meer. Miss Roe verschwand in einem Geflecht von Seedisteln und Meeresblumen, zwischen hin- und herwogenden Schaumkronen und dem silbrigen Geglitzer von Fischflossen. Niemand bemerkte etwas; Miss Roe war nur eine kleine Stenotypistin, die ganz allein in der Welt stand und aufgebrochen war, sich nach einem neuen Job umzusehen.

Mit ihrer dünnen, atemlosen Stimme rief sie um Hilfe, schwamm ein Stück, aber die Wellen, die ihr salzig gegen Gesicht und Arme klatschten, ermüdeten sie bald, und Miss Roe verlor das Bewußtsein. Sie trieb auf dem Rücken einer dahinziehenden Strömung, die sie sicher durch Riffe geleitete und schließlich am Strand einer Insel absetzte, die kaum größer war als eine Handvoll Sand im unendlichen glitzernden Meer.

Nach einer Weile kam Miss Roe zu sich. Im ersten Moment nahm sie nichts weiter wahr als ein Gefühl von Wärme unter ihrem Körper, das Prickeln noch nicht wieder zur Ruhe gekommenen Sandes, der gerade von einer Welle überspült worden war. Miss Roe stützte sich auf die Unterarme und blickte sich um. Zu ihrer Linken sah sie das sanft abfallende Gestade der Insel und zu ihrer Rechten die glatte See mit den erstarrten Riffen weit draußen. Miss Roe klopfte sich den feuchten Sand ab und setzte sich auf.

Auf ihren Lippen war ein salziger Geschmack, nicht unähnlich dem Geschmack von Sardellen und durchaus nicht unangenehm. Sie fuhr sich mit der Zunge über den Mund und beschloß, Hilfe zu suchen. Aber ehe sie aufbrach, wollte sie die Knoten in ihrem verklebten Haar glätten. Ihr alter verblaßter Badeanzug war unversehrt. Sie konnte sich also sehen lassen.

Barfuß stapfte sie über den heißen Sand, der bei jedem Schritt unter ihren Füßen nachgab, und stellte dann bestürzt fest, daß die Insel klein, rund und unbewohnt war. Sie bestand aus nichts anderem als Sandhügeln, nur in der Mitte gab es zwei Quellen, eine heiße und eine kalte.

Die heiße Quelle blubberte und brodelte in ihrem eigenen Ferment aus gärendem Schlamm, so schnell wieder im Boden versikkernd wie sie daraus hervorkam. Die kalte Quelle, kaum größer, ernährte zwei Dattelpalmen, deren seidige Zweige über ihr flüsterten und einen kleinen Fleck Schatten warfen, in den Miss Roe sich dankbar fallen ließ.

Datteln hingen im Überfluß von den Zweigen herab: an Nahrung würde es ihr also nicht mangeln. Obwohl sie nicht hungrig war, aß sie abwesend eine Handvoll, und nach einer kleinen Ruhepause begann sie wieder mit dem müßigen, nutzlosen Abschreiten dieses begrenzten Gesichtskreises. Am Fuße der Sandhügel entdeckte sie zuweilen kleine Löcher, die sie mit Bedacht umging. Irgendwo hatte sie gehört, daß große Spinnen sich gern im Sand vergraben.

Zwei Tage verstrichen. Miss Roe war nicht unbedingt unglücklich zu nennen. Sie hatte keine Freunde, die sie hätte vermissen können. Trotzdem fühlte sie sich einsam und sehnte sich verzweifelt nach einer Beschäftigung. Aus Büchern hatte sie sich nie etwas gemacht, statt dessen dafür gesorgt, nach Büroschluß immer eine Strick- oder Häkelarbeit zur Hand zu haben. Der ihr nun aufgezwungene, ungewohnte Mangel an Betätigung für ihre flinken Finger verdroß sie entsetzlich. Auf der Insel war nicht die kleinste Spur von Strick- oder Häkelmaterial zu entdecken – nichts als Sand und die zwei Palmen, deren Zweige aber zu brüchig und hart für nutzbringende Verwendung waren.

Am Nachmittag des zweiten Tages lag Miss Roe neben der kalten Quelle und sah träge zu, wie das Wasser hervorsprudelte und wieder im feuchten Sand versickerte. Sie war schon von der Sonne gebräunt; ihr schmächtiger Körper hatte dieselbe Farbe angenommen wie der Sand, auf dem sie lag, und ihr unscheinbares mausfarbenes Haar war zu einem seidigen Silber gebleicht.

Da sah sie, wie zwei kleine braune Wesen auf sie zukamen, die aussahen wie Flaumbällchen. Einen Moment lang, das Herz wollte ihr stocken, glaubte sie, es seien Spinnen, aber dann erkannte sie mit einem Seufzer der Erleichterung, daß es Mäuse waren, kleine goldbraune Mäuse mit wachen kleinen Knopfaugen und langen, erstaunlich langen Schwänzen, die in hübschen Quasten endeten und wie Miniatur-Staubwedel aussahen. Normalerweise hatte Miss Roe Angst vor Mäusen, aber diese beiden hier schienen nicht mit den schmutzigen, diebischen Unholden verwandt zu sein, die hinter Käseglocken und Brotkästen zu finden waren, die einzigen Vertreter der Gattung, die Miss Roe bisher kennengelernt hatte. Die beiden Mäuse näherten sich zwar vorsichtig, aber mit Würde, hielten bei der kleinsten Bewegung Miss Roes inne, steckten die Köpfe zusammen, als berieten sie sich, und trippelten dann flink wieder ein Stückchen weiter auf sie zu.

Als sie nur noch ungefähr zwei Schritte von ihr entfernt waren, blieben sie stehen und veranstalteten eine große Pantomime, nickten mit den Köpfen, zuckten mit ihren kaum erkennbaren Barthaaren, gestikulierten mit ihren winzigen Pfoten und vor allem mit ihren überlangen, flinken Schwänzen, die sie über ihre Rücken hin und her schnellen ließen.

Miss Roe war nicht besonders intelligent, aber selbst sie konnte erkennen, daß die beiden miteinander kommunizierten und versuchten, dasselbe mit ihr zu tun.

Es dauerte sechs Monate, bis sie Miss Roe ihre Sprache beigebracht hatten.

Die Mäuse lebten in winzigen höhlenartigen Löchern im Sand, deren Inneres sie überall mit feinem Meeresgeäst verstrebt und ausgelegt hatten, das durch das Ein- und Ausgehen unzähliger pelziger Körper weiß wie Elfenbein poliert war. Ihre Hauptnahrung bestand aus getrockneten Fischflocken, ein schmackhaftes Gericht von weicher, blättriger Konsistenz und silbrig-brauner Farbe. Als Miss Roe bewußtlos am Strand lag, hatten die Mäuse sie damit gefüttert. Diese Flocken besaßen einen hohen Nährwert und enthielten einen großen Anteil Vitamin D.

Erst nach geraumer Zeit merkten die Mäuse, die von hochrangiger Intelligenz waren, daß Miss Roe so gut wie nichts von den Gesetzen der Zivilisation wußte, aus der sie kam. Zu Anfang stellten sie ihr strenge Fragen über Ethik, Staatsbürgerkunde, Mathematik und andere Gegenstände, fanden sich aber schließlich resigniert mit der Tatsache ab, daß Miss Roes Kopf wenig Wissen enthielt, das über eine erschöpfende Kenntnis von Strickmustern und den Unterschied zwischen Gut und Böse hinausgegangen wäre.

Trotzdem schlossen sie Miss Roe ins Herz, und als sie sahen, wie sie unter dem Mangel an Beschäftigung litt, begannen sie, eine Pelzsammlung anzulegen, trugen ihre bei der Mauser gelassenen Haare zusammen und überreichten ihr kleine Häufchen Mäuseflaum, den Miss Roe mit ihren geschickten Fingern zu Fäden spann und dann auf Palmwedel-Nadeln zu den verschiedensten unnützen Artikeln verstrickte.

Als dann eines Tages Rettung in Sicht kam, in Gestalt eines heruntergekommenen Schoners, der vor dem Riff Anker geworfen hatte, wurden die Mäuse traurig. Sie wußten, Miss Roe würde sie nun verlassen.

Auch in Miss Roes arglosen Augen standen Tränen.

»Kann ich denn gar nichts für euch tun?« flehte sie. »Ihr wart so gut zu mir. Ich könnte die Seeleute bitten, euch etwas Käse dazulassen – oder – oder Bücher. Dann könntet ihr lesen lernen.«

Tass, der Senior der Mäuse, sah sie gütig an. Seine Barthaare waren grau, seine Augen funkelten schlau, seine ganze Erscheinung war der Einsteins nicht unähnlich.

»Den größten Dienst erweist du uns«, sagte er, »wenn du niemandem von unserer Existenz erzählst. Kannst du das versprechen?«

»*Natürlich* kann ich das.« Mit ihrem sonnengebräunten Handrücken wischte sie sich den Schimmer aus den Augen. »Und sonst kann ich wirklich gar nichts für euch tun?«

»Doch«, sagte Tass trocken. »Du kannst diese beiden jugendlichen Hitzköpfe, Afi und Anep, mitnehmen, und unsere friedliche Republik von einem Paar potentieller Unruhestifter befreien.«

Afi und Anep willigten freudig ein. Sie waren begeistert von der Aussicht auf Reisen zu gehen. Als sich die Besatzung des Schoners dann wenig später dem Strand näherte, sah sie nur eine einsame Gestalt auf einer nackten, unbewohnten Insel. Verwundert betrachteten die Männer Miss Roe, die schlank und braun da stand, bekleidet – denn dies war die Zeit der kühlen Äquinoktialwinde – mit einem Bikini und einer dicken Strickjacke aus Mäusewolle, um die sie so manches italienische Starlet beneidet hätte. Von Afi und Anep, den beiden jungen Demagogen, die mit ihren wachen kleinen schwarzen Knopfaugen neugierig durch das Lochmuster von Miss Roes großem Rollkragen, ihrem kuscheligen Versteck, hinauslugten, erspähten sie nichts.

»Donnerwetter!« rief Ant Arson. »Wart', bis die der Käpt'n sieht!«

»Hauptsache du wartest's ab und hältst dich zurück!« knurrte Singer Jones. »Sonst wirft dich der Käpt'n den Haien zum Fraß vor.« Er schob seinen Unterkiefer zur Seite und warf Ant Arson einen bedeutungsvollen, finsteren Blick zu.

Als die Männer im Boot immer näher auf sie zukamen, erschien es Miss Roe, als seien sie von einem goldenen Heiligenschein umgeben. In Wirklichkeit waren sie ein so übles Pack, wie man ihm nur im Südpazifik begegnen konnte, und mit ihrem Käpt'n hatten sie den passenden Anführer.

Seit Jahren lungerte Valentino McTavish mit seiner unrasierten Mannschaft und seinem schockierenden alten Schiff voll unsäglicher Frachten auf den Ozeanen herum, war in ein Dutzend gesetzeswidriger Händel verstrickt, schreckte, wenn es gefahrlos schien, auch vor Akten kleinerer Piraterie nicht zurück und wurde von der Polizei aller großen Häfen gesucht, entkam aber stets, gerade ehe das Netz sich zuzog.

»Mann!« gluckste Valentino McTavish, während er Miss Roe mit der Ungläubigkeit einer Katze beäugte, die eine ganze Seezunge auf ihrem Teller liegen sieht. Dann half er Miss Roe aufs Schanzdeck.

Als erstes stellte sie fest, daß die *Aurora* bis in den letzten Winkel mit schmutziger Wäsche und Sardinendosen vollgestopft zu sein schien; zweitens, daß der Kapitän, obwohl er auf eine verschrobene Art sehr höflich zu ihr war, doch recht wenig Ähnlichkeit mit Alec Guinness hatte, ihrem Ideal seemännischer Schönheit; drittens, daß die Ehrfurcht, mit der die auf dem Mitteldeck zusammengedrängte Mannschaft ihren Kapitän behandelte, reiner Hohn war; viertens, daß die beiden revolutionären Mäuse in ihrem Rollkragen unruhig wurden, wahrscheinlich weil ihre scharfen Nüstern Witterung zu ihren proletarischen Genossen auf dem Schiff aufgenommen hatten.

»Kann ich mir irgendwo die Hände waschen?« fragte Miss Roe und wurde mit verdächtiger Bereitwilligkeit in Valentinos Kabine geführt.

Die Unordnung und das Durcheinander deprimierten sie, und sie spürte, wie Heimweh nach der aufgeräumten Insel und den Mäusen in ihr aufstieg.

Sie schüttelte Afi und Anep aus ihrem Kragen, die sogleich über den Boden huschten, in der dort verstreuten Unterwäsche herumwühlten, die scharfen, unvertrauten Gerüche in sich einsogen und im nächsten Moment durch Löcher in der hölzernen Wandverkleidung verschwanden, um von Gleichheit und Mäuserechten zu predigen. Von Zeit zu Zeit kamen sie aufgeregt zurückgeschossen und berichteten über ihre Erfolge bei der Nagetier-Bevölkerung des Schiffes.

»Aber seid vorsichtig!« rief Miss Roe besorgt. »Der Kapitän will gleich zurückkommen, um mir das Schiff zu zeigen.«

»Wir passen schon auf, daß er uns nicht sieht!«

Sie wedelten beruhigend mit ihren Schwänzen.

Aber wie es der Zufall wollte, saßen die beiden gerade auf ihrer Schulter – Anep erzählte ihr, daß er Komitees zur Gründung von Gewerkschaften gebildet habe, und Afi berichtete, wie er die Mäuse im Kesselraum von der Notwendigkeit einer kollektiven Inbesitznahme der Produktionsmittel überzeugt habe –, als die Tür sich öffnete und Kapitän McTavish hereinkam. Afi und Anep blieb gerade noch Zeit, wieder einmal unter Miss Roes Rollkragen zu flüchten.

Valentino trug eine Flasche Palmwein unter dem Arm, die er bereits halb geleert hatte. Jetzt nahm er einen weiteren tüchtigen Schluck, stellte die Flasche ab und näherte sich Miss Roe in eindeutiger Absicht. Sein Verstand war vernebelt vom Alkohol, vom Verdacht, seine Mannschaft lache über ihn, und dem Wahn, seine Autorität beweisen zu müssen. In seinem Innern brannte Haß, vor allem auf sich selbst; seine Augen waren blutunterlaufen, voller Lüsternheit und Scham zugleich. In vieler Hinsicht war er ein bedauernswürdiges Subjekt.

Als er sich auf die versteinerte Miss Roe warf, wollte er es nicht fassen, daß seine amourösen Versuche von einer Serie wilder, nadelscharfer Stiche in sein linkes Handgelenk und seinen rechten Arm gestört wurden. Schreiend fuhr er sich an den Arm, und als die beiden Mäuse, wie zwei lebendig gewordene Skalpelle, über seine empfindlichsten Stellen herfielen, schrie er noch lauter.

Die Besatzung hörte das Gebrüll aus der Kabine, aber daran fanden sie nichts Ungewöhnliches. Gewiß, die Stimme klang eher wie die ihres Käpt'ns und gar nicht nach der eines Mädchens, aber Valentino war schließlich ein Exzentriker. Sich in diesem Augenblick einmischen, das hieße, jegliches Feingefühl vermissen lassen – und außerdem, was scherte es sie? Sollten die beiden sich doch zerfleischen!

Sie ließen sich auf dem Achterdeck nieder und spielten mit numerierten Sardinendosen darum, wer der nächste bei dem Mädchen sei.

Fast zwei Stunden später stieß einer der Männer einen erstaunten Pfiff aus, und der Rest der Besatzung, die Augen angestrengt zusammengekniffen, sah, wie ein Floß auf die *Aurora* zutrieb.

»Mann, Leute, da ist einer drauf!«

»Das ist doch der verrückte Schwede. Kennst du ihn nicht? Olaf Myrdal.«

»Was meint ihr? Sollen wir's dem Käpt'n sagen?«

»Lieber nicht.«

»Ach, Quatsch! Inzwischen werden wir ihn wohl stören dürfen.«

Ant stieg hinab und lugte durch das Kabinenschlüsselloch. Auf den Schrei, den er ausstieß, kam der Rest der Mannschaft herbeigerannt. Von Panik und Ungläubigkeit gepackt, brachen sie die Tür auf.

Miss Roe lag in tiefer Ohnmacht auf dem Boden. In einiger Entfernung von ihr schimmerte weiß ein Skelett.

Aber erst als Singer die Knochen berührte und spürte, daß sie *warm* waren, ergriff die Männer das volle Entsetzen.

»Wie zum Henker kommt denn *dasda* hierher?« kreischte Ant, vor Angst zitternd und schwitzend, während er die anderen hilfesuchend ansah.

»Wo ist der Käpt'n?«

»Aber guckt doch! Guckt bloß!« stotterte Dice Morgan. »Guckt euch diesen Finger an.«

Sie guckten. An einem Mittelhandknochen schimmerte das angelaufene Gold eines Ringes. Der Amethyst darauf war den Männern sehr vertraut. Ihr Kapitän hatte etwas von einem Dandy an sich gehabt.

»Herrgott hilf«, hauchte Ant. »*Er* ist es. Das ist der *Käpt'n*.«

Furcht verschafft sich gern Erleichterung durch Rachepläne:

»Das hat dieses Mädchen angerichtet. Werft sie über Bord! Schmeißt sie den Haien zum Fraß hin. Sie ist eine Hexe. Sie bringt uns nur Unglück!«

Die meisten Männer wagten jetzt nicht mehr, Miss Roe auch nur anzurühren, aber Singer war nicht so zimperlich und schleifte ihren ohnmächtigen Körper auf Deck.

Dort hatte Dice Morgan einen Geistesblitz: »Warum übergeben wir sie nicht dem Floß!« rief er strahlend. »Wir wollen doch schließlich nicht, daß sie uns als Gespenst heimsucht. Und das tut sie garantiert, wenn wir sie über Bord gehen lassen, als Haifischfutter. Jede Nacht würde sie am Schiff hochgekrochen kommen und uns an den Beinen ziehen. Schaffen wir sie aufs Floß. Soll sie doch diesen übergeschnappten Schweden heimsuchen.«

Ein Chor beifälligen Gemurmels.

Das Floß, das nun auf Höhe des Achterdecks herangeglitten war, wurde von den Männern überschwenglich begrüßt.

»Hallo, duda, Schwede! Willst du uns nicht ein kleines bißchen Fracht abnehmen?«

Der Schwede trat aus der Tür seiner kleinen Kabine und musterte sie kalt.

»Der Himmel bewahr mich vor allem, was von euerm Schiff kommt!« rief er ihnen zu. Aber zwei der Männer hatten das Floß bereits mit dem Enterhaken herangezogen, zwei weitere wickelten Miss Roes Körper in eine Plane und rollten ihn über das

Schanzdeck. Es war eher dem Zufall als genauem Zielen zu verdanken, daß er auf dem balsahölzernen Deck des Floßes landete.

»Adios, amigos«, rief die Besatzung der *Aurora*, während sie sich über die Achterreling beugte und dem Floß nachwinkte. »Glückliche Flitterwochen. Aber paß auf, altes Schwedchen, daß sie keinen Skeletterich aus dir macht und dir die mürben Knochen zum Klappern bringt!«

Sie drifteten ab.

Widerwillig entfernte der Schwede die Umhüllung von dem Bündel, das man ihm zugeworfen hatte. Als er Miss Roe erblickte, vertiefte sich der Ausdruck von Mißbilligung in seinem Gesicht. Er schöpfte mit einem Krug Meerwasser und klatschte es ihr ins Gesicht.

Auf der Stelle kam sie zu sich. Sie zitterte.

»Hat man Sie verletzt?« fragte er.

Ihre Augen nahmen ihn langsam wahr – seine große Gestalt, seine langsamen, sanften Bewegungen, sein ernstes, weise wirkendes Gesicht.

»Wer sind Sie? Sie sehen ganz anders aus als die anderen Männer.« Mühsam setzte sie sich auf und blickte um sich. »Aber ich bin ja gar nicht mehr auf dem Schiff!«

»Nein, Sie sind nicht mehr auf dem Schiff. Man hat Sie über Bord geworfen. Sind Sie verletzt?«

Entsetzen trat in ihre Augen. »Er wollte... dieser Kapitän wollte... und dann haben die Mäuse – ach, es war schrecklich!« Plötzlich richtete sie sich mit einem Ruck auf. »Die Mäuse! Afi und Anep – wo sind sie?«

Afi huschte aus ihrem Kragen und rieb sich zärtlich an ihrem Kinn. Glücklich und erleichtert streichelte sie ihn. Beim Anblick dieses Schauspiels wurde das Gesicht des Schweden schon viel weicher. Aber dann brach Miss Roe in Tränen aus.

»Weinen Sie nicht, junge Dame! Ich weiß zwar nicht, was Sie auf jenem Schiff zu suchen hatten, und ich möchte Ihnen auch ganz offen und frei sagen, daß ich mir nie einen Passagier gewünscht habe, schon gar keinen weiblichen, aber ich darf Ihnen doch versichern, daß Sie es auf meinem Floß besser getroffen haben als dort, wo Sie vorher waren. Gedulden Sie sich einen Moment, ich werde Ihnen gleich einen Algentee bereiten. Mein Name ist Olaf Myrdal«, fügte er, nicht ohne gewisse Würde, hinzu. »Vielleicht haben Sie schon von mir gehört!«

»Aber meine Maus! Meine andere Maus!« schluchzte die arme Miss Roe hemmungslos. »Anep! Er ist auf dem Schiff zurückgeblieben. Ach bitte, bitte, holen Sie ihn dort herunter.«

»Mein gutes Kind, das ist unmöglich«, sagte er sanft. »Das Schiff bewegt sich viel schneller fort als mein Floß, und, wie Sie sehen, ist es uns schon fast fünf Meilen vorausgeeilt.«

Da Miss Roe ihren Tränen weiterhin freien Lauf ließ, unterbrach er sie nach einer Weile, einen leicht ermahnenden Ton in der Stimme. »Ich glaube, junge Dame, das beste ist, Sie erzählen mir alles von Anfang an.«

Während Miss Roe ihre Geschichte erzählte, beruhigte sie sich allmählich. Sie konnte sich nicht helfen, aber sie mochte diesen großen ruhigen Mann mit seinem langen üppigen goldenen Bart und dem gütigen Gesichtsausdruck, der nun, am Ende von Miss Roes Geschichte, plattem Erstaunen gewichen war.

»Was Sie nicht sagen!« rief Olaf Myrdal. »Eine Insel mit denkenden Mäusen. Nun, das würde ich mir wirklich gerne einmal ansehen. Und Sie können sich mit ihnen verständigen?«

»Ja«, sagte Miss Roe und fuhr sich mit dem Handrücken über die Augen. »Abends haben wir uns immer so nett unterhalten. Sie wären überrascht, was denen alles durch die kleinen Köpfe geht.«

»Und die Maus, die Sie bei sich haben, stammt die von der Insel?«

Afi war gerade dabei, das Floß zu erkunden, beschnupperte und untersuchte jeden Winkel.

Miss Roe rief ihn. Vertrauensvoll kam er angelaufen, krabbelte an ihrem Bein hoch und ließ sich dann auf ihrem Handgelenk nieder, von wo aus er Myrdal neugierig musterte.

»Ist er ein Landsmann von dir?« fragte er Miss Roe. Sie schüttelte den Kopf. »Hervorragend«, bemerkte Afi. »Dann kann er mir vielleicht Dinge erzählen, von denen du nichts weißt. Frag ihn, ob in seiner Heimat die Produktionsmittel verstaatlicht sind.«

Miss Roe übersetzte die Frage so gut sie konnte. Myrdals Augenbrauen schossen in die Höhe.

»Weiß er es etwa nicht?« sagte Afi enttäuscht. »Nun, dann frag ihn, ob er von den folgenden Ideen schon einmal etwas gehört hat: dem Übergang von Quantität in Qualität, der Negation der Negation, und der Aufhebung aller Widersprüche.«

»Der Himmel steh mir bei!« rief der Schwede. »Ich kann's nicht fassen! Ich, der zur See fuhr, um ein für alle mal der menschlichen Gewalt und dem Gerangel widerstreitender Ideologien zu entfliehen – ausgerechnet mir muß eine marxistische Maus über den Weg laufen!«

Miss Roe, die an die philosophischen Diskussionen ihrer Mäusefreunde denken mußte, wurde wieder traurig.

»Was ist mit dem armen Anep?« jammerte sie. »Allein auf dem Schiff bei diesen schrecklichen Männern.«

»Er ist in keiner Gefahr. Wenn er, wie Sie mir erzählt haben, die Schiffsmäuse schon zu Gewerkschaften organisiert hat, sind es die Männer, die in höchster Gefahr schweben. Sie sind zum Untergang verurteilt. Vielleicht haben sie bereits das Schicksal ihres Kapitäns erlitten. Und wenn das Schiff seinen Bestimmungshafen erreicht, was dann? Ich glaube, ohne es zu wissen und zu wollen, haben Sie eine Kraft auf die Menschheit losgelassen, die zerstörerischer ist als die Wasserstoffbombe. Das Zeitalter des Menschen geht zu Ende, das der Mäuse beginnt.«

»Oje«, sagte Miss Roe. »Meinen Sie, wir könnten jetzt etwas

von dem Algentee zu uns nehmen, von dem Sie gesprochen haben?« Sie brauchte immer eine gewisse Zeit, um einen neuen Gedanken zu verdauen.

»Und wann erreichen *wir* unseren Bestimmungshafen?« fragte sie wenig später, während sie an der heißen grünen Flüssigkeit nippte.

»Niemals.«

»Niemals? Aber-----«

»Ich habe Ihnen doch erzählt, daß ich zur See fuhr, um jeglicher Gewalt zu entfliehen. Und heute ist es dringlicher denn je, sich von der Welt der Menschen fernzuhalten. Ich habe genügend Vorräte auf dem Floß – die Arbeiten von Strindberg, Ibsen, Thomas Hardy und Shakespeare.«

Miss Roe zweifelte am Nutzen solcher Vorratshaltung. Dann hellte sich ihr Gesicht auf. »Wir könnten doch auf meine Insel zurückkehren!«

»Mein liebes Kind, nichts würde ich lieber tun – zu gegebener Zeit. Im Moment kommt das aber nicht in Frage. Afi ist jetzt zu einer akuten Bedrohung für den Frieden der Insel geworden, denn er hat erfahren, wie wirkungsvoll Gewalt ist. Ferner gebe ich, wenn auch aus rein persönlicher Erwägung, zu bedenken, daß unser eigenes Leben in Gefahr kommen könnte. Wenn Afi den anderen Mäusen von dem Experiment mit McTavish erzählt, verspüren sie vielleicht Lust, es zu wiederholen – zumal Sie ja Ihr Versprechen gebrochen haben, niemandem etwas von ihrer Existenz zu verraten.«

»Ja – ich verstehe.« Aber Miss Roe wollte nicht glauben, daß ihre lieben Mäuse zu so etwas fähig sein sollten.

»Mäuse leben nicht lange«, erklärte Olaf. »Wir können ein oder zwei Jahre über das Meer treiben und abwarten, bis Afi an Altersschwäche stirbt, ehe wir zur Insel zurückkehren.«

»Armer Afi. Er wird sich ganz schön langweilen. Er wollte so gern nach Australien!«

»Ich werde seine Sprache lernen und ihm Schwedisch beibringen, dann können wir philosophische Diskussionen führen; auch Strindberg werde ich ihm vorlesen.«

»Etwas wie Wolle oder Stricknadeln haben Sie nicht zufällig auf Ihrem Floß?« sagte Miss Roe seufzend, denn sie fühlte sich von diesem Programm ein wenig übergangen. Er schüttelte den Kopf.

»Noch etwas«, sagte er. »Wir müssen heiraten. Ein junges Mädchen und ein Mann, selbst wenn er solch ein Philosoph ist wie ich, können nicht einfach so auf einem Floß über den Ozean treiben. Sie müssen in den Ehestand treten, sonst verstoßen sie gegen alle Regeln des Anstands.«

Heiraten! Miss Roe starrte das gottähnliche Wesen vor ihr an, Überraschung im Gesicht, die in Verärgerung überzugehen drohte. Wie konnte er dieses Wort nur so nüchtern und sachlich aussprechen! Nie, niemals, nicht in ihren wildesten Träumen...

»Aber wie sollen wir denn heiraten?« sagte sie. »Hier gibt's ja weder Kirche noch Pfarrer.«

»Auf hoher See ist eine Eheschließung vor Zeugen völlig ausreichend. Ihr junger Freund hier ist ein vernunftbegabtes Wesen. Er eignet sich bestens zum Zeugen.«

Miss Roes Augen begannen zu glänzen. Dies ließ die Dinge in einem völlig anderen Licht erscheinen. Wenn sie mit Mr. Myrdal *verheiratet* wäre, dann würde er bestimmt nicht mehr so einschüchternd auf sie wirken, und war sie erst mit dem Status einer Ehefrau gesegnet, dann würde sie auch die Erhabenheit ihres zukünftigen Lebens ertragen, das vor allem darin bestand, über den Pazifik zu gleiten und einer Maus Strindberg vorzulesen.

»Aber hören Sie zu«, sagte er. »Keine Kinder!«

»Keine Kinder?« Sie war schrecklich niedergeschlagen. »Aber wenn doch die ganze Welt von Mäusen überrannt zu werden droht, dann ist es doch zweifellos unsere Pflicht-----«

»Meiner Überzeugung nach ist die menschliche Gattung zum

Aussterben verurteilt. Und uns fällt nicht die Aufgabe zu, ihren Todeskampf zu verlängern.«

»O je«, sagte Miss Roe wieder.

Die schlichte Hochzeitszeremonie fand statt. Danach ließen sich Olaf und Afi, die Gefallen aneinander gefunden hatten, zu einer Diskussion der Kantschen Philosophie auf den Holzbohlen des Floßes nieder.

Miss Roe, jetzt Mrs. Myrdal, streckte sich in den Strahlen der untergehenden Sonne neben ihnen aus, stützte ihr Kinn auf die Hände, beobachtete die beiden und kam zu dem Schluß, daß er ihr gefiel, ihr frisch gebackener Ehemann. Ein wenig kindisch war er vielleicht, mit all seinen Phantastereien im Kopf; ein bißchen zu gewichtig und würdig, aber doch so überaus freundlich. Und alle Männer brauchten schließlich eine feste Hand, man mußte sie lenken und leiten. Das mit den Kindern war allerdings zu schade. Sie hatte bereits den Plan gefaßt, ihn zu fragen, ob sie sich nicht ein Stück von seinem langen goldenen Barthaar abschneiden dürfe. Es würde sich wunderbar zu kleinen Babystiefelchen verstricken lassen.

Nun ja – sie streckte und räkelte sich in der letzten Abendsonne – sie hatte genug Zeit. Sie würde ihn schon dazu bringen, seine Ansichten zu ändern.

Seemannslegenden

Was war das doch für eine schöne Stelle! Die Straße wand sich wie ein Korkenzieher zu ihr hinunter, die so tief unten dalag, so grün zwischen diesen hohen Ufern, und überall war es so still, nur eine Lerche stand ganz hoch am Himmel und tickte wie eine Uhr. Oft herrschte dort Nebel, durch den die Sonne lugte, und dann glänzten alle Tropfen auf den Telegraphendrähten und den Dornenhecken heller als Engelsaugen.

Diese Stille, die grüne atmende Feuchtigkeit, die Lichtflecken, die von der nassen Straße zum Himmel zurückgeworfen wurden: all dies blieb einem im Gedächtnis – und der Duft von Schlüsselblumen. Ich glaube, dort wuchsen Schlüsselblumen das ganze Jahr über, obwohl die Leute das bestritten.

Als ich zum ersten Mal dorthin kam, war ich von einem Wrack heruntergespült und wie ein Stück Treibholz auf einen schwarzen Felsen der nördlichen Klippen geschleudert worden. Blind von der Gischt und zerschlagen krabbelte ich benommen nach oben und zerrte meine Seekiste hinter mir her. Oben angelangt, schaute ich zurück: meilenweit nichts als ein wogendes Chaos aus gierigem Schaum; kein Zeichen von meinem Schiff oder der Mannschaft außer einer Spier oder zwei, die auf dem dunklen Meer trieben. Später erfuhr ich, daß ein Atlantiklinienschiff sie alle aufgefischt hatte, aber damals fühlte ich mich wie der einzige Mensch auf der Welt.

Ich war vollkommen fertig: ich pfiff fast aus dem letzten Loch. Ich stolperte vorwärts über Heidekraut und Ginster auf Fernhoe zu. Bloß wußte ich das damals nicht. Ganz plötzlich war da eine Biegung, der Himmel wurde weiter und ich stand am oberen Ende des Feldwegs, einige nannten ihn Sugarfoot oder Deepsea Lane.

Jetzt ging es bergab. Kein einziger Vogel war in der Gegend zu hören, nur manchmal stimmte ein Brachvogel sein trauriges Lied an. Nach jeder Biegung erwartete ich, Häuser zu sehen, denn der Weg wirkte, als sei er sonst belebt, zweckdienlich. Er führte auf schnellstem Weg irgendwo hin. Manchmal schoß ein Bach neben dem Weg her, manchmal hielten große Eiben trübsinnig Wacht auf der Böschung oder eine Allee silbriger Buchen leistete mir ein Stück des Weges Gesellschaft. Dann kam ich über eine kleine Anhöhe, und dahinter ging es fast senkrecht hinunter auf dem steilsten, am tiefsten eingeschnittenen Hohlweg, den je eines Menschen Fuß betreten hatte.

Dies wäre *die* Stelle für Schneeglöckchen, dachte ich, und dann war ich um die Kurve und mitten im Dorf.

Überall standen da weiße Häuser so in der Landschaft, ein Fleck Gras wuchs in der Mitte, wo der Bach murmelte, Fuchsien, Palmen und Kohlköpfe wuchsen wild durcheinander.

Ein Junge spaltete Holzstämme auf einer freien Fläche neben dem nächsten Haus. Ich ließ meine Kiste aus dem verkrampften Arm fallen und ging zu ihm hinüber. Er richtete sich lächelnd auf und verdrehte angesichts des strahlenden Himmels die Augen. Achtzehn oder neunzehn mochte er sein, braunhaarig und blauäugig. so wie einige im Südwesten aussehen, und sein Kopf hatte die Form und die Farbe einer glänzenden Haselnuß.

»Kann ich in diesem Dorf irgendwo übernachten?« fragte ich.

»Meine Mutter, die Witwe Santo, nimmt ab und zu Seeleute auf«, sagte er.

»Ich bin Seemann«, sagte ich. »Ich wurde ganz dahinten an Land gespült. Mein Schiff ging gestern abend unter – die *Happy Alice* aus Bristol.«

»Ja, das ist hier 'ne üble Küste«, sagte er und nickte. Er hob seine Axt hoch und hieb sie in einen Holzklotz, dann schüttelte er sich das Haar aus dem Gesicht und sagte: »Ich werde Sie zu ihr bringen.«

Die Witwe Santo ließ mich an einen Obstgarten denken: frisch und friedlich und lieblich duftend. Sie gab mir eine Schüssel mit kaltem Wasser zum Waschen, und danach ließ ich mich auf eine weiße Bettdecke fallen und schlief den ganzen Tag über bis in die Dämmerung hinein.

»Fernhoe ist ein ruhiger Ort«, sagte sie beim Tee. »Niemand redet hier viel. Und in Coldharbour redet man überhaupt nicht.«

»Wo liegt Coldharbour?«

»Das Tal hinauf.« Sie zeigte nach Westen. »Sie folgen der Straße, dem Bach, und dann sind Sie da. Und hinter Coldharbour ist die Welt zu Ende. Dort beginnt das Hochmoor, und die Kliffe sind ganz nah. Dort oben ist man völlig ungestört. Wenn jemand glaubt, es wäre hier nicht friedlich genug, dann geht er meistens nach Coldharbour hoch.«

Fernhoe war bestimmt alles andere als laut. Frühmorgens konnte man einen Hahn krähen hören oder einen Spaten, der auf Stein stieß, und das war's denn auch. Coldharbour jedoch war noch ruhiger.

Nachdem ich mich zwei oder drei Tage ausgeruht hatte, ging ich dort hoch. Das Dorf war kleiner als Fernhoe, es drängte sich um eine Brücke über den Bach, der dort voll, sanft und lautlos dahinströmte. Pfeife rauchend, mit Rosen in den Knopflöchern, standen dort die Alten in der Sonne, und ihre Frauen saßen in den Eingängen und enthülsten Erbsen. Wenn man vorbeiging, lächelten sie, sagten aber nie etwas.

Hinter dem Dorf stieg der Berg steil an bis zu einem Kliff. Wenn man dort stand, konnte man manchmal ein fernes Dröhnen und Brausen eher fühlen als hören, wenn das Meer sich wütend gegen die jenseitigen und nördlichen Felsen warf. Eine Art Summen und Zittern lief dann durch das Dorf, danach herrschte wieder Ruhe bis zum nächsten Mal.

»Wissen Sie, das Tal hat die Form eines Hufeisens: wir sind an dem einen Ende und die an dem anderen«, sagte Charley Santo eines Abends, als er so dasaß und auf ein Stück Seil einhieb. »Man ist in Coldharbour der See näher als hier.«

»Du würdest einen guten Seemann abgeben«, sagte ich zu ihm und schaute auf seine geschickten Hände. »Heuerst du das nächste Mal mit mir an?«

»Ich gehe nie von hier fort.« Er lächelte breit, und ich wußte, er würde nicht abhauen; ich könnte ebenso gut versuchen, einen Vogel dazu zu bringen, sein Nest zu verlassen und in meiner Tasche zu leben.

»Nun, ich muß wieder fort«, sagte ich eines Tages zu Mary Santo. »Zeit, mir ein neues Schiff zu suchen. Ich werde Sie und Charley aber vermissen, ich habe mich hier richtig wohl gefühlt.«

»Sie kommen bestimmt mal wieder her«, sagte sie. »Wie die meisten anderen auch.«

Ich spürte, daß sie recht hatte.

»Kann ich meine Kiste hierlassen?« fragte ich. »Da ist nur altes Zeug drin. Es lohnt sich nicht, sie mitzuschleppen.«

Sie zögerte. Ich hoffte fast, sie würde ja sagen. Ich fühlte, ein Herumtreiber wie ich brauchte einfach so eine Kiste, die ihn hierher zurückbringen würde. Aber dann schüttelte sie schließlich doch den Kopf.

»Vielleicht bringt mir das Unglück«, sagte sie. »Sachen, die nicht benutzt werden, vergammeln und werden zu Gift. Sie nehmen sie doch besser mit.«

Und damit winkte sie mir zum Abschied und Charley stand neben ihr.

Ich heuerte auf einem Kaolinschiff in St. Maul an, und bald danach wendete sich mein Schicksal. Ein glücklicher Zufall und dann noch einer, ein guter Erlös, ein unverhofftes Erbe von einer alten Tante, ein Anteil an einer Bergung machten es möglich, und im Handumdrehen konnte ich mir mein eigenes altes Trampschiff von einem Kapitän kaufen, der sich dem Trunk ergeben und es hatte verkommen lassen. Sie hieß *Katharina*, ein Schiff aus Norwegen.

Nur einer von der Mannschaft kam mit zu mir, ein Bursche, der eben erst angeheuert hatte. Er hieß Lars und stammte von einer Schäre hoch im Norden, wo die Mitternachtssonne scheint und statt Gras Moos wächst. Lars war mehr als zwei Meter groß, hochaufgeschossen und schlaksig, mit weißblondem Wuschelhaar und einer Nase, die rot vom Sonnenbrand war.

»Hej!« rief ich am ersten Tag, als er mir beinahe eine Teertrommel auf den Kopf fallen ließ, »seit wann bist du eigentlich Seemann?«

Grinsend erzählte er mir, daß er gerade von der Schule abgegangen und dies seine erste Reise sei.

»Ich will es aber bald lernen«, sagte er. Und so war es denn auch. Er war flink und gewandt: ein tüchtiger Bursche.

Er hatte eine Geige dabei, und wenn es nichts zu tun gab, setzte er sich auf den Lukenrand und entlockte ihr Melodien, daß einem das Herz im Leibe tanzte oder einem vor Kummer und Gram fast das Blut in den Adern gefror. Manchmal kam es mir sonderbar vor, daß er soviel Freude, Staunen und Verzweiflung in sich trug, aber nichts davon wußte: wenn er seine Geige wieder absetzte, war er nichts als ein schlaksiger Bursche von zwei Meter zehn. Er alberte gern mit den Männern herum und nannte mich Paparuto, nach einem Buch, das er gelesen hatte. Von einem anderen Jungen hätte ich mir das nicht gefallen lassen, aber er sagte es im Spaß, nicht aus Respektlosigkeit. Er war ein guter Junge.

Ich entsinne mich an einen ruhigen warmen Abend vor Gibraltar – eine ganze Armee von Schwalben hatte sich in der Takelage niedergelassen und zwitscherte klagend und fröhlich – er hatte auf seiner Geige gespielt, und als er sie beiseite legte und die Männer, die sich zum Zuhören um ihn geschart hatten, gegangen waren, kam es mir plötzlich in den Sinn, ihm von Fernhoe und Coldharbour, von der Witwe und Charley Santo zu erzählen.

Es war schon merkwürdig, an Lerchen und Schlüsselblumen zu denken in dieser warmen Abenddämmerung auf dem Mittelmeer mit dem lauten Stimmengewirr auf den Schiffen um uns herum, dem gutturalen Geschrei und der Akkordeonmusik, die von dem italienischen Küstenfahrer neben uns herüberdrang.

Lars war ganz versessen darauf, alles zu hören, was ich ihm erzählen konnte. »Das klingt ja wie ein Ort, von dem ich einmal in einem Buch las«, sagte er. Ein großer Leser war er in der Tat.

»Ich möchte, daß du Charley Santo kennenlernst«, sagte ich. Irgendwie spürte ich, wie wichtig es wäre, daß die beiden Jungen einander kennenlernten, mir war fast, als gehörten sie zusammen. Charley besaß allerdings eine innere Ruhe, die Lars fehlte, der unruhig und verspielt wie ein junger Fuchs wirkte; mir schien, Charley könnte Lars etwas Wichtiges beibringen.

Merkwürdig war nur – obwohl Lars mich gern vom Dorf erzählen ließ und mich mehrmals bat, es ihm genau zu beschreiben – wenn ich zuviel von Charley erzählte, wurde er immer verdrießlich. Anscheinend brachte dies eine kindische unglückliche Seite seines Charakters ans Tageslicht. Ich kam schließlich dahinter, daß dies mit seiner Kindheit zu tun hatte. Kurz nach seiner Geburt war seine Mutter davongelaufen und ihr Name wurde nie wieder erwähnt. Sein Vater, ein Pastor, war ein schroffer, schweigsamer, in sich gekehrter Mann. Der Junge war völlig sich selbst überlassen, nur seine Geige und seine Bücher leisteten ihm Gesellschaft. Ehe er zur Schule ging, hatte er niemals Jungen seines Alters kennengelernt.

»Hast du deine Mutter nie wiedergesehen?« fragte ich ihn einmal. »Sie ist gestorben... Nein, ich habe sie nie gesehen. Einmal fand ich ein Bild von ihr.«

Er zeigte es mir. Es war sehr zerknittert und hatte einen pelzigen Schimmer, weil er es immer in seiner Brieftasche bei sich trug, und man konnte nicht viel erkennen außer einem lachenden, von blondem Haar umrahmten Gesicht, das auf verschränkten Fingern ruhte, so wie man damals eben Photos machte. Sie sah Lars wirklich ähnlich, das konnte man sehen. Ich hätte sie gerne kennengelernt, diese Mutter, die weglaufen und ihren Jungen im Stich lassen konnte.

Natürlich wollte ich ihn zu Mary Santo bringen.

So streiften wir auf allen Meeren umher, bis wir so etwa an Weihnachten darauf – Weihnachtszeit war es auf jeden Fall – in Plymouth anlegten. Sie werden es kaum glauben, aber ich war aufgeregt wie ein kleiner Junge bei dem Gedanken, meine Freunde in Fernhoe wiederzusehen und ihnen Geschenke mitzubringen. Natürlich sollte Lars mitkommen und ihnen vorgestellt werden.

Zunächst schien es, als sei er bereit dazu, aber wir mußten zwei oder drei Tage in Plymouth bleiben, und ich hatte alle Hände voll mit der Ausbesserung zu tun. In dieser Zeit ließ er sich mit einem Mädchen ein. Wenn man ihn reden hörte, konnte man meinen, sie wäre das achte Weltwunder, aber ich hatte eine Menge Freunde in Plymouth und so dauerte es nicht lange, da bekam ich ein oder zwei Geschichten über sie zu hören, die mich besorgt machten. Melina Yeo war ihr Name, halb griechisch, halb aus Devon, eine heikle Mischung. Der Junge war verrückt nach ihr, und als ich ihn nach Beendigung meiner Arbeiten am Nachmittag des Heiligen Abends einlud, mit mir nach Fernhoe zu fahren, verfiel er in mißmutiges Schweigen. Melina wollte, daß er sie an jenem Abend ausführte, obgleich er sie schon jeden Abend zuvor ausgeführt und sein Geld bis zum letzten Penny für sie ausgegeben hatte.

Schließlich brachte ich ihn fast mit Gewalt dazu, mich zu begleiten.

Der Bus fuhr nicht ganz bis zu unserem Ziel. Wir fuhren mit bis zu einer Kreuzung auf der Heide, dann mußten wir aussteigen und zu Fuß gehen. Ich wäre gerne früher losgekommen, wurde aber aufgehalten, weil ich auf eine Proviantlieferung wartete. Die frühe Winterdämmerung hatte schon eingesetzt, als wir losfuhren.

Sie können sich denken, was geschah. Ehe wir ein paar von den zehn Meilen, die zwischen uns und Fernhoe lagen, zurückgelegt hatten, war es stockdunkel und es begann zu schneien. Nach ungefähr einer Stunde mußte ich gestehen, daß ich jede Orientierung verloren und mich ganz und gar verirrt hatte.

Wir hatten Glück, daß wir hoch oben auf der Heide eine Scheune mit etwas Heu darin fanden, wo wir wohl oder übel den Heiligen Abend verbrachten.

Lars war furchtbar sauer; ich hatte ihn bisher noch nie so erlebt. Gewöhnlich überwand er schlechte Laune recht schnell.

»Wenn ich daran denke, daß ich jetzt bei Melina sein könnte«, murmelte er vor sich hin, als wir es uns, so gut es ging, in dem spärlichen Heu, das mehr als zur Hälfte aus Marschried und Disteln bestand, bequem machten.

»Sei lieber dankbar, daß du es nicht bist, mein Junge«, sagte ich, gereizt, weil ich uns durch mein Versagen in die Irre geführt hatte. »Sie hätte dir jetzt den allerletzten Penny aus der Tasche gezogen. Wo ich dich jetzt hinbringe, hilft man den Seeleuten, anstatt sie zu berauben.«

»Wo du mich hinbringst!« stieß er aus. »Wo du mich hinbringst, das gibt's doch gar nicht! Hast du das noch nicht gemerkt? Es ist ein Traumdorf, das auf keiner Landkarte steht. Natürlich hast du es nicht gefunden und wirst es niemals finden! Ich weiß alles darüber. Es kommt bei Homer und in den nordischen Sagas und den Indianerlegenden vor –«

»Heißt das, du hast da gesessen und hast mir zugehört, wie ich von dem Ort erzählte, und hast mir nicht geglaubt –?«

»Gewiß habe ich dir kein Wort geglaubt«, sagte er. »O ja, ich weiß, daß *du* es geglaubt hast – aber du bist schlafgewandelt oder hattest einen Schock, und es war alles nur eine Halluzination! Dein Fernhoe ist nichts als Seemannsgarn!«

»Morgen früh zeige ich dir, daß es das nicht ist«, sagte ich und rollte mich im kärglichen Heu zusammen. Aber bis in den Schlaf hinein quälte mich die herbe freudlose Gewißheit, die in seinen Worten gelegen hatte. Hatte er möglicherweise doch recht? Konnte es sein, daß alles ein Traum gewesen war?

Als ich nach kurzem Schlaf durchgefroren noch vor der Morgendämmerung aufwachte, stellte ich fest, daß ich Lars nichts beweisen können würde, selbst wenn ich Fernhoe fände – denn er war fort.

Wahrscheinlich hatte er gewartet, bis ich eingeschlafen war. Die Fußspuren, die er im Schnee hinterlassen hatte, führten zurück in Richtung Plymouth.

Ich schlug die entgegengesetzte Richtung ein. Aber wenn man sich erst einmal in diesen Hochmooren verirrt hat, dann ist man wirklich verloren. Obwohl ich den ganzen Weihnachtstag über suchte, fand ich meine Landmarken nicht wieder und mußte schließlich umkehren, auf der Hauptstraße ein Auto anhalten und jede Hoffnung aufgeben, meine Freunde wiederzusehen.

Die ganze Zeit über quälten mich die Gedanken an Lars wie ein neuer Gichtknoten voll unbezwingbarer Schmerzen.

Als ich endlich mein Schiff erreichte, war die Mannschaft schon an Bord: um Mitternacht sollten wir auslaufen. Der einzige, der noch fehlte, war Lars; er tauchte sehr spät auf, ohne seinen Dufflecoat und ohne Geige, und vermied es, mir in die Augen zu schauen.

Es war eine kurze traurige Fahrt. Irgendwie spürte ich – und ihm, glaube ich, ging es ebenso – daß ich es nicht ertragen konnte, mit Lars zu sprechen. In Marseille machte er sich aus dem Staub, und ich machte keine Anstrengung, ihn zurückzuholen. Einer der Männer erzählte mir später, daß er seine Geige verkauft habe, um dem Mädchen etwas zu kaufen, und daß sie ihn eiskalt verlassen habe und mit einem anderen gegangen sei, nachdem sie ihn völlig ausgenommen hatte.

Noch Monate später fühlte ich mich, als hätte ich einen Sohn verloren. Schlimmer noch, auch die Erinnerung an Fernhoe war irgendwie dunkel und verworren; ich war mir nicht sicher, daß ich, selbst wenn ich es wiederfinden sollte, die Rückkehr ertragen könnte. Mit Absicht hielt ich mich auf anderen Meeren auf, fern vom Bristol Channel und dem Sund von Plymouth.

Die Zeit verging. Ich wurde nicht jünger und, was schlimmer war, immer stärker von Arthritis geplagt, wußte ich, daß ich demnächst meine letzte Fahrt antreten und der alten *Katharina* Lebewohl sagen müßte, um mich endgültig an Land zur Ruhe zu setzen. Und wer würde mich aufnehmen, wo könnte ich mich niederlassen?

In einem verdammten kleinen Hafen am Mittelmeer – in letzter Zeit hielt ich mich vorwiegend dort auf, wo es warm war – bat mich der britische Konsul, einen in Not geratenen Seemann mitzunehmen – er sei zwar kein Engländer, wohl aber seine verstorbene Mutter, und er sei krank und tue dem Konsul leid.

Sie können sich natürlich denken, wer es war.

Ich war entsetzt, als ich ihn sah. Er war um zwanzig Jahre gealtert und abgemagert, seine Knochen standen heraus wie die Spanten eines Wracks, sein Gesicht war eine hagere bleiche Muschel mit einem Rauschebart. Aber seine Augen waren so blau wie je.

»Was hast du denn so getrieben?« fragte ich.

»Mir die Welt angeguckt«, sagte er und hustete. »Seemannslegenden gesammelt.« Die Spur eines Grinsens überzog sein Gesicht. Ich wollte, daß er sein armseliges verbrauchtes Gerippe unten in eine Koje legte, aber er wollte nichts davon wissen und sagte, er würde die Überfahrt abarbeiten, egal, wo wir hinführen. Zufällig hatte man mir eine Ladung Tabak für Bristol offeriert, und ich hatte gerade akzeptiert, wohl wissend, daß durch die

Rückkehr in einen Heimathafen diese Reise meine letzte sein würde.

Lars sagte, Bristol sei ihm schon recht, er könne sich dort ein norwegisches Schiff aussuchen und heimfahren. Er wolle zurückkehren, sagte er, und versuchen, jemanden von der Familie seines Vaters aufzuspüren. Ich zweifelte allerdings daran, ob er die Reise überstehen würde: immer, wenn er hustete, war es, als wollten alle seine Rippen auseinanderbrechen.

Oben im Bristolkanal gerieten wir in einen Novembersturm; ich hatte manches Mal schon schlimmeres Wetter erlebt, aber ich war besorgt, wollte ich doch das Schiff unbeschädigt in den Hafen bringen. Ich war wehmütig, weil dies meine letzte Fahrt war, außerdem todunglücklich wegen Lars. Das Schiff heil durch den nächtlichen Sturm zu bringen, ging fast über meine Kraft. Lars überraschte mich. Er hatte offensichtlich eine Menge auf seinen Fahrten durch die sieben Meere gelernt und war trotz seines Hustens in dem Sturm so tüchtig wie zwei Männer.

Und dann, als der Sturm sich schon fast gelegt hatte und die See ruhiger wurde, passierte es mir dummerweise, daß ich wie ein Anfänger über Bord fiel – hundemüde war ich und steif, und so haute mich eine quer laufende Welle einfach aus den Socken.

Keiner von der Mannschaft sah, wie ich über Bord ging. Es war dunkel, und alle Mann standen auf der anderen Seite und vertäuten einen Teil der Deckladung, der sich loszureißen drohte. Ich wußte, daß ich mit meinen gichtigen Gelenken nicht schwimmen konnte. Ertrinken ist 'ne Todesart wie jede andere auch, sagte ich mir... und dann war Lars neben mir, sein Bart war tropfnaß, und seine Augen glänzten im Dunkeln.

»Auf den Rücken«, sagte er. »Ruhig, ich hab' dich.« Sein Arm drehte mich um.

»Verrückter Junge –« keuchte ich. »Warum hast du's nicht einem von der Mannschaft gesagt –?«

»Keine Zeit. Spar deine Luft fürs Schwimmen.«

Ich suchte die Dunkelheit nach den Lichtern eines Bootes ab – umsonst. Die *Katharina* war wie vom Erdboden verschluckt. Höchstwahrscheinlich hatte niemand unsere Abwesenheit bemerkt und wenn, welche Chance hatten wir überhaupt, von ihnen entdeckt zu werden?

»Das hättest du nicht tun sollen, Lars.«

»Spar den Atem fürs Schwimmen«, sagte er noch einmal. Seinen konnte ich in seiner Brust rasseln hören wie eine defekte Pumpe. Aber trotzdem schaffte er es, uns im Wasser voranzubringen. Ich konnte nicht viel helfen, meine Beine fühlten sich taub und steif an, als ob sie mir gar nicht mehr gehörten.

Nach einiger Zeit hörten wir immer deutlicher Brandungswellen und – welch unglaubliches Wunder – dann sah ich in der kalten Dämmerung des Wintertages zum zweiten Mal jene schwarzen Klippen, die ich vor so vielen Jahren erklommen hatte.

»Fernhoe«, keuchte ich. »Oberhalb von den Klippen. Fernhoe und Coldharbour.« Ich spürte, wie mein Arm gegen einen Felsen schrammte und dann hoben mich eine Welle und Lars, der von unten drückte, mit vereinter Kraft auf ihn hinauf. Ich packte eine Felsnase und griff nach unten, um ihn emporzuziehen, aber die gleiche Welle riß ihn beim Zurückrollen mit sich fort.

»Ich bin erledigt, Paparuto«, flüsterte er. »Ich schaff's nicht.« Und er versank wie ein Stein.

So sitze ich jetzt hier auf den gischtbesprühten Felsen und warte auf den Sonnenaufgang. Werde ich mit meinen tauben, steifen alten Gelenken das Kliff erklettern können, das mir vor fünfzehn Jahren beinahe zu steil war? Oder wird die steigende Flut mich wie ein Bündel nasses Stroh von den Felsen schwemmen?

Was auch geschehen mag, ich mache mir darüber nicht allzuviele Sorgen. Ich denke die ganze Zeit über an Lars. Irgendwie glaube ich, daß ich ihn wiedersehen werde, und zwar bald. Und ob es in Fernhoe sein wird, wo die Leute kaum etwas sagen, oder in Coldharbour, wo sie überhaupt nichts sagen, was liegt schon daran?

Kricket

Aus dem Faulbehälter war seit mehreren Tagen ein hartnäckiges Klopfen zu hören, und allmählich war der Verdacht nicht mehr von der Hand zu weisen, daß jemand darin eingeschlossen sein mußte.

Die Beauclerks waren zu vorsichtig, nein, wohl eher zu knauserig, um irgend etwas zu dem Zweck zu verwenden, für den es eigentlich bestimmt war, folglich diente der Behälter als Aufbewahrungsort für Einmachgläser, Zuckerseife, Koffer, Weihnachtsliedertexte und andere Dinge, die nur einmal im Jahr verwendet wurden. Einem entlegenen Teil des Obstgartens, Belvedere genannt, war die Funktion der Toilette zugewiesen worden, denn das eigentliche stille Örtchen beherbergte lebende Köder.

Mrs. Beauclerk war gerade damit beschäftigt, in der heißen Nachmittagssonne Späterbsen einzusäen, als der Reverend Henry Dottel auf seinem Fahrrad über den Rasen geschwankt kam.

»Sieht ganz ähnlich aus wie Tomatensuppenpulver, finden Sie nicht?« sagte sie, richtete sich auf und kratzte sich mit einer so würdevollen und archaischen Geste wie ein Priester bei einem strengen Ritual mit dem Pflanzholz den Rücken. Mr. Dottel betrachtete argwöhnisch die Mischung aus rotem Blei und Paraffin, die sie in ihrer Kasserolle hatte. Sie sah wirklich so ähnlich aus wie Tomatensuppe mit ein paar getrockneten Erbsen darin, und er hielt Mrs. Beauclerk durchaus für fähig, das Zeug bei Tisch zu servieren.

»Wenn Sie einmal meinen Gatten begraben müssen, sollten Sie vorher lieber eine Autopsie beantragen.«

Die tiefe Stimme über seinem Kopf ließ ihn zusammenfahren. Sie hatte seine Gedanken bestürzend genau erraten, und es war einfach ungerecht, daß sie so viel größer war als er; sie türmte sich wie eine primitive afrikanische Göttin über ihm auf.

»Sie möchten bestimmt mit Fred sprechen«, sagte sie, und tatsächlich schwang sich der Admiral bereits in seinem Stuhl, einem Zwischending zwischen einer Seilschwebebahn und einem hoch oben von Baum zu Baum geführten Förderband, durch den Garten.

»Wollen Sie sich mit mir über das Spiel gegen Sleeve unterhalten?« fragte er eifrig, als der Stuhl unter der Florence Court-Eibe zum Stehen kam. »Sie setzen am besten Beeswick als ersten Schlagmann ein. Ich habe die ganze Nacht darüber nachgedacht.«

»Nein, deshalb bin ich nicht hier.« Der Admiral machte ein langes Gesicht. »Mein Anliegen ist ernsterer Natur. Ich möchte Sie noch einmal daran erinnern, daß es Zeit ist, die kleine Daffodil taufen zu lassen.«

Offenbar hatte er allen Mut zusammengenommen, um dieses Thema anzusprechen, aber er traf nur auf Unverständnis; der Admiral wirkte gelangweilt und enttäuscht, während seine Frau sich reserviert und gleichgültig gab und ein paar weitere Erbsen in die Saatrille fallen ließ.

»Das ist wirklich Jaspers Sache«, bemerkte sie. »Schließlich ist er ihr Vater.«

»Mein Sohn wird sich damit befassen«, pflichtete ihr der Admiral bei. »Da ist er ja.«

Der Ehrenwerte Jasper Beauclerk war ebenso groß wie seine Mutter, aber während sie aristokratisch aussah, wirkte er wie ein Barbar. Er kam mit schleichenden Schritten auf die Gruppe zu und schaute dabei ständig nach rechts und links, als könnten ihn nur unsichtbare Palisaden an der Flucht hindern.

»Mr. Dottel möchte die kleine Daffodil taufen«, bemerkte seine Mutter und blickte zu dem zweckentfremdeten Schweinetrog hinüber, in dem ihr Enkelkind strampelte und krähte.

»Nein!« Jasper schrie es fast.

»Aber mein lieber Junge! Nehmen wir doch nur einmal an, sie bekäme Kinderlähmung oder Masern – wir können der Vorsehung danken, daß das sehr unwahrscheinlich ist, aber solche Mißgeschicke kommen immerhin vor – wie würden Sie sich denn fühlen, wenn sie sterben sollte, ohne getauft zu sein?«

»Wenigstens wäre sie dann am gleichen Ort wie ihre Mutter, wo immer *das* ist«, fauchte Jasper wütend und unglücklich.

»Mein Sohn hat den Verlust seiner Frau noch nicht überwunden«, entschuldigte sich der Admiral, während Mrs. Beauclerk Jasper beiseite führte und offenbar tröstend und beschwichtigend auf ihn einredete. »Irgendwie ist es nämlich ein Fehler, diese melanesischen Frauen zu heiraten. Natürlich sind sie großartige Köchinnen, ich habe es noch keinen Augenblick lang bereut, Lobelia geheiratet zu haben, aber manchmal sind sie für das englische Klima eben doch zu zart. Und, was noch schlimmer ist, sie interessieren sich alle miteinander überhaupt nicht für Sport. Ich kann Lobelia nicht einmal dazu bringen, das Testspiel zu verfolgen, und Jasper schlägt ihr nach, obwohl ich mir mit dem Jungen alle Mühe gegeben habe. Und für Daffodil, die diesen Zug von beiden Eltern geerbt hat, sehe ich verdammt wenig Hoffnung.«

Jasper und seine Mutter hatten ihre Unterredung beendet und kehrten zu den beiden anderen zurück.

»Gehen wir doch zum Mühlgraben hinunter, Mr. Dottel«, schlug Mrs. Beauclerk vor. »Da unten ist es kühler, und wir können die Sache viel gemütlicher besprechen.«

Jasper protestierte mit unverständlichen Lauten, aber sie brachte ihn mit einer ruhigen, überlegenen Geste zum Schweigen.

Der Admiral sah ihnen mißtrauisch nach, als sie den ausgedörrten Rasen überquerten.

»Sie müssen verstehen«, fuhr Mrs. Beauclerk fort, »der letzte

Wunsch meiner Schwiegertochter war, daß das Baby *nicht* getauft werden sollte. Sie gehörte ebenso wie ich der Kiya-Religion an, die natürlich eine Art von Sonnenverehrung ist.«

»Blankes Heidentum«, sagte Mr. Dottel schaudernd. »Einige der Anhänger sind doch auch Kannibalen, nicht wahr? Natürlich möchte ich Ihnen, meine Gnädigste, in keiner Weise zu nahe treten, obwohl man es sehr zu schätzen wüßte, wenn Sie, die Sie schließlich im Herrenhaus wohnen, von Zeit zu Zeit den Morgengottesdienst besuchen würden.«

Mrs. Beauclerk sah ihn zerstreut an, als nehme sie Maß für sein Leichentuch.

»*Jetzt*, glaube ich«, sagte sie zu Jasper, als sie den schmalen Steg über dem Mühlengraben überquerten, und dann packte sie Mr. Dottel bei den Schultern und stieß ihn hinab. Er drehte sich zwei oder drei Mal im Strudel, während Jasper ihn mit einer langen Stange geschickt daran hinderte, wieder herauszuklettern. Nach der vierten Umdrehung versank er und kam nicht wieder zum Vorschein.

»Wir haben immer noch ein Faß Essig«, bemerkte Mrs. Beauclerk zufrieden. »Wenn du es hineinschüttest, müßte er sich bis Sonntag gut halten.«

In diesem Augenblick verkündeten klirrende, rasselnde Drähte die stürmische Ankunft des Admirals, der wie ein Racheengel auf sie herabstieß.

»Ihr habt es also tatsächlich getan!« sagte er. »Ich dachte mir schon, daß ihr so etwas im Schilde führt. Macht so etwas mit Fremden, wenn es denn sein muß, aber wo zum Teufel sollen wir jetzt einen Torhüter hernehmen?«

»Ach wirklich, Fred, er wurde allmählich furchtbar lästig«, verteidigte sich Mrs. Beauclerk. »Für dein Tor findest du sicher leicht jemand anderen.«

»Von wegen! Sag mir nur, wen, in dieser gottverlassenen Gegend!«

»Was ist mit dem Kerl im Faulbehälter?«

»Das ist eine blendende Idee«, sagte der Admiral, und sein Gesicht hellte sich auf. »Natürlich könnte es auch eine Frau sein«, fügte er, wieder in Hoffnungslosigkeit versinkend, hinzu. »Immerhin, einen Versuch ist es wert.«

Er wendete seinen Stuhl und bewegte ihn in fieberhafter Eile auf den Schachtdeckel zu. Die behelfsmäßige Wiege des Babys stand darauf, und es dauerte einen Moment, sie wegzuschieben. Inzwischen wurde das Klopfen von unten aufgeregter und lärmender.

Der Admiral hob die schwere Metallplatte an und spähte durch den Spalt.

»Spielen Sie Kricket?« brüllte er hinunter.

Eine schwache Stimme antwortete. Der Admiral ließ den Deckel los, und er fiel klirrend an seinen Platz.

»Hockey!« sagte er mit angewiderter Miene und manövrierte sich schwerfällig in seinen Stuhl zurück.

Der Davenport-Ballsaal

Es war ein riesengroßes, kaltes, klassizistisches Haus. Aus welchem Zimmer man auch blickte – die Aussicht verletzte einen durch ihre Schönheit. Der Park, von Capability Brown gestaltet, vermittelte den bedrückenden Eindruck, daß nichts von seiner Pracht dem Zufall überlassen worden war. Kein Wunder, daß meine Tante ihn schier unerträglich fand.

Man muß sich vorstellen, wie sie Sommer für Sommer dem Regen zusah, indes der betörende Duft der Glyzinien über feuchtkalten Marmor zu ihr hineinwehte. Man stelle sie sich bei ihren einsamen Mahlzeiten vor, unter dem gelangweilten Blick der Van Dycks und der Gainsboroughs, die so viel weniger schön, so viel weniger repräsentativ waren als sie. Meine Tante war gebürtige Türkin; es hatte einen gewaltigen Skandal, fast diplomatische Verwicklungen gegeben, als mein Onkel Robert, Lord Lavingham, sie aus dem Harem eines beim Sultan in hoher Gunst stehenden Paschas entführt hatte und nächtlicherweise und in großer Eile Konstantinopel verlassen mußte. Die Affäre wurde ausgebügelt, und er ging mit Féridé nach England und heiratete sie.

Ihre Schönheit war mörderisch – es kommt mir kein anderes Eigenschaftswort in den Sinn, das so gut die krummsäbelgleich geschliffene Schärfe dieser Schönheit wiederzugeben vermöchte –, und die Langeweile, der sie ausgesetzt war, eine schwere Kränkung. Aufgewachsen war sie inmitten der Intrigen und Verwicklungen eines Harems, in dem sie Macht und Autorität ausübte. Hier war sie ein Nichts. Sie war eine hochintelligente, hochkultivierte Frau, die es gewohnt war zu gebieten. Hier gab es niemanden, über den sie hätte gebieten können, wenn man von den Schafen und den Pfauen absah und den Rotwildrudeln, die ziellos in der regenverhangenen Ferne umherstreiften. Bald gewann sie die demütigende Erkenntnis, daß ihrem Mann im Grunde seine eigenen Gedanken und seine eigene Gesellschaft lieber waren als das, was sie ihm zu bieten hatte. Er war Gelehrter und leidenschaftlicher Archäologe; ganz hatte er ihr nie verziehen, daß er in der Türkei nicht mehr *persona grata* war und deshalb die in Anatolien begonnenen Ausgrabungen nicht hatte zu Ende führen können.

Nach einem Jahr in der Heimat ging er nach Griechenland. Seine Frau ließ er in England zurück.

Es wäre besser für sie gewesen, wenn ein Kind ihre Zeit in Anspruch genommen hätte. Robert mit seinem gewohnten Sinn fürs Praktische hatte sie veranlaßt, ihre einjährige Tochter Gharuzi in der Obhut einer alten *dadi* im *haremlik* zurückzulassen. Bedauerlicherweise kam ihr ein Jahr darauf zu Ohren, das Kind sei von Naraya, ihrer gefährlichsten Rivalin im Harem, ermordet worden.

Robert war zu jener Zeit in Griechenland. Sie hatte keinen Gesprächspartner. Damals wohnte ich bei ihnen, ein magerer, blasser, altkluger Zehnjähriger. Ich hatte die Gelbsucht gehabt und war der Landluft halber nach Lavingham geschickt worden. Und so vertraute sie sich eben mir an.

Ich saß an einem kalten, unwirtlichen Sommerabend im Grinling Gibbons-Saal, fröstelnd ob seiner Großartigkeit, als sie hereinrauschte und – abwechselnd die einzelnen Landschaftsabschnitte verdeckend – vor den drei hohen Fenstern auf und ab zu gehen begann. Ich beobachtete sie, während ich mein Brot mit heißer Milch löffelte. Sie war sehr blaß, die großen, flackernden Augen schienen durch mich hindurch und über mich hinweg zu sehen. Ich spürte unbestimmt, daß irgend etwas nicht in Ordnung war.

Befangen aß ich zu Ende, eifrig bemüht, nicht mit dem Löffel in der Schüssel zu scharren, und langte nach einer kandierten

Pflaume, an der ich knabberte, indes ich dem ebenmäßigen Rauschen und Schleifen ihres Kleides nachhorchte.

Sie trug ein langes, wallendes Gewand aus meerblauer Seide und um den Kopf wieder den Schleier, den sie auf Roberts Betreiben abgelegt hatte, als sie nach England gekommen war, und über dem man ihre Augen glitzern sah.

Plötzlich fuhr sie herum und kam zu mir an den Tisch. Sie stützte die schönen kleinen, von Ringen funkelnden Hände, zu Fäusten geballt rechts und links neben meinem Teller auf, lehnte sich vor und sah mich scharf an.

»Mein Kind ist ermordet worden«, sagte sie kalt. »Wie findest du das?«

In ihrem Englisch schwang keine Spur von Akzent, aber irgendwie gewann man den Eindruck, als habe sie in ihre Worte einen etwas anderen als den herkömmlichen Sinn gelegt.

Meine Antwort war entsprechend lahm. »Dein Kind, Tante Féridé? Ich hatte keine Ahnung, daß du eins hattest.«

»Gharuzi wäre jetzt fast drei.«

»Es tut mir leid«, sagte ich bedrückt. Die Fremdartigkeit ihres Kummers empfand ich als geradezu bedrohlich, es war wie die erste hautnahe Begegnung mit einer Macht, die stark genug ist, um zu töten.

Und gleich darauf sagte sie denn auch: »Was wäre, wenn ich *dich* vergiften lassen würde?«

Ihre Augen blitzten mich an. Ängstlich musterte ich die kandierten Pflaumen. Ich konnte nicht recht glauben, daß sie es ernst meinte, ebensowenig wie ich glauben konnte, daß eines Tages Lavingham mir gehören würde. Das eine Schicksal schien so unverdient und unausdenkbar wie das andere. Dennoch fürchtete ich mich vor ihr, und mir fiel ein Stein vom Herzen, als sie hinzufügte:

»Schau mich nicht so erschrocken an, ich habe keine Absichten in dieser Richtung. Schließlich und endlich sind wir hier in

England, und in England geschieht so etwas nicht.« Voller Zorn blickte sie hinaus auf das friedliche Wild.

»Was wirst du tun?« fragte ich. Mit der bedingungslosen Hinnahme, die Kindern eigen ist, fiel es mir gar nicht ein, nach dem Aufenthaltsort der Kleinen oder nach den Umständen ihres Todes zu fragen.

»Tun? Nichts. Was könnte ich schon tun?«

Sie ging hinüber in den kleinen, grün getäfelten Raum, in dem ein Spinett stand. Mein Onkel hatte sie in westlicher Musik unterweisen lassen, er hatte es gern, wenn sie ihm Rameau oder Couperin vorspielte, während er zwei, drei Zimmer weiter mit dem Entziffern von Inschriften beschäftigt war und die Musik mit zartem Klingen seine Versunkenheit umwob.

Ich spürte, daß etwas von mir erwartet wurde, obschon ich wußte, daß ich der Lage nicht gewachsen war. So stand ich denn auf und setzte mich neben sie, indes sie ihrem Zorn auf diese zweifelhafte Weise im Spiel Luft machte. Die traurig-wäßrigen Kadenzen rannen durch den Raum und aus dem Fenster, das der draußen rankende wilde Wein mit seinen Blättern fast ganz verdunkelte.

Schließlich fragte ich: »Warum läufst du nicht weg?«

Verärgert klappte sie den Deckel zu. »Wohin sollte ich laufen?«

Nur einmal noch erlebte ich, daß von dem Tod ihres Kindes die Rede war, und auch da geschah dies nur indirekt.

Robert hatte aus Burma ein Pfauenpaar mitgebracht, eine besonders seltene und prächtige Art. Wir standen in dem schwarz-weißen Marmorsaal und bewunderten durchs Fenster, wie sie auf der Terrasse herumstolzierten und sich spreizten.

»Wenn die Sonne sie bescheint, sieht es in der Tat so aus, als ob sie bunte Lichtstrahlen auf den Stein werfen«, sagte mein Onkel in seiner bedächtigen Art. »Ich bin froh, daß ich sie besorgt habe. Sie bringen Browns Landschaft ideal zur Geltung.«

»Und man hat sie natürlich nicht zu fragen brauchen«, ließ sich Féridé mit äußerster Bitterkeit vernehmen, »ob es ihnen etwas ausmachte, auf alles zu verzichten, was sie besaßen, um herzukommen und Ihre Terrasse zu zieren, verehrter Lord Lavingham.«

Robert wandte sich um und sah sie an. Er war groß, und inzwischen weiß ich, daß sie damals beide noch sehr jung gewesen sein müssen, obschon sie mir in jenen Tagen vorkamen wie ältere Herrschaften. Er war langsam in seinen Bewegungen und im Denken, und in seinem Haar zeigte sich schon das erste Grau. Féridé hingegen, stürmisch, ruhelos, ständig in Bewegung, brillierte wie die Pfauen.

»Ich finde diese Bemerkung unpassend«, sagte er steif. Und dann, als sei mit dieser Erklärung die Sache abgetan, fügte er hinzu: »Fahren wir heute nachmittag nach Courcy?«

»Du magst fahren. Ich habe um drei meine Fechtstunde.«

Sie hatte sich der Fechtkunst zugewandt, hauptsächlich wohl wegen ihres dringenden Bedürfnisses nach Anregung, und dreimal in der Woche kam ein Fechtmeister aus London nach Lavingham. Rasch hatte sie sich seine Kunst zu eigen gemacht, und es war eine Freude, sie beim Üben zu sehen, in eng anliegenden schwarzen Hosen und weitem weißen Hemd, blaß, grimmig, konzentriert, anmutig wie ein Reiher, die Degenspitze in einem Lichtkranz flirrend.

Sie und Robert schliefen in entgegengesetzten Flügeln des Herrenhauses, was mich ein wenig verwunderte, denn ich war bislang der Meinung gewesen, Ehepaare schliefen stets in demselben Raum.

Neben Féridés Zimmer lag die frühere Tennishalle, die sie zum Fechtraum hatte umbauen lassen. Ich spielte von der Galerie aus den Zuschauer und wußte – was ihr nicht bekannt war –, daß oft auch Robert leise hinzutrat und sie, ganz hinten im Schatten stehend, beim Üben beobachtete. Er selbst handhabte den Degen mit großem Können, aber mit seiner Frau focht er nie, sei es, weil er es für unter seiner Würde hielt, mit einer Frau zu kämpfen, oder weil er sich der unausgesprochenen Schranke zwischen ihnen bewußt war. Ich wünschte mir sehr, er möge es tun.

Einen Monat, nachdem er die Pfauen mitgebracht hatte, reiste er wieder ab, diesmal nach Ägypten. Wie üblich lud man mich nach Lavingham ein, um Féridé Gesellschaft zu leisten. Besuch bekam sie nie. Zuerst hatte die Ladies der Grafschaft das Wort *Odaliske* abgeschreckt, und als sie schließlich Mut gefaßt und zu dem Schluß gekommen waren, daß Féridé harmlos war, hatte sich diese ihre eigene Meinung über die Damen gebildet und hielt sie sich hochmütig vom Leibe. Die Prunkräume wurden zugesperrt, und sie verbrachte ihre Zeit abwechselnd in ihrem Boudoir, dem Musikzimmer und der Fechthalle.

Als ich diesmal nach Lavingham kam, stellte ich fest, daß sie sich einen neuen Zeitvertreib zugelegt hatte: Sie übte sich im Bogenschießen. Jenseits des Parks stand die Ruine einer mittelalterlichen Abtei, und hier hatte sie von einem der Gärtner eine Schießscheibe anbringen lassen. Das lange, grasüberwucherte Kirchenschiff war als Schießstand gut geeignet. Sie nahm mich jeden Tag mit, und ich lag im Gras und sah zu, wie sie in dem warmen, stillen, ummauerten Raum ihre Pfeile verschoß – wild und angespannt. Manchmal schoß ich auch, aber ich war ihr an Kraft und Geschicklichkeit bei weitem unterlegen. »Warum mußt du so weit gehen, um dich im Bogenschießen zu üben?« murrte ich einmal. »Warum schießt du nicht auf dem Tennisplatz oder auf den Plattenwegen im Garten?«

»Mir gefällt das hier«, erklärte sie und sah mich aus glänzenden grauen Augen an. »Es gefällt mir, weil es nicht Robert gehört und er hier nichts ausrichten kann. Hier kann er keine Pfauen herbringen.«

Allerdings hatte sie wohl vergessen, daß die Ruine auch ihr nicht gehörte, sondern der Öffentlichkeit. Das Grundstück, auf dem sie stand, war zu Gemeindeland erklärt worden. Eines Tages bemerkten wir zu unserem Erstaunen, daß die Westwand, an der Féridés Schießscheibe gehangen hatte, über und über mit den erstaunlichsten Zeichnungen bedeckt war: Wagen, vor die geflügelte Fische gespannt waren, Nymphen und Satyrn, Götter und Teufel, aufgeplatzte Kürbisse, die Drachen spien.

»Offenbar das Werk eines Irren«, sagte Féridé zornig und sah sich nach ihrer Schießscheibe um, die sich in einer Ecke fand. Mit meiner Hilfe hängte sie die Scheibe wieder auf, vor einem Knäuel sich windender Weiber.

Sie ging zum anderen Ende der Ruine und war gerade dabei, ihren ersten Pfeil abzuschießen, als durch eine der Mauerlücken gemächlich ein junger Mann spaziert kam, einen Malranzen von der Schulter nahm und langsam an den Zeichnungen entlangging, um sie genau in Augenschein zu nehmen.

»Geben Sie acht, sonst treffe ich Sie«, rief Féridé mit ihrer kalten, klaren Stimme, und kaum daß er Zeit hatte, sich in Sicherheit zu bringen, hatte sie den Bogen gespannt, ein Pfeil zischte an ihm vorbei und traf mit einem erfreulich satten Laut die Scheibe. Sie holte den nächsten Pfeil aus dem Köcher.

Der Mann wirbelte herum wie von der Tarantel gestochen und stieß einen Ruf der Empörung aus. Féridé nahm keine Notiz von ihm. Sie schoß den nächsten Pfeil ab. Doch war wohl ihre Hand nicht ganz sicher gewesen, denn der Pfeil ging weit an der Scheibe vorbei und lädierte einen Drachen.

»Aufhören«, rief der Mann und ging auf sie zu, wobei er sich wohlweislich aus der Schußlinie heraushielt.

»Weshalb?« fragte Féridé ungerührt. Sie schoß den dritten Pfeil ab.

Jetzt hatte er sie erreicht und stand zornbebend vor ihr.

»Weil Sie mich hätten umbringen können. Und Sie ruinieren mein Bild.«

Er war blaß und stotterte vor Wut.

Wie sie so einander gegenüberstanden, mußte ich an zwei Kampfhähne denken, die es nicht erwarten können, aufeinander loszugehen. Er war ein magerer junger Mann, etwa in Féridés Alter und in ihrer Größe, mit einem lebhaften, ausdrucksvollen Gesicht und glänzenden dunklen Augen.

»Die Ruine gehört nicht Ihnen.«

»Ihnen aber auch nicht.«

»Ich bin Lady Lavingham«, verkündete Féridé. Es war, soweit ich wußte, das erste Mal, daß sie Gebrauch von ihrem Titel machte.

»Von mir aus können Sie Lady Beelzebub sein. Es ist nicht Ihre Abtei. Sie haben nicht das Recht, meine Bilder mit Pfeilen zu bepflastern.«

»Ich schieße, soviel ich will.« Sie zog einen Pfeil aus dem Köcher und legte ihn auf die Sehne. Er griff nach ihrem Handgelenk, und ein paar Sekunden hörte ich sie schwer atmen, während sie Brust an Brust standen.

»Es gibt für Sie doch bestimmt genug andere Örtlichkeiten«, redete er ihr nach einer Pause gut zu. »Warum schießen Sie nicht woanders?«

»Warum malen Sie nicht woanders?«

»Wo zum Beispiel?« fragte er einigermaßen verbittert.

»Von mir aus können Sie sich an den Wänden meines Ballsaales austoben«, sagte Féridé. Dann hatte sie offenbar eine Eingebung. »Ich will Ihnen etwas sagen. Wir machen ein Wettschießen, und wer gewinnt, darf hierbleiben.«

»Ich bin kurzsichtig«, protestierte er, »ich kann nicht schießen.«

»Dann ein Duell. Können Sie fechten?«

»Ja, fechten kann ich«, meinte er einigermaßen überrascht.

»Um so besser. Wenn ich gewinne, schieße ich weiter hier. Wenn Sie gewinnen, bekommen Sie den Ballsaal für Ihre Bilder. Sie können das Jüngste Gericht malen, wenn Sie mögen.«

»Und wo sollen wir fechten?« Er sah sie groß an.

»Zu Hause, dort drüben.« Sie deutete mit der Hand auf eine der Breschen im Mauerwerk, durch die man Lavingham House in vorwurfsvoller Würde auf seiner Hügelkuppe thronen sah. »Wir treffen uns um Mitternacht.«

»Um Mitternacht? Warum nicht früher?«

»Wegen der Dienstboten natürlich«, sagte sie ungeduldig. »Die glotzen uns an und schleichen uns nach und flüstern miteinander, und das mag ich nicht. Kommen Sie jetzt, ich zeige Ihnen ein Pförtchen, durch das Sie heute nacht hereinkommen können. Der Junge wird Sie einlassen.«

Es war das erste Mal, daß einer der beiden in meine Richtung sah.

Schweigend gingen wir zurück zum Haus. Ich erinnere mich noch genau: Es war einer jener grauen Frühsommertage, da das Grün des Laubs den Himmel überstrahlt. Das Gras und alle Bäume prangten in reinem Smaragd. Wären nicht hier und da die Stränge und wehenden Wolken des blühenden Weißdorns gewesen, hätte man den Glanz dieser Farbe kaum ertragen können. Féridé achtete nicht darauf, der kurzsichtige junge Maler aber schritt langsam, mit leerem, verwirrtem Blick dahin wie jemand, der nach einem Leben im Keller Bekanntschaft mit der frischen Luft gemacht hat.

»Da ist es«, sagte sie wenig später und deutete auf die Tür, die aus der Orangerie in den Park führte. »Der Junge ist fünf Minuten vor Mitternacht hier und läßt Sie herein.«

Ich freute mich, daß ich an dem Abenteuer teilhaben sollte.

Nach Mitternacht bezog ich, nachdem ich die Tür der Orangerie geöffnet hatte, meinen gewohnten Posten auf der Galerie der Festhalle. Obschon Féridé gehofft hatte, sich durch ihre Planung der Aufmerksamkeit der Dienerschaft zu entziehen, hörte ich nicht lange nach dem ersten Klirren des Stahls ein empörtes Zischen hinter mir. Als ich mich umdrehte, erkannte ich

Amos, den alten Butler, was mich nicht weiter wunderte. Er schlich ständig hinter Féridé her.

»Dieses Flittchen«, schnaufte er, und seine hervorquellenden kleinen Knopfaugen, die den Fechtenden folgten, rollten von einer Seite zur anderen wie Regentropfen auf einer Reling. »Dazu mußte es ja früher oder später kommen.«

Mir war es gleich, was er dachte, wenn er sich nur ruhig verhielt und den Zweikampf nicht unterbrach. Ich sah es leidenschaftlich gern, wenn gefochten wurde. Vielleicht hoffte er, Lady Lavingham würde den Tod finden. Jedenfalls machte er sich nicht bemerkbar, sondern wartete, bis der Maler Féridé einen leichten Treffer in den Arm versetzt hatte, und entfernte sich dann schlurfend und halblaut über fremdländische Metzen wetternd.

»Sie fechten gut.« Féridé verband sich gelassen die Armwunde. »Ich werde oft mit Ihnen üben. Sie haben einen besseren Stil als mein Fechtmeister. Kommen Sie jetzt, ich zeige Ihnen den Ballsaal. An den Wänden hängen einige Spiegel, aber die können Sie entfernen, wenn Sie wollen, oder um sie herum malen, es ist mir gleich.«

Ich verließ meinen Posten und schlich ihnen nach. Féridé nahm einen Wachsstock mit in den Ballsaal und zündete die Kerzen in den vergoldeten Wandleuchtern an. »Mein Mann hat den Saal neu herrichten lassen«, sagte sie gleichmütig. »Er hat veranlaßt, daß diese weißgoldene Täfelung angebracht wird. Mir ist sie zu schlicht. Sie könnten Ihre Bilder darauf malen, meiner Ansicht nach wird dem Raum das nur gut tun. Wie heißen Sie übrigens? Ich kann nicht ständig *Sie* zu Ihnen sagen.«

»Matthew Davenport«, gab er einigermaßen abwesend zurück, während sein Blick sich an den immensen, herrlich proportionierten weißgoldenen Flächen zwischen den Florentiner Spiegeln weidete. »Ja, diese Wände eignen sich vorzüglich zu dem, was mir vorschwebt. Ich werde zwischen den Spiegeln malen. Wann kann ich anfangen?«

»Morgen – oder gleich, wenn Sie Lust haben.« Sie stand in salopper Haltung neben ihm. Ein seidenes Tuch, das sie um den Hals geschlungen hatte, hielt den verletzten Arm vor ihrer Brust in Ruhestellung. Er war ihr wohl jetzt zum ersten Mal nah genug, um sie deutlich erkennen zu können. Ich sah, wie sich seine Augen weiteten, als er allmählich ihre wilde, irrlichternde Schönheit erfaßte.

»Wollen Sie für mich Modell stehen, Lady Lavingham?«

»Wenn Sie mögen...« Sie lächelte ein wenig. Ich merkte, daß sie begannen, sich füreinander zu interessieren, Gefallen aneinander zu finden, und da ich inzwischen furchtbar müde war, beschloß ich, mich ins Bett zu trollen.

Es handelte sich um eine von Lord Lavinghams ausgedehnteren Reisen, die sich über mehrere Monate erstreckte, so daß Mr. Davenport seinen Gemäldezyklus im Ballsaal fertigstellen konnte, ehe mein Onkel zurückkam.

In diesen Monaten waren Féridé und der junge Maler ständig zusammen. Sie plauderten und sie fochten miteinander, sie ergingen sich im Garten, und er machte zahllose Skizzen von ihr, während sie sich im Bogenschießen oder im Fechten übte. Ich glaube, sie lernte von ihm, in größerer Harmonie mit sich zu leben und besser von Robert zu denken. Nicht lange nach seiner Ankunft beobachtete ich – mit den Augen des Kindes, das sieht, aber nicht versteht – eine eigenartige Wandlung in ihrer Beziehung. Sie wurde locker und distanzierter zugleich, als kenne nun einer die Schwächen des anderen. Irgendwie, soviel wußte ich, mußte dieser Wandel mit einem Amethystring zu tun haben, der vom einen zum anderen wechselte, doch was das zu bedeuten hatte, begriff ich nicht.

Wenn er im Ballsaal malte – häufig vom Tagesanbruch bis in den Abend hinein – war sie immer dabei, sah ihm zu, spielte auf dem Spinett, das sie in den Saal hatte stellen lassen, oder lag auch nur, zur Decke oder aus dem Fenster blickend, auf einer Ottomane, wobei sie genau registrierte, was er tat.

Meist war auch der alte Amos zur Stelle, der durch einen Türschlitz oder ein Guckloch spähte, und wenn er den beiden nicht nachspionieren konnte, betraute er mich damit.

»Was gäbe ich nicht darum, wenn ich meinen Herrn von diesem Treiben in Kenntnis setzen könnte«, murrte er immer wieder. »Wenn ich nur wüßte, wohin er diesmal gereist ist! Ich würde schon dafür sorgen, daß er sogleich zurückkehrt und diese Verworfene mit Sack und Pack aus dem Haus wirft. Nicht auszudenken, wenn Lavingham House einmal einem Balg von ihr gehörte...«

Lange hatte ich in der Vorstellung gelebt, daß Lavingham eines Tages mir gehören würde, und nach dieser Bemerkung sah ich meine Tante Féridé in ganz neuem Licht. Ich strich besorgt um die Schätze herum, die ich fast schon als mein Eigentum betrachtete – den großen, stolz zur Schau gestellten und nur durch eine Vitrine geschützten Lavingham-Diamanten, die illuminierten *Canterbury Tales*, das märchenhafte Silber und Schildpatt, die Bilder und Gobelins. Der Gedanke, das alles könne in die Hände eines anderen Kindes fallen, berührte mich ganz sonderbar.

Mein Onkel kehrte, wie stets, plötzlich und unerwartet nach Hause zurück, mitten in der Nacht. Féridé und Davenport kreuzten in der Fechthalle die Klingen, und ich sah ihnen von der Galerie aus zu. Plötzlich hörte ich es hinter mir im Dunkeln gehässig und langatmig flüstern:

»...immer zugange, Tag und Nacht, nie hätte ich gedacht, daß ich auf meine alten Tage so was noch würde erleben müssen. Euer Lordschaft sehen es ja selbst. Einen Skandal in der ganzen Grafschaft hätte es gegeben, hätte ich nicht den anderen Dienstboten die Entlassung angedroht, wenn sie sich erdreisteten, auch nur einen Ton verlauten zu lassen. Sie dürfen es mir glauben,

Mylord, eine – eine Brutstätte des Lasters ist dieses Haus, seit Sie weg sind.«

»Ach ja?« Mein Onkel beobachtete Schwung und Gegenschwung von Féridés weißem Ärmel. Eine Brutstätte, dachte ich. Was für eine abwegige Bezeichnung für dieses düstere Arsenal kalter Pracht.

»Aber Euer Lordschaft sehen ja selbst. Auf frischer Tat ertappt, wie man so sagt.«

Und mit dieser Feststellung hatte er so Unrecht nicht, denn er hatte noch nicht ausgesprochen, da verwundete Féridé, die durch ständige Übung Davenport in der Kunst des Fechtens übertroffen hatte, ihren Gegner an der Schulter. Er taumelte, rutschte aus und stürzte, versuchte aber gleich wieder aufzustehen.

»Bleib«, sagte sie scharf, kniete sich neben ihn und untersuchte die Wunde, die sie dann sachkundig versorgte. In diesem Moment stieg mein Onkel die Stufen der Galerie hinunter.

»Ist dies nicht eine etwas ungewöhnliche Zeit für Fechtübungen?« erkundigte er sich frostig.

Féridé freute sich sichtlich, ihn zu sehen. »Robert! Ich frage mich schon die ganze Zeit, wann du wohl kommst. Ich habe eine Überraschung für dich.«

Der alte Amos schlich an uns vorbei. »Guter Gott, jetzt hat sie ihn wohl gar umgebracht. Was um Himmels willen machen wir denn nun?«

»Natürlich habe ich ihn nicht umgebracht«, fuhr Féridé ihn an und wischte sich die Hände an einer sauberen Serviette ab. »Mach die Augen auf, Matthew. Amos, geh und hol Brandy, statt hier herumzustehen und zu kollern wie ein alter Truthahn.«

»Ja, geh, Amos«, bekräftigte mein Onkel. »Und bring den Brandy in den Kleinen Salon. Der junge Mann wird gewiß bis dorthin gehen können.«

Amos warf Féridé einen haßerfüllten Blick zu und trollte sich. Gelassen half sie Davenport hoch.

»Mach mich bekannt«, sagte mein Onkel.

»Matthew Davenport. Mein Gemahl, Lord Lavingham.«

Mein Onkel verbeugte sich höflich. Davenport, Förmlichkeiten jeder Art abhold, nickte ziemlich ungeduldig, dann sagte er eifrig: »Ich habe Sie schon sehnlichst erwartet, weil ich Sie fragen wollte, wo Sie die Skulptur in dem schwarzweißen Saal gefunden haben. Ein hochinteressantes Kunstwerk.«

»Eine Eingeborenenarbeit«, fertigte mein Onkel ihn kurz ab. »Ich habe sie in Nordafrika aufgelesen. Aber gehen wir in den Salon, ich habe das Gefühl, daß es einiges zu besprechen gibt.«

Ich folgte ihnen. Der kürzeste Weg führte durch den Ballsaal, der hell erleuchtet war, da Davenport an diesem Abend letzte Hand an seine Wandgemälde gelegt hatte. Ich hörte meinen Onkel hörbar nach Luft schnappen. Er sah aus wie ein Mann, der, den Mund voller Salz oder Zitronensaft, fest entschlossen ist, sich nichts davon anmerken zu lassen.

»Das ist meine Überraschung.« Féridé umfaßte mit einer Handbewegung das gemalte Weltgericht.

Besonders auffallend an dem Werk war, daß alle Figuren – die sich in Qualen windenden Verdammten wie die jubilierenden Gerechten, die bösen Teufel mit ihren Flammen und Zangen wie die Scharen der Heiligen, die in Pracht und Herrlichkeit herabstiegen, um die Seelen der Seligen in Empfang zu nehmen –, daß all diese unterschiedlichen Gestalten Féridés Züge trugen, aber in so verschiedenartiger Ausprägung, daß der Effekt nicht Monotonie war, sondern eine wunderbar variantenreiche Schönheit, einmal tragisch, dann wieder grotesk oder zärtlich, immer aber unübertrefflich. Obwohl sie die Entstehung des Gemäldes von Anfang an verfolgt hatte, sah sich Féridé fast staunend im Saal um, als erblickte sie es heute zum ersten Mal.

»Ich habe es für dich machen lassen, Robert. Als Erinnerung an mich.« Sie lächelte ihr schmales Lächeln und tat etwas für sie Seltenes: Sie legte kurz ihre Hand auf die seine.

Er zog sich höflich zurück.

»Ich wäre dir verbunden, wenn du mir eins erklären könntest«, sagte er. »Warum du nämlich, wie Amos sagt, mit diesem jungen Mann so engen Umgang pflegtest, daß du Anlaß zu taktlosen Mutmaßungen gegeben hast.«

Amos kam mit dem Brandy angetappt, machte ein unzufriedenes Gesicht ob der letzten Bemerkung und ging, einem Wink meines Onkels folgend, mit den vielsagenden Worten:

»Wenn Sie mich brauchen, Mylord, ich bin in Rufweite.«

»Warum?« wiederholte Féridé. »Soll das heißen, daß du mich verdächtigst? Der Untreue etwa? Da hat der garstige Alte dir ja schöne Geschichten aufgetischt.« Es klang leicht belustigt. »Aber ich kann dich beruhigen, es verhält sich ganz anders.«

»Ich warte auf deine Erklärung«, sagte mein Onkel.

»Die sollst du haben.« Féridé ging zu Mr. Davenport hinüber, der auf einem vergoldeten Sesselchen saß, langsam seinen Brandy nippte und abwesend ein schönes Lely-Porträt von Arabella, der Gemahlin des neunten Earl, betrachtete.

Féridé griff in Mr. Davenports Taschen und holte die verschiedensten Gegenstände daraus hervor: zwei goldene Schnupftabakdosen, etliche kleine Figurinen aus Bleikristall, silberne Teelöffel und einen Beißring mit Glöckchen, der angeblich Eduard VI. gehört hatte.

»Er kann nicht anders, er muß ständig stehlen«, erläuterte sie. »Es ist wohl eine Art Krankheit. Man kann ihn einfach nicht allein lassen, weil er alles nimmt, wenn es klein genug ist.«

»Es *ist* eine Krankheit«, sagte Mr. Davenport selbstgefällig. »Eines Tages wird man auch einen Namen dafür finden.«

Mein Onkel fing an zu lachen.

Er hatte mir gedankenlos einen Brandy gegeben, den ersten meines Lebens, der mir zu Kopf gestiegen war. Mir schien, daß dieses Lachen dem Gesicht meines Onkels ausgesprochen gut tat, und auch ich lachte. Lord Lavingham wandte sich mir zu.

»Kannst du diese Geschichte bestätigen«, fragte er. Ich nickte.

»Wenn dem so ist«, meinte mein Onkel, »und da meine Nerven nicht die stärksten sind, Mr. Davenport, möchte ich Sie bitten, noch heute nacht mein Haus zu verlassen. Ich hänge sehr an meiner Habe, und es würde mich sehr betrüben, etwas davon zu verlieren. Dafür werden Sie sicher Verständnis haben. Ich zahle Ihnen tausend Guineen, die ich morgen an Ihre Adresse schicken werde, für das originelle Werk, das Sie für meinen Ballsaal geschaffen haben, und ich wünsche Ihnen eine gute Nacht.« Er hob die Stimme. »Amos! Bitte begleite den jungen Herrn hinaus.«

Amos kam angeschlurft, sichtlich enttäuscht, daß es nicht zu weiterem Blutvergießen gekommen war.

»Und Féridé, meine Liebe«, fuhr mein Onkel fort, als Mr. Davenport, seiner Gastgeberin eine Kußhand zuwerfend, hinausgeleitet worden war, »du bist nicht die einzige, die eine Überraschung bereit hatte. Ich habe dir etwas mitgebracht. Komm.«

Er führte sie die Treppe hinauf zu einem der Schlafzimmer im Ostflügel. Ich war, in einem goldfarbenen Brandydunst langsam aufwärts schwebend, ein Stück hinter ihnen und sah nicht, was für eine Überraschung mein Onkel Féridé zeigte, aber ich hörte, wie sie einen seltsamen, halb erstickten Laut der Liebe und des Entzückens ausstieß.

»Pst«, sagte mein Onkel. »Du wirst sie noch wecken. Sie hat eine lange Reise hinter sich.«

Sie verließen das Zimmer und schritten an mir vorbei zur Treppe. Féridé ging ganz benommen am Arm meines Onkels, ihr Gesicht, leuchtend und wie blind, war tränenüberströmt. Er nickte mir kurz zu als wolle er sagen: Geh jetzt schlafen, und das tat ich dann auch.

In der Nacht wachte ich mit schrecklichem Durst auf und hörte Geräusche aus dem Zimmer meines Onkels, das in der Nähe war. Recht verärgert warf ich einen Blick hinein, weil ich sehen wollte, was er dort trieb. Zu meiner Überraschung war er gar nicht da, sein Lager war unberührt, aber in einem Kinderbett saß ein schwarzhaariges kleines Mädchen, das sich mit großen, verängstigten Augen umsah. Sie zitterte vor Furcht und brachte, als ich sie ansprach, nichts heraus außer dem Wort Gharuzi, was wohl ihr Name war.

Was blieb mir anderes übrig, als bei ihr zu bleiben und sie zu trösten?

Nach diesem Tag besserte sich das Verhältnis zwischen Féridé und meinem Onkel Robert ganz erheblich, obwohl sich herausstellte, daß Mr. Davenport vergessen hatte, eine Adresse zu hinterlassen, so daß ihm seine tausend Guineen nicht zugestellt werden konnten.

Zwar habe ich später den Titel meines Onkels geerbt, kann aber, wenn ich ehrlich bin, nicht behaupten, ich hätte das Ziel meiner Wünsche erreicht, Herr von Lavingham zu werden, denn ich habe meine Stiefcousine Gharuzi geheiratet – die mein Onkel mit einiger Mühe aus Konstantinopel herausgeschmuggelt hatte –, und sie beherrscht mich seit vierzig Jahren mit eiserner Faust.

Der Davenport-Ballsaal, jetzt als künstlerische Rarität fast unbezahlbar, ist noch sehr gut erhalten, obschon mein Onkel ihn bis an sein Lebensende nicht leiden mochte und ihn nur als eine seiner Meinung nach recht kümmerliche Entschädigung für den Lavingham-Diamanten behielt, den der vergeßliche Mr. Davenport hatte mitgehen lassen.

Wie es mir einfällt

»Uran«, sagte der Kapitän, »Uranium 235.« Die Worte glitzerten auf seiner Zunge wie Lichtreflexe von einem Goldzahn.

Eine Mannschaft gab es nicht. Die einzige Antwort kam vom Wind, der in der Takelage seines verrückten alten Kahns sang wie Orpheus. Jake Brandywine blickte sich nachdenklich um. Das Schiff war klar zum Auslaufen. Die Segel waren unter Deck verstaut; sie würden nicht benötigt werden. Soweit wie überhaupt möglich war die alte *Argo* gerüstet und bereit für ihre Reise.

Proviant? Er hatte 1000 Packungen Frühstückszwieback, 1000 Büchsen Lunchfleisch, 1000 Schachteln Teegebäck und 1000 Flaschen Dinnerwein eingelagert; Essen für über drei Jahre. Und falls, trotz dieses Vorrats, der Hunger an ihm nagen sollte, konnte er ja auf seiner Zeichenkohle herumknabbern, die er zum Skizzieren von Meerlandschaften mitgenommen hatte.

Dennoch lag ein gequälter, gehetzter Ausdruck in den Augen des Kapitäns; unaufhörlich huschten seine Blicke hin und her, bei jedem Geräusch fuhr er auf, und als ein paar Seeschwalben vorbeischossen, griff er krampfhaft nach den Wanten. Die Hand, in der er die kleine Specksteinschachtel mit dem Uran hielt, war weiß an den Knöcheln und zitterte unkontrolliert, und Schweißtropfen rannen glitzernd über seine Stirn. Er sah aus wie ein von allen Furien Gejagter, der im letzten Moment entkommen ist.

Um zu erfahren, wie es zu den geschilderten Umständen kam, müssen wir einige Monate zurückgehen und uns in das luxuriös eingerichtete Sprechzimmer eines Psychosomatik-Spezialisten in der Harley Street begeben.

Dr. Killgruel betrachtete seinen Patienten mit taxierendem Blick, vermerkte die feinen Linien um Augen und Mund, die fahrigen Bewegungen, die ruhelosen Hände.

»Sind Sie der Künstler Jake Brandywine?« fragte er.

Der Patient nickte.

»Ich bewundere Ihre Arbeit«, sagte der Doktor. »Ich bin sogar stolzer Besitzer eines frühen Brandywine.« Er schnippte einen Fussel von seinem schneeweißen Ärmel. »Was genau fehlt Ihnen nun?«

Jake blickte ein wenig betreten drein.

»Sie brauchen sich nicht zu schämen«, sagte der Doktor. »Wie ich sehe, leiden Sie an nervöser Erschöpfung. In diesem Zustand kann ein Mensch die scheinbar sinnlosesten Dinge anstellen. Einer meiner Patienten leidet zum Beispiel an einem unwiderstehlichen Drang, nachts aufzustehen und den Käse aus den Mausefallen in der Speisekammer zu essen. Seine Finger sind gräßlich zugerichtet, und er leidet an chronischer Magenverstimmung. Aber zurück zu Ihnen.«

Er legte die Fingerspitzen aneinander und blickte Jake aufmerksam an.

»Mein Problem liegt, glaube ich, woanders«, sagte Jake. »Angefangen hat es zweifellos mit Erschöpfung. Wie Sie vielleicht wissen, herrscht zur Zeit eine enorme Nachfrage nach meinen Arbeiten, nicht nur von privaten Käufern, sondern auch für U-Bahnhöfe, Eckhäuser, Rathäuser, Piers und öffentliche Toiletten. Vor ungefähr einem Monat mußte ich unter Zeitdruck eine Reihe von Wandgemälden für Speisewagen fertigstellen. Ich arbeitete neunzehn bis zwanzig Stunden am Tag und litt unter akuter körperlicher Erschöpfung. Ich wohne ziemlich weit vom Londoner Zentrum entfernt, an der Busstrecke 93, und ausgerechnet zu dieser Zeit war der Linienverkehr eingeschränkt worden; ich arbeitete regelmäßig die Nacht durch und ging erst am Mittag nach Hause, und in meinem erschöpften Zustand kam es mir so vor, als verbrächte ich mein gesamtes Leben damit, entweder zu arbeiten oder auf Busse zu warten, die nicht kamen.

Nun ja, eines Tages fing ich aus lauter Langeweile an, mir den

Bus herbeizuwünschen; ich stellte mir vor, wie er an Woolworth vorbei und weiter zum Rathaus fuhr, um die Ecke und über die Brücke kam und an der Haltestelle bremste. Als ich aufhörte, mich zu konzentrieren, stand er da. Der 93er! Natürlich war ich amüsiert und hielt es für einen Zufall und nichts weiter, aber am nächsten Tag passierte das gleiche und am übernächsten und an allen folgenden Tagen auch; es wurde zu einer Art Spiel, mit dem ich mir die Zeit vertrieb.«

Der Doktor nickte.

»Das war ja noch ganz lustig. Ich nahm das Ganze nicht weiter ernst. Aber eines Abends, als ich vor Müdigkeit buchstäblich taumelte, wartete ich in der Oxford Street auf einen Bus Richtung Hyde Park Corner, und ganz unbewußt, ohne es zu wollen, fing ich an, mein Spiel zu spielen. Ein rotes Aufblitzen fiel mir ins Auge, ich blickte auf, und sah einen 93er – einen Bus, der, wie Sie wissen, überhaupt nichts in der Oxford Street zu suchen hat.«

Er hielt inne und starrte hohläugig den Doktor an, der mitfühlend lächelte.

»Es muß ein schrecklicher Moment für Sie gewesen sein«, pflichtete er bei. »Was haben Sie gemacht?«

»Ein Taxi genommen.«

»Sehr vernünftig.« Die Stimme des Doktors klang beifällig. »Nehmen Sie so viele wie Sie können, solange die Halluzinationen anhalten.«

»Aber Herr Doktor, es war keine Halluzination. Es war ein wirklicher Bus. Und seitdem ist es wiederholt passiert. Ich kann nichts dagegen tun, ständig denke ich an 93er Busse, und prompt tauchen sie überall auf. Was mir Angst macht, ist die Vorstellung, daß ich früher oder später einen in die U-Bahn hole oder in ein türkisches Bad oder – oder in ein Kanu auf dem See im Hyde Park.«

»Aber, aber«, sagte Dr. Killgruel. »Das sind krankhafte Befürchtungen. Mit denen können wir im Handumdrehen fertig werden, und zwar auf der Stelle. Danach gebe ich Ihnen ein Stärkungsmittel, damit Sie wieder zu Kräften kommen. Es leuchtet Ihnen doch ein, daß Ihr Unterbewußtsein es nicht gestatten würde, daß Sie einen Bus an einem unpassenden Ort auftauchen lassen – ebensowenig wie etwa ein Hypnotisierter sich befehlen lassen wird, etwas zu tun, was gegen sein Gewissen verstößt. Er weigert sich einfach. Um Sie also zu überzeugen, und damit Sie in diesem Punkt beruhigt sind, befehle ich Ihnen, einen 93er Bus in dieses Zimmer zu holen.«

»Nein, nein!« schrie Brandywine, weiß vor Entsetzen. »Um Himmels willen, Herr Doktor, zwingen Sie mich nicht dazu!«

Dr. Killgruel war unerbittlich.

»Sie müssen sich ganz in meine Hände begeben, oder ich kann nichts für Sie tun. Wünschen Sie sich den Bus herbei – ich befehle es Ihnen.«

Jake warf ihm einen verzweifelten Blick zu, um dann mit sichtlicher Anstrengung seine Kräfte zu sammeln wie jemand, der tief Atem holt.

Es gab einen markerschütternden Krach, eine Hupe dröhnte wie rasend, Bremsen quietschten, und mit letzter Entschlossenheit zerrte Jake den Doktor zur Seite, als auch schon ein 93er Bus triumphierend auf sie zudonnerte.

Dr. Killgruel lag zwei Monate im Krankenhaus. Jake hatte wenig Lust ihn zu besuchen, da er selber nur knapp mit einer Gehirnerschütterung und mehreren blauen Flecken davongekommen war. Seine Geistesverfassung hatte sich allerdings so verschlimmert, daß die Zahl der 93er auf dem Dienstplan von London Transport sich mehr als verdreifachte.

Als der Doktor aus dem Krankenhaus entlassen wurde, bestellte er Jake zu einer weiteren Untersuchung.

»Ihr Fall interessiert mich«, sagte er. »Ich habe viel darüber nachgedacht und bin zu dem Schluß gekommen, daß wir bis zu

Ihrer Genesung, die meines Erachtens nur eine Frage der Zeit ist, eine Übertragung vornehmen müssen.«

»Eine Übertragung?«

»Ihre bemerkenswerte Willenskraft muß auf ein passenderes Objekt als einen 93er Bus gelenkt werden. Fällt Ihnen vielleicht etwas anderes ein, was Ihre Gedanken stark beschäftigt? Im allgemeinen gehen einem doch mehrere solche Dinge im Kopf herum, abgerissene Hemdknöpfe zum Beispiel, oder ein verlorener Brief.«

»Mein Leben war so geordnet, bevor dieser Ärger begann«, sagte Jake schwermütig.

»Sind Sie verheiratet?« fragte Dr. Killgruel.

Jake schüttelte den Kopf. »Ich habe eine Putzfrau«, entgegnete er knapp.

»Gibt es keine weibliche Person, an die Sie öfters denken?«

Hier zögerte Jake, und sein Gesicht verfinsterte sich. »Das könnte man vermutlich von Miss M. behaupten.«

Auf das Drängen des Doktors hin erklärte Jake, wer Miss M. war.

Er hatte sein Atelier in der Graphikabteilung eines Modemagazins namens *Fancy*, das mehr Büroräume besaß, als es brauchte, und daher einen Raum untervermietete. Inmitten der eleganten Sekretärinnen und der exklusiven Bruderschaft der Typographen fühlte er sich behaglich anonym. Ein Jahr lang hatte das Arrangement wunderbar geklappt, aber kürzlich waren einige interne Umbesetzungen unter den Angestellten von *Fancy* erfolgt, und er entdeckte, daß die Chefredakteurin, Miss Milk, in dem Raum neben seinem Atelier untergebracht worden war.

Miss Milks Existenz kündigte sich zuerst durch eine Serie melancholischer Schreie an, die jeden Morgen gegen halb elf anfingen und den ganzen Tag hindurch anhielten. Die Schreie fanden ihre Erklärung, als Jake sich einem Paar saphirblauer

Augen gegenübersah, die ihn durch das Fenster mißgünstig musterten; Miss M.s Siamkatze war draußen auf dem Fensterbrett. Er öffnete das Fenster, war aber so angewidert von dem neurotischen Geschrei, das dieses Geschöpf anstimmte, daß er es in den Flur hinausfeuerte.

Dies provozierte die erste einer ganzen Serie von Mitteilungen: »Sehr geehrter Mr. Brandywine, wenn Sie Judas in Ihr Zimmer lassen, sorgen Sie bitte dafür, daß er in Raum 515 zurückgebracht wird; er darf keinesfalls frei im Gebäude herumlaufen, da er sonst verlorengeht.« So stand es in arroganter schwarzer Handschrift und signiert mit den Initialen A.M. auf einem *Fancy*-Notizzettel, der so dick wie eine Stahlplatte war.

Brandywine beschloß, daß Judas sein Atelier nie wieder betreten sollte, aber es war unmöglich, diesem Entschluß treu zu bleiben, als der Frühling zum glühendheißen Sommer wurde und er die Fenster einfach offenlassen mußte. Judas kam herein, trippelte hochmütig im Zimmer herum und machte Jake mit langen Schweigeperioden und plötzlichen nörgelnden Aufschreien nervös; dann verschwand er durch das Fenster ins Zimmer seiner Besitzerin und löste eine neue Welle von Mitteilungen aus: Könnte Mr. Brandywine sein Atelier vielleicht ein wenig sauberer halten? Sie müsse Judas regelmäßig einschamponieren, um den Kohlestaub aus seinem Fell zu bekommen. Wäre es möglich, daß Mr. Brandywine seine Farben wegräumte, wenn er sie nicht brauchte? Judas sei mit Chromgelb auf den Tatzen und schieferweiß verschmiertem Schwanz zurückgekommen. Mr. Brandywine solle es doch bitte unterlassen, Judas zu füttern (diese Mitteilung kam, nachdem Jake ein vergebliches Friedensangebot in Form von Sardinensandwiches gemacht hatte) – eine Mahlzeit am Tag reiche für eine Siamkatze völlig aus.

Jede Nachricht war mit den Buchstaben A.M. signiert, und die Initialen nahmen in Jakes Gedanken allmählich eine gehässige Bedeutung an. Er stellte sich Miss M. als eine Art verkörperten Großbuchstaben vor, einen schwarzen Galgen von einer Frau mit eckigen Versalschultern und Füßen wie Serifen.

»Vorzüglich«, sagte der Doktor am Ende dieses Berichts. »Diese Frau wird den Nexus einer ausgezeichneten Fixierung bilden. Sie müssen an sie denken, soviel Sie können. Und verabreden Sie sich mit ihr. Die Realität ist stets nützlicher als die Phantasie. Und ziehen Sie in die Stadt, damit Sie außer Reichweite des 93er sind. Kommen Sie in vierzehn Tagen wieder.«

Am nächsten Morgen dachte Jake in seinem Atelier darüber nach, unter welchem Vorwand er sich mit Miss M. verabreden könnte, als plötzlich das Telefon klingelte und eine verängstigte Stimme ihm ins Ohr zwitscherte, daß Miss M. sich freuen würde, wenn er um elf Uhr drei auf einen Kaffee zu ihr kommen würde. Sein Gemütszustand schwankte zwischen Panik und Freude über diese schnelle Entwicklung; die Übertragung schien mit bestürzender Geschwindigkeit stattzufinden.

Als er in Miss M.s Büro trat, fand er sie in einer Sitzhaltung vor, die bei den wenigsten Frauen elegant gewirkt hätte: Sie hatte sich in ihrem Stuhl zurückgelehnt, und ihre Füße lagen über Kreuz auf der Schreibtischkante. Doch Brandywine konnte an nichts anderes denken, als daß sie mit ihrer schlanken, länglichen Silhouette einer Schwalbe ähnelte. Sie trug ein enges, dunkles, rauchblaues Kleid, das diesen Eindruck noch verstärkte, und Flügel silbrig schwarzen Haares lagen zurückgebürstet über hochmütigen blauen Augen und einem dreieckigen Profil.

Sie nickte Brandywine kühl zu, deutete auf einen Stuhl, und eine verschreckte kleine Sekretärin huschte mit einer Tasse Kaffee herbei. Jake wußte, daß er verloren wäre, wenn er sich jetzt nicht behauptete. »Könnten Sie mir vielleicht einen Tropfen Brandy geben?« fragte er heiser. »Wenn ich um diese Zeit keinen bekomme, stehe ich den Tag nicht durch.«

Als er eine Stunde später in sein Atelier zurückkehrte, war er innerlich völlig aufgewühlt. Miss M. hatte eine Serie von Illustrationen für *Fancy* in Auftrag gegeben – für ein Drittel seines üblichen Honorars. Außerdem hatte sie gesagt, daß sie beide sich unbedingt am Dienstag zum Lunch, am Mittwoch auf einen Drink und am Donnerstag zum Dinner treffen müßten.

»Sie wollte doch noch was von mir«, überlegte er, während er sich aus dem Fenster lehnte und zerstreut kleine Papierschnitzel zerriß. Der Anblick der mit kleinen Farbspritzern verzierten Fenster gegenüber erinnerte ihn daran, daß er sich eine Wohnung in der Stadt suchen sollte. Wenn die Wohnung da drüben leerstand, konnte er sich ja einmal erkundigen, ob sie zu mieten war.

Seine Hoffnungen waren gerechtfertigt, und er zog umgehend ein. Die einzige Bedingung des Hauswirts bestand darin, daß er auf den Mieter im obersten Stock Rücksicht nehmen müsse, da dieser eine Abneigung gegen Hunde, moderne Musik und nächtliche Parties habe.

Am folgenden Abend kam er spät nach Hause und fand in seinem Briefkasten eine Mitteilung vor, die er im Lichtschein der Treppenhauslampe las. Sie besagte: »Mieter Nr. 17. Bitte hinterlassen Sie keine Fischköpfe auf der Feuerleiter. A. M.«

Er hatte dies noch nicht ganz verdaut, als eine parfümierte dunkelblaue Erscheinung die Treppe heraufrauschte, dicht gefolgt von einer Siamkatze.

Zwei Wochen später taumelte Brandywine mehr tot als lebendig in Dr. Killgruels Sprechzimmer.

»Nun?« fragte der Doktor neugierig. »Wie sieht's aus? Immer noch so viele 93er?«

»93er –« Jake wischte sie mit einer Handbewegung beiseite. »Um die geht's doch gar nicht. Es ist Atalanta. Die Frau bringt mich noch um.«

»*Wer?*«

»Atalanta – Miss Milk. Ich kann nicht mehr schlafen, ich kann nicht mehr arbeiten, ich kann nicht mehr denken – ständig taucht sie auf. Um sieben Uhr früh will sie meinen Spachtel ausleihen, um Mitternacht schneit sie rein und sagt, ihr sei das Olivenöl ausgegangen. Schauen Sie mich nur an – ich habe schon 14 Kilo abgenommen.«

»Ist sie schön?« fragte Dr. Killgruel sachlich.

»Schön?« ächzte Jake wütend. »Mein Gott, Doktor, sie ist ein Teufel. Sie sollten mal hören, wie sie dieses unglückselige Kind, das für sie arbeitet, runterputzt, oder wie sie die Putzfrau anschnauzt, oder wie sie irgend einen armseligen Schreiberling auf einen Hungerlohn runterhandelt. Ich werd noch verrückt. Ständig muß ich an sie denken.«

»Ich würde sie gerne mal sehen.«

Jake warf ihm einen verzweifelten Blick zu, die Tür ging auf, und Miss M. kam hereingesegelt.

»Schön, daß Sie einen Augenblick Zeit für mich haben«, sagte sie zu Killgruel. »Es ist nicht meinetwegen – ich bin natürlich bei bester Gesundheit – aber Judas leidet unter der Hitze und ist anscheinend ziemlich mit den Nerven runter.«

Der arme Jake brach in Tränen aus und rannte aus dem Sprechzimmer.

Als Killgruel Jake wiedersah, war dieser überraschend ruhig und gefaßt.

»Ich bin zu einem Entschluß gekommen«, sagte er. »Eine radikale Luftveränderung ist die einzige Lösung für mich.«

»Ein ausgezeichneter Gedanke«, stimmte der Doktor zu. »Wohin wollen Sie gehen?«

»Ich habe mich um die Kapitänsstelle auf der *Argo* beworben.«

»Die *Argo*!« sagte Killgruel verblüfft. Die Zeitungen waren in letzter Zeit voll von Berichten über den arg mitgenommenen alten Schoner, der das erste ausschließlich urangetriebene Schiff werden sollte. Ein kleiner Brocken, nicht größer als eine Haselnuß, eingesetzt in eine Spezialkammer im Heck, würde den Berichten zufolge den altersschwachen Kahn auf alle Ewigkeit vorwärtstreiben, ähnlich den winzigen japanischen Schiffchen, die mit Hilfe von Kampferstückchen in Tassen mit warmem Wasser herumflitzen.

Die einzige ungeklärte Frage war, ob die *Argo*, nachdem sie erstmal vom Stapel gelaufen wäre, wieder angehalten werden könnte. Kein Ankertau würde stark genug sein, sie zu halten; es war allenfalls möglich, eine Negativreaktion einzuleiten, um die nukleare Kraft unter ihrem Kiel zu neutralisieren, aber das war reine Spekulation und müßte erst durch das Experiment erwiesen werden. Es bestand daher die Chance, daß der Mann, der sich auf ihre wurmstichigen Decks wagte, als ein zweiter Fliegender Holländer auf ewig in zielloser Fahrt die Erde umkreisen würde.

Jake schien das sehr recht zu sein.

»Ich habe, ehrlich gesagt, genug von der Zivilisation«, meinte er. »Ein Leben, in dem man auf Schritt und Tritt von Moderedakteurinnen und 93er Bussen verfolgt wird, ist nichts für mich.«

»Aber«, wandte Dr. Killgruel ein, »was sollte sie daran hindern, Ihnen an Bord zu folgen?«

»Navigationsprobleme«, antwortete Jake. »Im ersten Jahr werde ich vollauf mit Navigieren beschäftigt sein. Ich war nie gut in Mathematik; die Rechnerei wird also meine ganze Aufmerksamkeit beanspruchen.«

»Nach einer Weile wird es Ihnen leichter fallen.«

»Wenn ich mich bis dahin nicht erholt habe«, sagte Jake entschlossen, »stürze ich mich über Bord.«

Dr. Killgruel konnte dieses Vorgehen zwar nicht vollends gutheißen, aber er sah, daß Brandywine seine Entscheidung gefällt hatte.

Die Weltpresse erwartete in fieberhafter Aufregung den Stapellauf der *Argo*, aber sie wartete in sicherer Entfernung; Jake hatte darauf bestanden, daß er auf dem einsamen Strand in Essex, wo seine Reise begann, alleine sein sollte. Außerdem – und dies war vermutlich der zwingendere Grund – bestand die Möglichkeit einer atomaren Explosion, wenn das Uran dem aktivierenden Strom ausgesetzt würde.

Und nun war es soweit. Jake marschierte unruhig auf dem Deck herum, das ein frostiger Februar mit glitzerndem Rauhreif bedeckt hatte. Von Zeit zu Zeit blickte er hinüber zu der bleichen verlassenen Linie aus Sand, gegen die weiß das Meer schäumte. Möwen kreischten, der Wind sang, vom Strand her peitschten scharfe Böen Sand gegen den Kiel der *Argo*, die sich tiefer und tiefer in ihr Bett aus Schlick schmiegte.

Die Schiffahrtswege waren geräumt worden, Hubschrauber schwebten in respektvoller Entfernung über dem Schoner, am Mast hingen Telegramme von Staatsmännern und Regierungsoberhäuptern neben den Fotos, die begeisterte Schulmädchen an Jake geschickt hatten.

Dann war Jakes bange Wacht endlich vorüber; ein letztes Mal blickte er auf seine Uhr, bevor er unbeholfen die schaukelnde Strickleiter am Heck hinunterkletterte und vorsichtig die Specksteinschachtel mit ihrem kostbaren Inhalt in die vorgesehene Kammer einsetzte. Er schloß die Sicherheitsklappe, schwang sich zurück an Deck, kontrollierte noch einmal die Zeit, holte tief Luft und zog den Schalter einer winzigen Batterie im Vorderdeck.

Es gab einen gewaltigen Ruck, die alte *Argo* befreite sich bebend aus dem Schlamm, um dann mit unglaublicher Leichtigkeit und Schnelligkeit davonzugleiten, die aufgewühlte See zerteilend wie ein Rasiermesser.

»Wir haben's geschafft!« schrie Jake, strahlend vor Glück. »Ich bin frei!« Und er tätschelte das alte Schiff auf seine holzgeschnitzte Achterdeckreling, bevor er nach achtern sprang, um das Ruder loszumachen, auf den vereinbarten Kurs zu gehen und kanalabwärts zu steuern.

Zahlreiche Flugzeuge folgten der *Argo*. Kein Schiff war

schnell genug, sie in Sichtweite zu behalten, obwohl viele einen kurzen Blick auf sie erhaschten, wie sie auf ihrem Weg zum Südatlantik durch den Dunst jagte, die Masten zurückgelegt, wie eine aufgescheuchte Katze.

Funkstationen hielten Kontakt mit der *Argo*, während sie an der argentinischen Küste vorbeiraste und Kap Horn umrundete; weder Sturm noch Hitze konnten ihr etwas anhaben; bevor eine Wetterlage bedrohlich werden konnte, hatte sie sie schon längst hinter sich gelassen.

Die einzige Meldung, die ihr Kapitän von Zeit zu Zeit übermittelte, lautete: »Alles in Ordnung.« Nach zwei Tagen hatte er die Erde zum erstenmal umkreist, nach sieben Tagen wurde die dringliche Nachfrage: »Können Sie anhalten?« mit einem lakonischen »Nein« beantwortet, und die *Argo* setzte ihren verrückten Kurs Richtung Unendlichkeit fort.

Wissenschaftler, bedrückt von dem Gedanken, daß Jake für den Rest seines Lebens über die Wasseroberfläche der Erde gleiten sollte wie ein Sandkorn auf einem Augapfel, arbeiteten Tag und Nacht an dem Problem, wie sie die Fahrt der *Argo* bremsen könnten. Jakes Meldungen klangen hingegen keineswegs bedrückt.

An einem Sommertag einige Monate später bekam Dr. Killgruel Besuch von Miss M. Sie waren seit Brandywines Abreise Freunde geworden, und der Besuch war nicht weiter ungewöhnlich, aber er fand, daß sie blaß und traurig aussah. Sie sagte, sie sei abgespannt und erschöpft und brauche ein Stärkungsmittel.

»Sie haben wohl nichts von Mr. Brandywine gehört?« fragte sie, und er bemerkte einen wehmütigen Unterton in ihrer Stimme. »Wissen Sie, es ist seltsam, aber ich vermisse ihn schrecklich. Er hat mich wahrscheinlich schon ganz vergessen.«

Zum erstenmal, seit er sie kannte, sah sie menschlich aus,

überlegte Killgruel, menschlich und verletzbar. Sie hatte sogar Tränen in den Augen.

»Ich bin müde«, sagte sie kläglich. »Ich kann neuerdings keinerlei Begeisterung für *Fancy* aufbringen. Wenn ich nur wüßte, daß er ab und zu an mich denkt, würde es mir bessergehen.«

»Er wird schon wieder an Sie denken«, sagte der Doktor besänftigend. »Im Augenblick ist er eben sehr beschäftigt. Sie müssen ihm Zeit geben –« Er hielt mitten im Satz inne. Der Stuhl, auf dem Miss M. gesessen hatte, war leer, und nur der Duft von Chanel No. 5 erinnerte an ihre Anwesenheit.

Achtzehn Monate nach dem Stapellauf der *Argo* signalisierte Jake, daß ihm der Proviant ausgehe. Die Wissenschaftler waren verblüfft, daß sie sich in ihren Berechnungen so geirrt haben sollten.

»Nennen Sie Gründe für zusätzlichen Bedarf«, funkten sie, und Jake antwortete: »Blinde Passagiere.«

Dr. Killgruel schaffte es, sich einen Platz in dem Flugzeug zu besorgen, das frische Vorräte abwerfen sollte; die vorgesehene Abwurfstelle lag im Südpazifik.

Nach und nach holten sie die *Argo* ein; sie erschien zunächst als Fleck auf dem schimmernden Blau, dann als Spinnennetz oder Blattgerippe und schließlich in ihrer eigenen schäbigen Gestalt, mit einem Knochen aus Gischt im Maul durchs Wasser kraulend.

Langsam näherten sie sich dem Schiff, um dann direkt über seinen kalkweißen Decks zu schweben, während die Fallschirme mit ihrer lebenswichtigen Fracht aus Soja, Sago, Sellerie und Starkbier nach unten flatterten wie Pusteblumen.

Mit Hilfe eines starken Fernglases erspähte Dr. Killgruel Brandywine und seine blinden Passagiere. Mit nichts als alten Jeans am Leib und braun wie eine Haselnuß rekelte sich Jake selig in einer Hängematte, den Arm um eine fröhliche Miss M. im Sarong. In der Nähe stand, wie ein treuer Dinosaurier, ein 93er Bus bereit.

Die fernen Wälder

Sie saßen im Arbeitszimmer des alten Pfarrhauses und spielten *Zwanzig Fragen*. Der ganze Raum war vom sanften Ticktack der Uhren erfüllt – eine stand auf dem Schreibtisch, eine zweite auf dem Kaminsims, und natürlich kam noch die Großvateruhr in der Diele hinzu, die auf ihre träge, nachdenkliche Weise mahnend daran erinnerte, daß die Zeit selbst in diesem stillen Refugium gemessen ihren Weg ging.

Draußen schwankten die Äste der uralten Bäume im Nachtwind.

»Ist es Plankton?« fragte Miss Dallas und unterdrückte ein Gähnen. Seit Jahren langweilte *Zwanzig Fragen* sie zu Tode, aber ihr Bruder, der alte Kanonikus, hatte ein kindliches Vergnügen an diesem Spiel, und so tat sie ihm denn den Gefallen.

»Meine liebe Delia!« tadelte er sanft. »Plankton wäre doch tierisch, nicht pflanzlich. Mach weiter. Du hast noch drei Fragen übrig.«

»Dann eben Seetang. Wenn es pflanzlich ist und weder auf einem Kontinent, noch auf einer Insel wächst, dann *muß* es im Meer sein.«

Die pergamentartigen Fältchen um seine Augen vertieften sich angesichts dieser offenkundigen weiblichen Unlogik.

»Denk nach, Delia! Es gibt noch andere Elemente.«

Miss Dallas sah sich im Zimmer um und suchte nach einer Eingebung. Die ingwerbraunen Samtportieren waren zugezogen, das Feuer schlummerte in seinem schwarzen Marmorkamin. Eine Perserkatze, fast so betagt wie Bruder und Schwester, schlief auf dem abgetretenen Bärenfell vor dem Kamin. Zahllose Bücher bewahrten Staub und Erinnerungen. Auf dem Kaminsims lag ein Sammelsurium von Dingen, die nie weggeworfen werden durften, darunter getrocknete Palmwedel aus dem Heiligen Land, ein Briefbeschwerer aus Florenz, ein paar merkwürdige Steinbrocken aus der Ägäis, ein Ammonshorn, Stachelschweinborsten und eine Silberstatue eines Seraphs mit drei Flügelpaaren.

»Ich habe noch nie von Pflanzen gehört, die in der Luft schweben«, sagte Miss Dallas ungeduldig. »Ist es Distelwolle?«

»Nein. Noch eine Frage.«

»Ich gebe auf.«

»Denk nach!«

Aber sie weigerte sich, weiter nachzudenken, es war ihr zu mühsam. Also stand sie auf und begann in liebevoller Gereiztheit das Zimmer aufzuräumen. Der Kanonikus sah ihr nachsichtig zu. Er hatte eine gewisse Ähnlichkeit mit dem Weißen Ritter – seine Augen lagen tief in den Höhlen, die hohe, edle Stirn wölbte sich weit nach hinten, und darüber schwebte sein spärliches Haar wie ein Heiligenschein aus weißer Distelwolle. Sein Lächeln strahlte tiefe Güte aus, und er wirkte ein wenig verrückt.

»Nein«, erklärte Miss Dallas entschieden. »Ich gebe auf. Was war es denn?«

»Die Wälder auf dem Mars.«

»Auf dem Mars?«

»Erinnerst du dich nicht mehr an die Fernsehsendung neulich abends? An den Wissenschaftler, der meinte, die roten Flecken könnten Wälder sein?«

»Das ist nicht bewiesen«, fuhr ihn Miss Dallas an. »Du hättest sagen müssen, es ist abstrakt, nicht pflanzlich. Das kannst du nicht als Punkt zählen.«

»Schon gut, meine Liebe«, sagte er geduldig. »Dann habe ich also dreitausenddreihundertundvierundneunzig, und du hast zweitausendneunhundertundsiebzehn. Du holst allmählich auf. Ich mache jetzt noch einen kleinen Spaziergang, während du den Kakao kochst.«

»Bleib nicht zu lange«, sagte sie und drehte die Petroleumlampe aus. »Draußen ist es heute sehr dunkel.«

Hin und wieder kam es vor, daß der Kanonikus sich an nichts mehr erinnern konnte und einfach drauflos wanderte. Manchmal wurde er von einem seiner treuen Pfarrkinder aufgefunden und zurückgebracht; manchmal kam er auch nach einer Abwesenheit von unterschiedlich langer Dauer, einmal waren es fünf Tage gewesen, von selbst wieder. Er wußte niemals, wo er gewesen war. Seine Schwester machte sich deshalb ein wenig Sorgen, aber nicht übermäßig, denn sie vertraute, vielleicht mit gutem Grund, darauf, daß sein so offensichtlich heiligmäßiges Aussehen ihn vor Schaden bewahren würde. Sie gab sich jedoch Mühe zu verhindern, daß er sich erkältete.

»Henry! Deine Galoschen.«

»Ach so. Ja, meine Liebe. Du weißt nicht zufällig, wo sie sein könnten? Offenbar habe ich sie verlegt.«

Miss Dallas zündete eine Kerze an und wühlte ungeduldig in dem Durcheinander aus Schirmen, Spazierstöcken, Gummistiefeln, Jagdstühlen, Rasentennisrackets von viktorianischem Aussehen und Poloschlägern (was hatten *die* noch hier zu suchen?) in der Diele. Schließlich fanden sich die Galoschen im Wäschekorb.

»Ich kann mir nicht vorstellen, wie sie da hingeraten sind«, sagte der Kanonikus resigniert und schlenderte durch die Pergola in den Garten hinaus.

Es war wirklich eine dunkle Nacht. Kein einziger Stern war zu sehen; der Himmel schien nicht höher zu sein als das Dach des Pfarrhauses. Vom Dorf, das eine dreiviertel Meile entfernt war, drang kein Laut herüber. Während der Kanonikus auf dem samtigen Rasen unter seinen Walnußbäumen dahinschlenderte (obwohl die Nacht so pechschwarz war, wußte er auf Haaresbreite genau, wo jeder Baum stand), dachte er zufrieden, daß das Haus in seinem riesigen Garten ebenso gut einsam inmitten von tausend Meilen Wald hätte stehen können, ja, sogar auf einem eigenen Planeten. Es war vollkommen dunkel, und die Luft roch nach Blättern.

Delia rief nach ihm, und er kehrte folgsam, wenn auch mit einem Seufzer, zur Küchentür zurück.

»Stell deine Galoschen neben den Herd, dann weißt du morgen, wo du sie suchen mußt.«

»Das werde ich tun, meine Liebe, das werde ich tun.«

»Und trink deinen Kakao, solange er noch heiß ist.«

Trotz dieser Ermahnung geriet der Kanonikus beim Trinken mehrmals ins Träumen. »Weißt du, meine Liebe«, sagte er einmal, als er gerade wieder auftauchte, »trotz deiner Skepsis stelle ich mir gerne vor, daß es auf dem Mars Wälder gibt. In dieser traurigen Zeit, in der man alle Bäume abholzt – erinnerst du dich an diese erschütternde Sendung über die Bodenerosion in Kenia? – macht mir der Gedanke Freude, daß es vielleicht wenigstens auf einem anderen Planeten noch riesige Flächen mit jungfräulichen Wäldern gibt, an die die Menschen mit ihrer Habgier nicht herankommen. Was sagte der Mann, wie viele Bäume müssen noch jeden Tag gefällt werden, um eine Ausgabe der *New York Times* zu produzieren?«

»Das weiß ich nicht mehr«, antwortete Miss Dallas knapp. »Aber hast du dir schon einmal überlegt, Henry, daß, falls es auf dem Mars Wälder gibt, vielleicht auch Bewohner da sind, die sie roden?«

»O nein«, widersprach der Kanonikus sanft aber entschieden. »Wenn es auf dem Mars Lebewesen gibt, dann verfügen sie ganz gewiß über so viel Intelligenz und Integrität, daß sie die Wälder unversehrt lassen.«

»Nun ja –« Miss Dallas gab sich geschlagen. »Hoffentlich hast du recht.« Denn wie ihr Bruder, so erinnerte auch sie sich gern an ihre gemeinsame Kindheit im Wald von Dean. »Gute Nacht, Henry. Jetzt aber sofort ins Bett mit dir. Es wird nicht mehr herumgewandert.« Sie drückte ihm einen Kuß auf die Wange.

»Nein, gewiß nicht«, sagte der Kanonikus und wandte sich zerstreut der Hintertür zu. Sie dirigierte ihn ins Bett. Als sie die Tassen und die Kasserolle auswusch, hörte sie, wie er oben seine Abendhymne sang:

> *»Verhüllt auch schwarze Finsternis den Tag*
> *Und senken graue Schatten sich hernieder,*
> *Die Finsternis den Glauben doch nicht trüben mag.*
> *Sein klares Licht erhellt die Nacht uns wieder.«*

Wie alle alten Leute hatte der Kanonikus keinen sehr tiefen Schlaf und erwachte früh. Am nächsten Morgen stand er um halb sechs Uhr auf und machte sich, nachdem er seiner geliebten Schmetterlingssammlung im Gästezimmer einen Besuch abgestattet hatte, auf die Suche nach seinen Galoschen, weil er vorhatte, einen Morgenspaziergang zu machen, wie er es oft tat, ehe seine Schwester herunterkam.

Im Erdgeschoß des Hauses, wo die Portieren zugezogen waren, herrschte noch tiefe Dämmerung. Es war ein schwüler, trüber, stiller Tag. Wie so oft an einem grauen Morgen im Frühsommer schienen die Blätter alles Licht aus dem Himmel zu saugen. Kein Vogelgezwitscher war zu hören.

»Ich fürchte, heute wird es noch regnen«, sagte der Kanonikus, als er die Hintertür aufschloß und darüber seine Galoschen vergaß. Er trat ins Freie und blieb ein wenig überrascht stehen, denn das grüne, gedämpfte Zwielicht war außerhalb des Hauses ebenso dicht wie drinnen – ja, der ganze Himmel war von einer matten, graugrünen Schicht überzogen, die bis knapp über die Gipfel der Bäume im Pfarrgarten herunterreichte.

»Was für eine bemerkenswerte Erscheinung«, sagte der Kanonikus zu sich selbst. »Sollte das etwa der Vorbote eines Taifuns oder eines Hurrikans sein? Ich kann mich erinnern, in den Tropen vor solchen Stürmen einen so merkwürdig undurchsichtigen, grünlichen Himmel gesehen zu haben. Aber die Atmosphäre ist weder elektrisch aufgeladen, noch ist es unverhältnismäßig warm. Die Beleuchtung ist allerdings wirklich sonderbar. Ob ich Delia wecken soll? Aber nein, das arme Mädchen hat immer so viel zu tun. Ich will sie lieber noch ein wenig schlafen lassen.«

Er schlenderte vom Haus weg und genoß das angenehme Dämmerlicht.

»Und was für ein starker – was für ein *ungewöhnlich* starker Geruch nach Pflanzen«, fuhr er fort. »Vermutlich zieht die Luftfeuchtigkeit den Duft aus den Blättern, aber wirklich, ich kann mich nicht erinnern, selbst in dieser Jahreszeit so etwas schon einmal erlebt zu haben. Es riecht würzig – wie nach Nußbaumblättern – aber da ist noch etwas Stärkeres, ganz Eigentümliches...«

Er verstummte und blieb stehen.

Er hatte jetzt das Ende seines Gartens erreicht und befand sich hinter einem kleinen Wäldchen aus Apfel- und Birnbäumen, das vom anderen Ende des Rasens bis zu einem Bach führte. Das Plätschern des Wassers klang in der Stille sehr laut. Der dunkelgrüne Himmel schien hier noch tiefer herabzuhängen – schien wie ein Zelt auf den Spitzen der Birnbäume zu ruhen, von denen einige noch Blüten trugen. Und nun begann sich der zeltähnliche Himmel vor den Augen des alten Mannes auszubeulen und auf und ab zu schaukeln.

»Es sieht fast so aus«, murmelte der Kanonikus, »als sei irgendein Vogel darauf gelandet – aber es muß wohl das heraufziehende Gewitter sein. Du lieber Himmel – und ich habe meine Galoschen vergessen.«

Im nächsten Moment waren sie seinem Gedächtnis schon wieder entschwunden, denn jetzt geschah das Unwahrscheinliche, ein Riß erschien in der grünen Himmelsmembran. Dahinter wurde ein klarer, dreieckiger Flecken Helligkeit sichtbar, der sich schnell vergrößerte und die blühenden Zweige und das mit Glockenblumen übersäte Gras in strahlendes Tageslicht tauchte. Erschrocken begannen die Vögel zu singen.

»Kann es denn sein«, fragte sich Kanonikus Dallas, »daß etwas den Himmel *anknabbert*?«

Er fuhr fort, alles aufmerksam zu beobachten, und sah sich bald in seiner Meinung bestätigt. Immer neue Risse erschienen, und das Grün schrumpfte so schnell zusammen wie brennendes Papier. Immer mehr Tageslicht strömte in den Obstgarten, und bald konnte der Kanonikus die Wesen sehen, die den dunklen Baldachin zerstörten.

Zweifellos, es waren Falter. Aber von welcher Größe! Vier von ihnen, jeder größer als ein Trecker, schwebten in etwa sechs Metern Höhe und mampften mit rasender Geschwindigkeit die grüne Decke in sich hinein, die über dem Pfarrhaus und dem umliegenden Gebiet lag. Ein Fetzen Grün von der Größe eines Tischtuchs flatterte neben dem Kanonikus herab, und ein langer Rüssel verfolgte ihn und schnappte ihn aus der Luft.

Der Kanonikus stand atemlos da und starrte hinauf. Er war nicht im mindesten beunruhigt. Sicher, nicht alle Falter waren Vegetarier, aber diese offenbar doch, denn wenn es wirklich Falter waren, und das mußten sie wohl sein, was konnten sie dann fressen, wenn nicht ein einziges, gigantisches Blatt, das, der Himmel wußte, woher, herabgefallen war und das Pfarrhaus völlig zugedeckt hatte? Zu Anfang fesselte ihn die Schönheit dieser Tiere so sehr, daß er an nichts anderes zu denken vermochte. Ihre Flügel bewegten sich so schnell, daß sie nicht deutlich zu erkennen waren – er sah nur einen verschwommenen, violett, schwarz und grün schillernden Schimmer – aber ihre mit dichtem, weichem, goldenem Fell bedeckten Körper konnte er genau beobachten, ebenso wie ihre langen Fühler und die großen, sanft strahlenden Augen. Jetzt hatten sie das Blatt fast ganz vertilgt – nur ein paar Schnipsel waren noch übrig.

Einer der Falter setzte sich für einen Moment auf den Rasen und putzte sich so kühl und sachlich wie eine Katze, schüttelte sein Fell aus und klappte seine Flügel auf und zu. Der Kanonikus keuchte ungläubig auf, als sich plötzlich eine phantastische Farbenpracht vor ihm ausbreitete, in unvorstellbarer Vielfalt und von unvorstellbarer Leuchtkraft.

»Oh!« rief er. »Warte! Flieg nicht weg – bitte, flieg nicht weg!«

Aber es war schon zu spät. Die Falter hatten sich mit ihren Fühlern lautlos verständigt, waren aufgestiegen und drängten sich nun, offenbar nach der richtigen Richtung suchend, flatternd zusammen.

»Nur noch einen Augenblick – oh, bitte!«

Wandten sie ihm mitleidig ihre großen, strahlenden Augen zu? Sie blieben noch einen Augenblick in der Luft stehen, dann schwebten sie, wie von einer Thermalströmung getragen, gemeinsam höher und höher, vorbei an der blassen Morgensonne, immer weiter, bis seine geblendeten Augen ihnen nicht mehr zu folgen vermochten.

Traurig drehte er sich um, um den Obstgarten nach einem Andenken an ihre Gegenwart abzusuchen, nach einem Stück goldenen Fells, einem Blattrest, irgend etwas – aber es schien fast so, als hätten sie es darauf angelegt, jede Spur von sich zu beseitigen: er fand nichts. Überhaupt nichts.

»Ihr Fell war golden«, erzählte der Kanonikus, während er seinen Porridge löffelte. »Und ihre Flügel – ach, sie schillerten in allen Farben und hatten eine Spannweite wie ein Kricketfeld. Ihre Augen –« Welche Farbe hatten ihre Augen gehabt? Stahlblau? Golden? Schillernd wie ein Kristall? Es fiel ihm schwer, sich zu erinnern. »Ich werde an die *Times* schreiben«, beschloß er. »Und mich im Dorf erkundigen, ob sie sonst noch jemand gesehen hat. Ach, Delia, es tut mir so leid, daß mir keine Zeit mehr blieb, dich zu wecken. Sie waren so schnell verschwunden.«

Wieder schwieg er, ganz bedrückt, weil sie ohne ihn fortgezogen waren. Ach, hätte er doch nur diese Reisenden begleiten, ihren Flug teilen und die Wälder sehen können, in denen sie aufgewachsen waren!

Seine Schwester beobachtete ihn besorgt.

»Ist auch wirklich alles in Ordnung mit dir, Henry? Du hast dich doch nicht etwa erkältet, weil du ohne Galoschen draußen warst?«

»Natürlich nicht, Delia.« Er war etwas ungeduldig. »Wenn es dir so wichtig ist, dann werde ich meine Galoschen eben jetzt anziehen, ehe ich den Brief an die *Times* schreibe.«

Niemand im Dorf hatte die Falter gesehen, und die *Times* war zu vorsichtig, um ohne weitere Bestätigung eine solche Mitteilung von einem fünfundachtzigjährigen Kanonikus zu veröffentlichen, von dem man wußte, daß er ein wenig versponnen war und zur Geistesabwesenheit neigte; man legte den Brief erst einmal beiseite und wartete auf weitere Informationen. Die Leute gingen freundlich auf die Vision des Kanonikus ein, denn alle mochten ihn gern; aber allmählich wurde ihm doch klar, daß niemand wirklich an die Falter glaubte – jedenfalls glaubte niemand, daß er sie wirklich mit seinen eigenen Augen gesehen hatte. Das kränkte ihn, und er sprach nicht mehr darüber. Aber tief in seinem Herzen nährte er eine schwache, ganz schwache Hoffnung, daß die Falter eines Tages zurückkommen würden.

Die Zeit verging, der Sommer neigte sich dem Ende zu, der Herbst kam. Eines Tages fuhr Miss Dallas mit dem Frauenverein auf einen Ausflug, und der Kanonikus nützte diese herrliche Gelegenheit sofort, um die Brombeerranken am hinteren Ende des Obstgartens auszulichten, eine Tätigkeit, die ihm großen Spaß machte. Der Anblick ihres Bruders mit einer Hippe in der Hand erfüllte Miss Dallas stets mit Schrecken, und wenn sie seine Absichten durchschaut hätte, wäre sie ihm zuvorgekommen, indem sie einen Mann aus dem Dorf bestellt hätte.

Nachdem der Kanonikus eine halbe Stunde lang gearbeitet hatte, legte er einen großen Gegenstand frei, der zwischen Brennesseln und Brombeerranken versteckt und halb mit Gras überwachsen hier gelegen hatte. Das Ding schien kugelförmig zu sein, etwa so groß wie ein Klavier, nicht hart, sondern klebrig, und es schillerte schwach.

Er legte die Hippe weg und begann mit zitternden Händen die Dornenzweige beiseite zu räumen. Staunen, Hoffnung und ungläubige Freude wuchsen in seinem Herzen. Die Hoffnung erwies sich als berechtigt, denn was da unter den abgeschnittenen Pflanzenteilen lag, war unverkennbar eine zerknitterte Ecke des großen Blattes, jetzt braun und verdorrt, aber immer noch einen leichten, würzigen Duft verströmend, und sie war um einen riesigen Kokon gewickelt.

Sein erster Gedanke war: »Ich werde einen von ihnen wiedersehen! Ich habe noch eine Chance.« Sein zweiter Gedanke war: »Jetzt werden die Leute mir glauben.« Seine erste Sorge war: »Womit soll ich es füttern, wenn es ausgeschlüpft ist?«

Er holte die Schubkarre und transportierte den Kokon mit äußerster Vorsicht (er war nicht schwer) in den leerstehenden Stall des Pfarrhauses. Zumindest vorerst, so beschloß er, würde er niemandem von seiner Entdeckung erzählen, nicht einmal Delia. Delia würde nur wieder ein großes Theater veranstalten, Fieber messen und ihn drängen, seine Galoschen anzuziehen. Und ansonsten würde es ein großes Aufsehen geben, alles würde an die Öffentlichkeit dringen, unerwünschte Besucher würden herbeiströmen – möglicherweise nahm man ihm den Kokon sogar weg und brachte ihn ins Museum für Naturgeschichte oder entschied, daß er der Krone gehörte. Und dabei war es doch sein sehnlichster Wunsch, die unglaublichen Farben auf diesen Flügeln noch einmal ganz allein und in aller Ruhe zu betrachten. War das egoistisch? fragte er sich, oder war es vielleicht das, was auch die Falter gewollt hätten?

So schwieg er den ganzen Winter über, er vergaß seine Galoschen nicht, er dachte daran, seinen Kakao zu trinken, solange er noch heiß war, er plauderte mit seinen Pfarrkindern und hielt von Zeit zu Zeit eine Predigt in der Kathedrale. Und wenn er noch zerstreuter und abwesender wirkte als gewöhnlich – wenn die Predigten noch wirrer als sonst ausfielen und von nicht erklärten Anspielungen strotzten – nun, dann sagten die Leute zueinander, der Kanonikus wird schließlich auch nicht jünger, und für sein Alter hält er sich wirklich großartig.

Nur mit seiner Schwester sprach er manchmal noch über die Wälder auf dem Mars.

»Das Tragische ist«, sagte er, »daß wir vielleicht jede Chance vertan haben, sie jemals zu Gesicht zu bekommen. Man weiß dort sicher, daß wir unsere eigenen Wälder ruiniert haben – da wird man uns natürlich auf keinen Fall Gelegenheit geben, dort den gleichen Schaden anzurichten, wenn man es irgendwie verhindern kann. Wenn möglich, wird man uns sogar verheimlichen, daß diese Wälder existieren.«

»Wer wird uns etwas verheimlichen?«

»Die Bewohner«, sagte er, und vor seinem inneren Auge stiegen Visionen von wunderbaren Farben auf. »Vielleicht würden sie ja erlauben, daß ein oder zwei Menschen, die ihre Integrität bewiesen haben, die Wälder besuchen; aber warum sollte ich so töricht sein, mir solche Hoffnungen zu machen?« Und er wirkte so demütig und bedrückt, daß Miss Dallas besorgt darauf bestand, ihm ein Stärkungsmittel zu verabreichen.

Schließlich unternahm der Kanonikus Schritte, von denen seine Schwester keine Ahnung hatte. Er kaufte zwei große Fässer mit Honig und lagerte sie in dem leerstehenden Stall neben dem Kokon. Langsam verging der Winter, der Mai zog wieder ins Land.

»Glaubst du, daß es gut für dich ist, wenn du so viel Zeit in dem alten Stall verbringst?« fragte Miss Dallas. »Du siehst schon ganz blaß und mager aus. Ich glaube, ich muß dich nach Broadstairs oder Bournemouth zur Erholung schicken.«

»Das kommt gar nicht in Frage – ich meine, nicht gerade jetzt«, wehrte ihr Bruder hastig ab. »Ich fühle mich wirklich ausgezeichnet, Delia.«

In der nächsten Woche mußte Miss Dallas zur Jahreskonferenz der Frauenorganisationen nach London fahren. Sie ließ ihren Bruder nur ungern allein. Er hatte sich kaum von ihr verabschiedet, als er auch schon in den Stall eilte, wo der Kokon sich zu bewegen begann und leise Geräusche von sich gab. Er holte sich einen Stuhl und blieb geduldig Stunde für Stunde davor sitzen. Seine Aufregung war so groß, daß er völlig vergaß, zu essen oder zu schlafen.

Nur einmal verließ er den Stall, aber nur, um Hammer und Meißel zu holen, damit er die Honigfässer öffnen konnte.

Als Miss Dallas von ihrer Konferenz zurückkam, war der Kanonikus nirgendwo zu finden. Zuerst war sie deshalb nicht weiter beunruhigt, denn es war warm und trocken, aber als erst ein Tag, dann drei Tage und schließlich drei Wochen vergingen, ohne daß die Polizei eine Spur von ihm gefunden hatte, erfaßte sie die Verzweiflung.

Landesweit wurden Aufrufe im Radio ausgestrahlt, in der Pfarrkirche und in der Kathedrale sprach man Gebete, aber niemand meldete sich, der einen älteren, weißhaarigen Geistlichen mit sanftem, gütigem Gesichtsausdruck irgendwo hatte umherirren sehen.

Doch eines Abends, als Miss Dallas, heftig blinzelnd, um die Tränen zurückzuhalten, gerade dabei war, die Milch für eine einsame Tasse Kakao zu wärmen, ging die Küchentür auf, und ihr Bruder kam herein. Einfach so! Sanft, heiter, gelassen, kein bißchen anders, als sie ihn vor drei Wochen zum letzten Mal gesehen hatte.

»Es tut mir so leid, meine Liebe«, sagte er. »Ich habe leider wieder nicht mehr daran gedacht und bin ohne meine Galoschen spazierengegangen.«

»Henry!« rief sie und umarmte ihn. »Wo bist du gewesen?«

»Gewesen?« Er sah sie etwas überrascht, etwas verwirrt an. »Tja – um ehrlich zu sein, ich kann mich nicht so recht erinnern. Aber mit der Zeit wird es mir schon wieder einfallen, hoffe ich – das hoffe ich inständig.« Er sah sich wehmütig in der vertrauten Küche um. »Wie ich sehe, bist du gerade dabei, Kakao zu kochen, meine Liebe. Eine Tasse Kakao könnte mir jetzt auch schmecken.«

Miss Dallas wischte sich die Tränen ab und preßte ihre zitternden Lippen aufeinander. Sie hatte ihn wieder, heil und unversehrt, und das war schließlich die Hauptsache. Und selbst wenn sie niemals erfahren sollte, wo er gewesen war – nun, das war dann eben nicht zu ändern.

»Hast du dir auch *sicher* keine nassen Füße geholt, Henry? Was hast du da nur für merkwürdiges, gelbes Zeug auf deinen Schuhen – sieht aus wie Daunen oder Blütenstaub.«

»Das stimmt«, sagte er und starrte mit verständnislosem Stirnrunzeln seine Schuhe an. »Wo mag das nur hergekommen sein? Oh, vielen Dank, meine Liebe. Kakao – was für ein wohlschmeckendes, gesundes Getränk.«

»Es ist jedenfalls schön, daß du wieder da bist, Henry«, sagte seine Schwester ein wenig schroff. »Ich hatte mir doch ein wenig Sorgen gemacht. Aber das ist jetzt vorüber. Hättest du vielleicht Lust, ganz gemütlich *Zwanzig Fragen* zu spielen?«

Joan Aiken
im Diogenes Verlag

»Joan Aiken ist eine großartige Erzählerin, die sowohl für Erwachsene wie für Kinder schreibt, Gesellschaftsromane ebenso wie Krimis.«
Herbert Pehmer/Extrablatt, Wien

Joan Aiken, Tochter des amerikanischen Lyrikers Conrad Aiken und seiner kanadischen Frau, wurde 1924 in Sussex geboren. Ihre ersten Gedichte und Schauergeschichten schrieb sie im Alter von fünf Jahren. Inzwischen ist sie Verfasserin zahlreicher historischer Romane, moderner Thriller und vieler Kinderbücher. Sie lebt heute in Sussex und New York.

Die Kristallkrähe
Roman. Aus dem Englischen von Helmut Degner

Das Mädchen aus Paris
Roman. Deutsch von Nikolaus Stingl

Der eingerahmte Sonnenuntergang
Roman. Deutsch von Karin Polz

Tote reden nicht vom Wetter
Roman. Deutsch von Nikolaus Stingl

Ärger mit Produkt X
Roman. Deutsch von Karin Polz

Haß beginnt daheim
Roman. Deutsch von Nikolaus Stingl

Wie es mir einfällt
Geschichten

Du bist Ich
Die Geschichte einer Täuschung
Roman. Deutsch von Renate Orth-Guttmann

Der letzte Satz
Roman. Deutsch von Edith Walter

Fanny und Scylla
oder Die zweite Frau
Roman. Deutsch von Brigitte Mentz

Schattengäste
Roman. Deutsch von Irene Holicki

Angst und Bangen
Roman. Deutsch von Renate Orth-Guttmann

Die Fünf-Minuten-Ehe
Roman. Deutsch von Helga Herborth

Jane Fairfax
Roman. Deutsch von Renate Orth-Guttmann

Stimmen in einem leeren Haus
Roman. Deutsch von Hans-Christian Oeser